빵틀을 찾아서

김도연
소 설

빵틀을 찾아서

문학동네

차례

빵틀을
찾아서

지겨운 비는 오늘도 그치지 않고 내렸다. 벌써 보름 가까이 하루도 쉬지 않고 내려 온 세상이 비에 푹푹 젖어 있는 것만 같았다. 집 안도 비슷했다. 덮고 자는 이불도 눅눅했고 옷도 마찬가지였다. 오늘은 천장과 벽지까지 축축해지자 엄마는 한여름인데도 어쩔 수 없이 아궁이에 불을 지피느라 눈물을 흘렸다. 땔나무가 모두 젖은 터라 불이 잘 붙지 않았고 정지*에는 온통 연기만 자욱했기 때문이었다. 솔가지를 잔뜩 넣은 뒤에야 비로소 불이 붙고 굴뚝으로 연기가 꾸역꾸역 흘러나왔다. 그 연기마저 빗물에 눌렸는지 담을 넘어 멀리 날아가지 못하고 마당과 뒷마당에 구름처럼 낮게 가라앉았

---

* '부엌'의 방언.

다. 나는 흙마루의 섬돌에 앉아 처마에서 떨어지는 빗물을 하염없이 바라보다가 다시 엄마가 있는 정지로 들어갔다.

"엄마, 나 심심해."

"심심하면 방에 들어가 공부하면 되지."

"다 했단 말이야."

"그럼 개울가에 나가 물 구경이나 하든지."

"하도 많이 봐서 지겨워. 뭐 재미난 일 없을까?"

아버지는 점심을 먹은 뒤 비가 오는데도 지게를 지고 꼴을 베러 나갔고 누나들은 아침밥을 먹기 무섭게 교회로 놀러가버렸다. 데려가달라고 애원을 했건만 귀신같이 나를 따돌리고 자기들끼리 사라졌다. 매주 일요일이면 되풀이되는 일이었다. 누나들은 저녁에 집에 돌아와 엄마에게 빗자루로 얻어맞으면서도 그다음 주 일요일이면 똑같은 짓을 반복했다. 비가 오지 않으면 나 혼자서도 밖에 나가 놀 수 있었지만 비가 오니 아무것도 할 게 없었다. 나는 아궁이에서 타는 죄 없는 불만 부지깽이로 쑤석거리다가 문득 할 수 있는 일을 떠올리곤 소리쳤다.

"엄마, 빵 구워먹자!"

"……빵틀을 누가 빌려갔는데."

"누가?"

"……누구더라, 월남집에서 빌려갔나?"

"엄마, 잘 생각해봐!"

마을에서 빵틀은 우리집밖에 없었기에 겨울철이나 농한기엔 인기가 대단했다. 서로 빌려가려고 줄을 설 정도였다. 그렇다보니 한번 빌려주면 우리집으로 바로 돌아오는 경우가 드물었다. 이 집 저 집을 전전하다가 어떨 때는 한 달 만에 돌아오기도 해서 정작 우리가 빵을 구워먹지 못한 적도 많았다.

무쇠로 만든 사각형의 빵틀은 바닥에 태극 문양이 새겨진 아홉 개의 동그란 칸이 있다. 화롯불에 올려놓고 달구어진 빵틀의 칸마다 일일이 기름을 바른 뒤 밀가루 반죽이 담긴 주전자를 그 위에 기울여 반씩 붓는다. 그리고 팥소를 얹은 뒤 다시 걸쭉한 밀가루 반죽으로 채우고 익기를 기다린다. 어느 정도 익으면 기역자로 구부러진 젓가락으로 빵을 하나씩 뒤집는다. 그래야 골고루 구워진다. 한 번에 아홉 개의 빵을 동시에 구울 수 있기에 식구 중 누구는 먹고 누구는 군침을 삼키며 기다릴 필요가 없다. 물론 식구가 아홉 명을 넘으면 곤란하겠지만.

"비 오니까 조심해서 갔다 와."

"엄마, 앞으론 빵틀 절대 빌려주지 마! 돈을 받고 빌려주든가."

"이놈의 새끼, 못하는 말이 없네. 동네 사람끼리 빌리고 빌려주는 게 인정이야."

"빌려갔으면 빨리 돌려줘야지."

나는 한쪽이 찢어진 우산을 쓰고 집을 나섰다.

정말이지 어른들이 염치가 없었다. 남의 집 빵틀을 빌려갔으면 쓰고 나서 바로 돌려줘야 하지 않는가. 빌려갈 때의 마음과 돌려줄 때의 마음이 다르다면 그게 무슨 어른이란 말인가. 게다가 설령 이웃집에서 빵 굽는 냄새를 맡고 빌리러 왔다고 해도 자기 물건도 아니면서 어떻게 빌려줄 수 있단 말인가. 빵틀이 그렇게 만만한가. 만만한 물건이라면 장날 장에 가서 직접 사든가. 물론 빵틀을 빌려간 집들이 다 그렇지는 않았다. 어떤 집은 빵틀을 사용한 뒤 다른 음식과 함께 돌려주기도 했다. 하지만 그런 집은 드물었다.

비는 세차게 퍼부었다. 툴툴거리며 집 앞 언덕길을 내려가 개울가에 도착하자 흙탕물이 많이 불어나 있었다. 개울을 가로지르는 나무다리에 올라서는 게 무서울 정도로 물은 사납게 쿵쾅거리며 흘러가고 있었다. 다리 위에 깔아놓은 송판들 사이로 보이는 물은 더 무서웠다. 마치 홍수에 떠내려가는 다리 위에 서 있는 것만 같아 황급히 시선을 다른 곳으로 돌리고 서둘러 다리를 건너갔다.

"빵틀?"

"예."

"가만있자…… 그거 누가 빌려갔는데."

이럴 줄 알았다. 나는 월남집의 처마밑에 서서 월남댁이 빨리 기억을 떠올리길 기다렸다. 월남집이 월남집으로 불리는 이유는 주인아저씨가 월남전에 참전했다가 돌아왔기 때문이었다. 열어놓은 안방 문 너머로 벽에 걸린 여러 개의 액자가 보였다. 액자는 군복을 입고 총을 든 월남집 아저씨의 사진들로 채워져 있었다.

"비까지 맞으며 일부러 찾아왔는데 이거 미안해서 어쩌냐. 가만, 너 배고프지? 들어와서 떡 좀 먹고 가."

"괜찮아요. 빵틀 찾아서 집에 빨리 가야 돼요."

"내가 미안해서 그런다. 잠깐만 들어왔다가 가."

월남댁은 쌀로 만든 절편과 꿀이 담긴 접시를 가져와 내 앞에 내밀었다. 이게 웬 떡과 꿀이란 말인가. 월남집은 마을에서 논이 가장 많은 집이었다. 원래는 가난했는데 아저씨가 월남전에 참전해서 벌어온 돈으로 논을 샀다는 소문이 마을에 자자했다. 나는 꿀에 떡을 찍어 먹으며 낯선 월남 풍경이 담긴 사진들을 하나하나 살펴보았다. 나무도 우리 동네 나무와 달랐고 사람들이 입고 있는 옷도 우리와 사뭇 달랐다. 월남댁은 내 시선을 눈치채고 사진에 대해 설명해주었다. 야자수, 아오자이, 수송선, 지프차, 헬리콥터, 소총, 라이방, 베트콩, 장갑차, 박격포, 무전기, 무공훈장…… 월남집 아저씨한테 직접 듣지 못해 조금 아쉬웠지만 그래도 마치 내가 전쟁터에 나가 있는 것만 같았다. 무섭고 신기했다.

"사진 잘 봤습니다."

"엄마한테 미안하다고 전하거라. 비 많이 오는데 조심하고."

생각 같아선 아저씨가 월남에서 찍은 사진이 들어 있다는 앨범도 보고 싶었지만 나는 다시 우산을 쓰고 대문을 나섰다. 월남집에는 내 또래가 없어 아무때나 놀러가 앨범을 볼 수 없었다. 그렇다고 앨범을 빌려달라고 말할 수도 없었다. 우리집에서 빌려준 빵틀이 월남집에 있었다면 또 모르지만.

나는 마을 뒤편에 있는 수로를 따라 걸었다. 수로의 물도 콸콸대며 사납게 흘러갔다. 혹시라도 미끄러져 물에 휩쓸리면 물살이 세서 쉽게 빠져나올 수 없을 것 같았다. 큰길인 신작로로 갈 수도 있었지만 그 길은 재설집까지는 많이 돌아가는 길이었다. 재설집도 그동안 집안에 들어가본 적은 없었다. 역시 내 또래 친구가 없기 때문이었다. 비슷한 또래가 살고 있지 않은 집들은 갈 일이 거의 없었다. 겨울밤 무료한 엄마가 놀러갈 때 어쩌다 따라가보는 경우가 다였다.

재설집은 꽤 컸다. 어른들 말로는 일정 때 면사무소로 쓰던 집이었다고 한다. 나는 수로의 둑에서 내려와 재설집 마당으로 들어섰다. 신고 있던 고무신은 흙탕물로 물컹거렸다. 비를 맞아서 그런지, 떡을 급하게 먹어서인지는 몰라도 배가 살살 아파오기 시작했다. 빨리 빵틀을 찾아서 집으로 돌아가고 싶었다.

"뭘 찾으러 왔다고?"

재설집의 넓은 마루에선 동네 아저씨들 몇이 둘러앉아 술을 마시고 있었다. 재설댁은 그 옆에서 메밀적을 지지고 있어서 고소한 들기름 냄새가 솔솔 피어났다. 흙마루와 그 위의 나무 마루가 높아서 집은 마치 책에서 본 궁궐 같았다. 그래서 그런지 몰라도 처마의 기왓장에서 일제히 떨어지는 낙숫물마저 왠지 근사하게 보였다.

"너도 이리 올라와서 적 한 소댕이 먹어라."

재설댁 역시 월남댁과 같은 식으로 나를 달래려 했다. 빵틀은 일주일 전에 대장집 아주머니가 빌려갔다고 했다. 나는 마루에 엉덩이만 걸치고 앉아 갓 지진 메밀적을 씹었다. 엄마와 달리 재설댁은 아주 얇게 적을 지진 터라 입에 넣자마자 스르르 녹는 듯했다.

"그 여편네가 아직도 빵틀을 안 돌려줬단 말이야? 나도 월남집에서 빌려온 거라 빨리 쓰고 갖다주라고 신신당부를 했건만. 하루만 쓰고 곧바로 돌려주겠다고 지 입으로 떠들어놓곤."

나는 적을 먹으며 재설댁의 말에 고개만 끄덕거렸다. 그러자 옆에서 얘기를 듣고 있던 봉근이 아저씨가 말을 거들었다.

"그 빵틀이 이 동네서 인기가 제일 좋은 물건이야! 나도 그 빵틀로 구운 빵을 먹어봤는데 맛있더라구. 이 동네서 그 빵 안 먹어본 사람 아마 없을 거야."

"나도 먹어봤는데 별미더라구."

버드나무집 아저씨도 말을 보탰다. 나는 괜히 어깨가 으쓱해졌다. 봉근이 아저씨가 상황을 정리했다.

"맞아. 인기가 너무 좋으니까 주인집에 붙어 있는 날보다 다른 집에서 생활하는 날이 더 많다는 거잖아. 급기야 주인집 아들이 직접 찾으러 나섰고."

"애들이 아주 환장을 한다니까요! 귀찮아 죽겠어요."

재설댁이 빈 접시에 메밀적을 담아 상 위에 올려놓으며 엄마들의 입장을 얘기했다. 그건 맞았다. 밀가루를 묽게 반죽하고 팥소를 만들어 빵을 굽는 것은 엄마들의 몫이었다. 아이들은 그저 빵틀을 빌려와 빵을 구워달라고 조르기만 할 뿐이었다. 나는 어른들의 얘기를 들으며 재설댁이 건네주는 메밀적을 계속해서 먹었다. 속이 아픈 것도 잊은 채.

"그래서 하는 말인데, 아예 마을 돈으로 빵틀 몇 대를 구입하는 게 어떨까?"

봉근이 아저씨의 제안이었다.

"그걸 누가 관리해?"

"아 이 사람아, 관리야 반장 집에서 하면 되지!"

곧이어 말잔치가 벌어졌다. 나야 대찬성이었다. 이제 그만 일어나 대장집으로 가야겠다고 생각한 순간 참기 힘들 정도로 배에 통증이 몰려왔다. 설사인 것 같았다. 변소가 어디 있는지 묻자 신기하게도 집안에 있다고 했다. 집의 앞쪽과 오른쪽은 모두 창문이 있는 마루로 연결돼 있었는데 그 끝에 변소가 있다는 것이었다. 집안에 변소가 있다는 게 믿기지 않았지만 조심스럽게 마루를 돌아가니 그 끝에 나무문이 있었다. 놀랍게도 정말로 문 안쪽에 변소가 있었다. 바닥은 마루로 돼 있었고 그 가운데에 직사각형으로 구멍이 뚫려 있었다. 그 아래가 바로 똥통이었다. 너무 깊어서 겁이 날 정도였다. 일본 놈들은 집안에 변소를 지었구나. 편하긴 하겠지만 집안에서 똥 냄새가 나지 않을까? 그런 생각을 하며 변소 안에 있는 쓰레빠를 신고 쪼그려앉아 볼일을 봤다. 예상대로 설사였다. 일정 때 순사를 했다는 재설집 아저씨의 아버지가 해방이 된 뒤 어찌어찌해서 이 집을 샀다고 언젠가 엄마가 얘기해줬는데 아무리 애를 써도 그 알맹이는 떠오르지 않았다. 하지만 당장 중요한 일은 설사를 그치게 하는 것이었다.

"비까지 맞으며 일부러 왔는데 미안하구나. 조심해서 가거라."

이번엔 수로를 택하지 않고 신작로로 나왔다. 비 때문인지 신작로는 한적했다. 빗물만 물고랑을 만들며 제각각 흘러갔다. 길옆에 피어 있는 코스모스도 비에 젖은 채 고개를 숙이고 있어 검은 왕벌 한 마리도 보이지 않았다. 땅속에 있는 벌집에서 보름 가까이 갇혀 있으면 얼마나 답답할까. 아마 감옥이나 마찬가지일 것이다. 빨리 장마가 물러가고 땅속의 벌들이 꿀을 찾아 붕붕 날아다녀야 할 텐데. 에이, 내가 지금 왕벌을 다 걱정하다니. 그건 아닌 것 같다. 하굣길에 신작로에서 공책을 찢어서 만든 종이 집게로 왕벌을 잡아 꿀을 빨아먹은 적이 수도 없이 많은데 어떻게 이제 와서 왕벌을 걱정한단 말인가. 지긋지긋하게 내리는 비가 아니라 너야말로 이 동네 왕벌들의 철천지원수라고 땅속의 왕벌들이 일제히 목소리를 높이는 것만 같아 나는 서둘러 신작로를 벗어나 담뱃집 옆 샛길로 들어섰다.

"네가 어쩐 일이냐? 아버지 심부름 왔어?"

대장집 아저씨는 집과 붙어 있는 자그마한 대장간 안에서 풀무질을 하고 있었다. 화덕 위에는 벌겋게 달아오른 쇠막대기가 놓여 있었다.

　"아뇨. 빵틀 찾으러 왔어요."

　"빵틀?"

　"예. 재설집에 갔더니 아줌마가 빌려갔다고 해서."

　"상교 엄마 지금 집에 없는데."

　"……어디 멀리 가셨어요?"

　"어제 애들 데리고 처갓집에 갔어. 오늘밤 늦어서야 돌아올 거야."

　"아…… 그냥 빵틀만 가져가면 돼요."

　"그럼 정지에 가서 찾아봐."

　아저씨는 풀무질을 멈추고 화덕 위의 벌건 쇠막대기를 집게로 집어 모루 위에 올려놓고 망치질을 하기 시작했다. 망치질을 당한 쇳덩이는 이내 구부러지고 얇게 펴졌고, 반대편 끝은 날카로운 쇠꼬챙이처럼 변했다. 나는 빵틀 찾는 건 까맣게 잊어버린 채 아저씨가 망치로 쇠막대기를 두드려 낫을 만드는 과정을 넋 놓고 바라보았다. 그 낫을 물통에 넣으니 피시식 하는 소리와 함께 김이 피어올랐다. 아저씨는 다시 화덕 위에 낫을 올려놓고 풀무질을 했다. 풍구에서 바람소리가 쉭쉭 났다.

　"빵틀 찾으러 왔다며?"

그제야 나는 대장집의 정지로 들어갔다. 문을 열어놓아도 침침한 정지 안을 이리저리 살피며 빵틀을 찾았다. 빵틀은 특이한 모양 때문에 금방 눈에 띌 텐데 아무리 찾아도 보이지 않았다. 정지가 엄청나게 넓은 것도 아니었다. 한참을 기웃거리다가 나는 결론을 내렸다. 어딘가에 감춰놓지 않은 이상 여기에 빵틀은 없다고.

"없더냐?"

"예."

"이놈의 여편네가 설마 빵틀을 이고 처갓집에 간 건 아닐 테고. 내가 이것만 마저 만들고 찾아볼 테니 조금만 기다려라."

아저씨는 화덕 위에 올려놓았던 낫을 꺼내 다시 망치로 두드렸다. 이번에는 조금 작은 망치였다. 망치로 두드릴 때마다 불똥이 반짝이며 튀었고 조금씩 낫의 형태가 갖추어져갔다. 얇은 낫날과 두꺼운 낫등, 그리고 안쪽과 바깥쪽에서 적당하게 휘어진 낫날과 낫등. 아저씨의 얼굴에선 땀이 빗방울처럼 흘러내렸다. 대장간의 한쪽 벽에는 낫을 비롯해 각종 호미, 식칼, 도끼, 쇠스랑, 거릿대* 등등이 걸려 있었다.

"여기 있는 거 다 아저씨가 만들었어요?"

"그래."

"하루에 그런 낫을 몇 개나 만들 수 있어요?"

---

* 삼지창처럼 생긴 농기구.

"그건 만들어봐야 알지. 재료가 준비돼 있다면 마흔 개 정도는 만들 수 있을 것 같은데."

"혹시 총도 만들 수 있어요?"

"못 만든다. 아 참, 너 빵틀 찾으러 왔다고 했지?"

그렇게 말하고 아저씨는 한번 찾아보겠다며 집안으로 들어갔다. 하지만 아무리 생각해도 빵틀을 가지고 집으로 돌아가지 못할 듯했다. 허탈하지 않을 수 없었다. 비가 줄기차게 내리는 일요일 오후 찢어진 우산을 쓰고 멀찌감치 떨어져 있는 집을 세 군데나 돌았는데 빵틀을 찾을 수 없다니 말이다. 나는 화덕 옆에 앉아 아저씨가 나오길 기다렸다. 빵틀 대신 멋진 단도 하나를 만들어준다면 얼마나 좋을까 기대하며. 예상했던 대로 아저씨는 빈손으로 돌아왔다.

"방금 생각났는데 그 빵틀, 강밥집에서 빌려갔다. 빵 구워먹던 날 강밥집 아줌마가 주문했던 호미 찾으러 왔다가 가져갔다."

"우리 고모가요?"

"그래."

"고모집에 빵틀이 있으면 좋겠는데……"

"비 오는 날 고생하는구나. 원래 중요한 건 꼭 필요할 때 없는 법이란다. 그게 인생사지."

고모집은 마을 뒤편 골짜기에서 한참 들어간 곳에 자리하고 있었다. 나는 도랑을 따라 이어진 길을 걸었다. 흙탕물은 도랑이 꺾어지는 곳에서 한바탕 사납게 소용돌이치다가 다시 아래로 흘러 갔다. 도랑 옆의 밭에서 자라는 감자, 옥수수, 콩 들은 오래 내리는 비에 지쳤는지 모두 시무룩한 표정들이었다. 담 옆에서 자라는 과일나무들도 마찬가지였다. 변소의 지붕을 덮은 넓은 호박잎들도 고인 빗물을 쏟아내느라 정신이 없어 보였다. 요즘 엄마와 아버지가 나누는 대화는 한결같았다. 비가 너무 오래 오면 밭에서 자라는 곡식이 여물지 않는다고. 여물지 않으면 아무 쓸모가 없다고. 나도 지금 한창 자라는 중인데 보름 가까이 퍼붓는 비 때문에 자라지도 여물지도 못하는 것은 아닐까. 엄마와 아버지는 또 이야기를 이어 갔다. 비라는 게 너무 안 내려도 문제고 너무 내려도 문제라고. 적당히 내리는 게 가장 좋은데 그게 참 바라는 대로 되지 않는다고. 나는 윗방의 이불 속에서 잠결에 엄마와 아버지의 대화를 들으며 고개를 끄덕거렸다. 사는 게 참 힘들구나……

"때가 되면 어련히 알아서 갖다줄 텐데 기다리지 그랬어. 그래 어디어디 들렀다고?"

건장한 체격의 고모는 자그마한 나무의자에 앉아 강밥 튀기는 기계를 돌리고 있었다. 검고 둥근 강밥 기계 아래의 깡통에선 잘게 쪼갠 나무가 활활 타고 있었다. 나는 비를 맞으며 찾아갔던 집들을 쭉 늘어놓았다. 고모의 얼굴에 미안해하는 표정이 조금도 없어 나는 슬슬 약이 올랐다.

"고모, 오후 내내 비 쫄딱 맞으며 돌아다녔다니까요!"

"그놈의 빵 오늘 안 먹으면 굶어죽을까봐 그러냐!"

"에이, 제 얘긴 그게 아니라 사람들이 남의 집 빵틀을 빌려갔으면 쓰고 나서 빨리 돌려줘야지 왜 안 돌려주느냐는 거예요."

"빵틀이라서 그래."

"……그게 무슨 소리래요?"

고모는 대답 대신 자리에서 일어나 구부러진 쇠막대기를 들고 강밥 기계 앞으로 다가가 뚜껑을 열 준비를 했다. 나는 뒤로 물러나 두 손으로 귀를 막았다. 여러 번 봤는데도 늘 조마조마한 순간이었다. 지난 설날 때 마을을 찾아온 가설극장에서 본, 수류탄이 터지고 군인들이 죽어나가던 영화의 장면이 떠올랐다. 그러나 고모는 늘 그렇듯 아무렇지 않은 표정으로 뚜껑을 열었다.

뻥!

기계의 동그란 문으로 함박눈 같은 강밥들이 한꺼번에 튀어나왔다. 나는 나무판자와 철망으로 만든 강밥 통 옆에 쪼그리고 앉아 강냉이 알갱이들의 놀라운 변신을 한참이나 들여다보았다. 부풀었다가 터진 강밥 더미에선 고소한 냄새와 김이 모락모락 피어났다.

한 손엔 무거운 빵틀을 들고 다른 손엔 우산을 든 채 나는 골짜기를 빠져나왔다. 저녁이 가까워지고 있었다. 비가 내려서 그런지 다른 날보다 좀더 일찍 어둑해졌다. 마을을 벗어난 뒤 제재소 마당을 지나 개울가에 도착했다. 근데 이건 또 무슨 조화란 말인가. 개울을 건너가는 나무다리가 온데간데없었다. 대신 흙탕물만 물속의 큰 바위와 부딪혀 쾅쾅거리며 흘러가고 있었다. 빵틀을 찾으러 다닌 사이에 물이 넘쳐 다리가 떠내려간 것이었다. 개울 건너편에는 나를 버리고 놀러갔던 누나들과 엄마가 서 있었다. 누나들이 나를 보며 뭐라고 소리쳤지만 물소리 때문에 들리지 않았다. 다리가 떠내려갔으므로 당연히 집에 돌아갈 수 없었다. 어이가 없었다. 내가 물 가까이 다가가자 놀란 누나들은 아예 손으로 나팔을 만들어 소리쳤다. 하지만 그 소리 역시 이쪽으로 건너오지 못했다. 엄마는 물에서 멀어지라며 계속해서 손사랫짓만 했다. 나는 비가 새는 우산을 집어던지고 빵틀을 머리 위로 들어올렸다.

빵틀에서 튕겨나가는 빗줄기가 흰 강밥처럼 눈부셨다. 참 긴 일요일 오후였다.

전재와
문재

긴 연휴가 코앞으로 다가왔다.

자그마치 열흘이나 되는 연휴였다. 추석은 그 열흘 중 다섯번째 날에 바위처럼 자리하고 있어서 어디 여행이라도 가려면 앞의 나흘이나 뒤의 닷새를 이용하는 수밖에 없었다. 추석을 제쳐버릴 배짱이 그에게 없었기 때문이다. 탁상 달력과 휴대폰 캘린더에 메모해놓은 일정을 비교하며 나름 잔머리를 굴려보았지만 뾰족한 답은 나오지 않았다. 그나마 뒤의 닷새 동안 어딘가로 떠나는 게 부담도 덜하고 다소 수월해 보였다. 하지만 가만히 생각해보니 그것 또한 만만치 않았다. 하다못해 동남아라도 가려면 미리 예약을 했어야만 했다. 결국 국내로 행선지를 돌릴 수밖에 없는데 마땅히 떠오르는 장소가 없었다. 제주도도 항공권이 동났을 게 틀림없었다. 그는 탁상 달력을 밀쳐놓고 긴 한숨을 내뱉었다. 미리미리 준비 못하고 막상 코앞에 일이 닥쳐야 비로소 아쉬워하고 후회하는 건 그의 오랜 버릇이었다. 혼자서는 할 줄 아는 게 아무것도 없다며 그에게 독설을 날리고 떠난 사람도 있었다.

금요일 저녁, 그는 책상 앞에 앉아 빨간색으로 표시된 달력 속 연휴를 왼쪽에서 오른쪽으로, 오른쪽에서 왼쪽으로 마치 징검다리를 건너듯 천천히 건너다녔다. 당장 내일부터 시작될 열흘의 징검돌을. 어느 징검돌 위에선 한참을 머무르기도 하면서. 결국 그는 냉장고에서 맥주 한 캔을 꺼내왔다. 맥주 한 컵을 마시자 술기운이 몸속에 천천히 퍼져나갔다. 그러고 보니 고향집을 떠나 객지를 떠돈 지난 이십여 년 동안 명절 즈음이 되면 매번 비슷한 감정에 사로잡혔었다는 걸 비로소 알게 되었다. 맙소사…… 이십여 년 동안 변함없이 우울한 감정에 휩싸여 명절을 맞이했다니. 그는 다소 참담한 심정이 되어 물기가 맺혀 있는 컵을 어루만졌다. 자신의 인생에서 변함없다는 게 자긍심이 아니라 참담함의 색을 발하게 될 줄은 미처 예상하지 못했다. 그동안 무위도식하며 살아온 게 아니었기에 더더욱 그러했다. 그도 명절을 즐겁게 맞이하고 싶었다. 부모님과 형제들을 만나 즐거운 시간을 보내다 돌아오고 싶었다. 그러나 마음과는 달리 현실은 어떤 우울이 자리를 지키고 있었다. 마치 그게 돌이킬 수 없는 그의 운명이라는 걸 손가락으로 분명하게 가리키고 있는 것만 같았다. 그는 달력을 아예 뒤집어놓고 의자에 깊숙이 누워 눈을 감았다. 윤에게서 전화가 걸려올 때까지.

　모처럼 산에 한번 가야지.

　윤의 사정은 그와 같지 않았지만 비슷한 면도 없지 않았다. 부모님이 살아 계실 때에는 고향집에 가는 걸 싫어하지 않는 눈치였는데 부모님이 돌아가시고 나니 여러모로 불편한 일들이 생겨나는 모양이었다. 나이든 형들과의 문제도 하나둘 불거져 나왔고, 또 아내 역시 여러 날을 주방에서 설거지만 하는 게 탐탁찮을 터였다. 명절 전날 가서 명절날이나 명절 다음날 돌아오는 일정을 바랄 터였다. 윤은 그런 사정을 얘기한 뒤 함께 산에 갈 수 있는 날이 추석 전전날이나 전날뿐이라고 못을 박았다. 그는 달력을 원래대로 세워놓고 바라보면서 추석 전날엔 다른 일이 있어 불가능하니 전전날에 산에 가자고 약속을 잡았다. 윤은 중학교, 고등학교, 대학교를 함께 다닌 동창이었지만 서로 하는 일이 다르고 떨어져 살다보니 가끔 명절 연휴에나 만나 산에 같이 가곤 했다. 윤은 추석 전전날엔 아내와 딸과 함께 고향 근처 콘도에서 하루를 보낼 예정인데 그날 아내와 딸은 콘도 수영장에 간다고 알려주었다. 같이 가야 하는 게 아니냐고 물으니 자신은 수영을 전혀 못한다며 웃었다. 그는 윤에게 새벽에 서울에서 출발할 때 전화를 해서 잠을 깨워달라고 부탁한 뒤 전화를 끊었다. 평상시 생활 습관에 비추어 볼 때 그가 산에 가기 위해 새벽에 일어나는 건 그리 쉬운 일이 아니었다.

열흘간의 연휴가 치명적인 이유는 도서관도 함께 문을 닫기 때문이었다.

도서관이 문을 닫지 않는다면 아마 그는 평소와 다름없는 생활을 하다가 추석 전날이나 돼서 고향으로 갈 게 분명했다. 그에게 있어 도서관은 직장이나 마찬가지였다. 낮시간의 대부분을 도서관에서 일을 하기 때문에 도서관이 문을 닫으면 당장 갈 곳이 사라지는 거였다. 평상시에는 주말에도 문을 여는 도서관이 꼭 하루 쉬는 날이 있는데 바로 매주 월요일과 띄엄띄엄 찾아오는 공휴일이었다. 그러니 이번 연휴에는 주말을 제하면 도서관에 갈 수 있는 날이 거의 없었다. 그렇다고 집에 있을 수도 없었다. 도서관에서 일하는 게 버릇이 되어서였다. 집은 단지 쉬는 곳이었다. 사실 그의 하루 일과는 단순했다. 집과 도서관, 그리고 탁구장을 오가는 게 일상이었는데 가운데에 도서관이 떡하니 버티고 있으니 다른 두 곳은 문을 열든 닫든 별 의미가 없었다. 그만큼 그에겐 도서관이라는 공간이 중요했다. 집과 탁구장은 도서관 옆에 있는 편의시설일 뿐이었다. 물론 도서관이 천국이라는 얘긴 결코 아니지만 어떤 일이 닥쳤을 때 그에게만은 천국이기도 했다.

집에 언제 오냐?
갈 때 되면 가겠지.

올해는 추석 전날이 전사奠祀 지내는 날이다.

……그날 강릉에서 다른 일이 있어요.

전사는 매년 개천절에 지내는데 그러고 보니 올해는 추석 전날이 개천절이었다. 연휴의 첫날인 토요일 저녁, 그는 도서관을 나와 저녁을 먹고 탁구장으로 가던 중 노모에게서 걸려온 전화를 받았다. 추석 전날을 택해 일거리를 만들어준 강릉의 신문기자가 갑자기 고마워졌다. 그가 조상들의 제사를 지내는 전사에 빠지기 시작한 지는 꽤 오래되었는데 전사를 지내는 날이 추석 전날이라면 얘기가 달라질 뻔했다. 사실 그의 집 전사는 다른 집과 달리 좀 특이한 점이 있었다. 다른 집들은 보통 사당에서 지내는데 그의 집은 사당이 없어 선영에서 지냈다. 문제는 그 선영이 해발 천여 미터에 달하는 산의 거의 꼭대기에 자리하고 있다는 점이었다. 등산을 해야만 갈 수 있으니 집안의 나이든 어른들은 아예 엄두도 못 내고 개중 젊은 축들만 전사를 지내고 내려왔다. 왜 하필 높은 산 꼭대기 바로 아래에 묘를 썼냐고 어른들에게 물으니 증조할아버지가 당신의 부모님 유골을 지고 북에서 남으로 내려와 터를 골랐다고 했다. 그 산의 꼭대기에 있는 바위 이름이 장군바위인데 거기에 묘를 쓰면 후손들 중에서 장군이 나온다고…… 하지만 그가 알기론 아직 집안에서 장군이 나왔다는 얘긴 들은 적이 없고 대신 매년 산을 오르다 한두 명씩 낙오자가 생겼다는 소식만 들려올 뿐이었다. 전날 과음을 한 사촌과 오촌들 그리고 벌초를 잘했는지 확인하려는 집안 어른들이 그 주인공이었다. 하여튼 사정이 그렇다보니 모두들 어떻게 하면 전사에 참석하지 않을까 매번 고심이 대단했다. 멀다는 이유, 바쁘다는 이유, 장남이 아니라는 이유 등등을 번갈아 사용하느라 바빴다. 그가 주로 구사하는 변명은 그 중에서 자신은 장남이 아니라는 거였다. 하지만 마음이 마냥 편하지만은 않아서 전사를 지내는 날은 다른 날보다 좀더 열심히 일을 하려고 애를 썼다.

아직도 자냐?
……일어나야지. 몇신데?
일곱시다. 오늘 산에 갈 수 있겠어?
……가야지.

추석 전전날, 그가 하품을 하며 전재로 접어드는 초입에 들어서자 열어놓은 차창으로 언제나처럼 소똥 냄새가 솔솔 들어왔다. 창문을 닫으니 냄새가 더 자극적이어서 할 수 없이 차창을 모두 열었다. 인근의 축사에서 날아온 냄새였다. 도로는 고향을 찾는 차들로 가득한 터라 속도를 올릴 수 없었고 그 탓에 차 안으로 들어온 소똥 냄새는 쉽게 사라지지 않았다. 차라리 담배를 한 대 피우는 게 나을 것 같았다. 윤의 전화를 받았지만 그는 바로 일어나지 못하고 다시 한 시간가량 잠들었다가 깨어났다. 샤워를 하고 서둘러 옷을 입고 가방을 꾸렸는데도 다시 한 시간이 후딱 지나가버렸

다. 그는 결국 윤에게 전화를 걸어 약속한 산을 포기하고 그보다
한결 오르기가 수월한 다른 산으로 목적지를 바꿨다. 역시 오전에
일어나 움직이는 것은 쉽지 않았다. 더군다나 길이 이토록 막힐
거라고는 예상하지 못했다. 이렇게 맞닥쳐야만 그는 비로소 상황
을 제대로 인식하곤 했다. 오르막길 저 위에서 전재 터널이 입을
벌리고 있었지만 차량들은 여전히 더디게 고갯길을 올라갔다. 예
전에는 터널도 없는 꼬불꼬불한 고갯길이었다. 그나마 산중턱에
터널이 뚫린 뒤부터 서울로 가는 길이 많이 편해진 거였다. 그렇
다. 마지막으로 전재를 넘어야지만 강원도의 울렁거리는 고갯길
을 모두 넘는 거였다. 그는 오르막길 끝에서 검은 입을 벌리고 있
는 터널을 향해 오른발로 지그시 가속페달을 밟았다. 오른발이 미
세하게 떨렸다. 빈속이라 그런지 속이 쓰려왔다.

거리에 줄줄이 붙어 있는 찐빵 가게에서 허연 김이 뭉게구름처
럼 무럭무럭 피어났다. 그는 면사무소 건너편의 찐빵 가게에서 산
자그마한 찐빵을 베어먹으며 안흥 시내를 빠져나왔다. 고향을 찾
는 자동차들이 모두 찐빵처럼 보여서 연휴가 시작된 이후 처음으
로 미소가 지어졌다.

어디야?

왜?

왜긴, 벌초하느라 뺑이치고 있다!

오전인데 형의 목소리는 취해 있었다.

고생해. 난 일 때문에 저녁이나 돼서 갈 거야.

야, 백수가 뭔 일을 하는데?

그는 갓길에 차를 세우고 밖으로 나와 담배에 불을 붙였다. 문재로 올라가는 고갯길의 풍경이 아름다웠다. 도로변엔 코스모스가 무리 지어 핀 채 햇살에 반짝거렸고 건너편 산자락 절벽엔 일찍 물든 단풍도 드문드문 보였다. 여름 내내 너무 지쳐서 탁해졌던 초록이 조금씩 밀려나고 그 자리에 울긋불긋 새로운 빛깔들이 모습을 드러내기 시작했다. 아마 고갯길을 올라갈수록 울긋불긋함은 더 요란해질 터였다. 그는 담배 한 대를 맛있게 피운 뒤 차에 올라탔다. 문재를 향해 올라가는 차량들은 전재에서보다 많지 않았다. 첫번째 고개인 전재는 다시 돌아가기에 별 무리가 없지만 두번째 고개인 문재를 넘으면 상황이 달라졌다. 되돌아가기보다 기왕 떠난 거 차라리 계속 가자는 마음이 들게 만들었다. 산과 산을 가르는 고갯길의 높이며 떠나온 거리도 만만찮았기 때문이었다. 그걸 알기라도 한 것처럼 마음에 생채기를 내듯 긁어버리는 전화는 전재보다 문재를 넘을 때 더 많이 걸려왔다. 뭐, 어쩌겠는가. 그 또한 지금껏 살아오면서 고개를 넘으려는 이들에게 비슷한 전화를 하지 않았다고 자신할 수 없었다. 그는 깜빡이를 켠 뒤 얼마간 기다렸다가 도로로 진입했다.

다른 사람들은 왜 이 국수를 좋아하지 않는지 모르겠어.

대나무 쟁반에 담긴 국수를 보며 윤이 말했다.

텁텁하니까.

그는 국수의 덩이를 세며 답했다.

공이 막국수는 그 맛에 먹는 거잖아. 아주머니, 여기 지단 좀 더 주세요!

그거면 충분해요!

서빙을 하는 아주머니가 빈 쟁반을 들고 주방으로 가버렸다.

옛날보다 적은 거 같은데…… 계란값이 올라서 그런가?

윤은 못마땅한 표정을 지었다.

아마 그렇겠지.

윤은 그릇에 옮겨 담은 국수에 김과 지단, 들기름, 양념간장을 넣고 골고루 비빈 뒤 마지막으로 갓김치를 얹었다. 군침을 삼켜가며. 밀가루를 섞지 않은 옛날 방식의 공이 막국수는 윤과 그가 만날 때면 늘 먹는 음식이었다. 둘이서 한 공이는 너끈하게 먹었다. 먹다가 목이 막히면 국수 삶은 물을 마셔가며.

서울에서 가끔 이 국수 맛이 떠오르면 미치겠다니까.

나도 그래.

넌 원주에 사니까 그래도 나보다는 가깝잖아.

거기가 거기야. 그나저나 장례식장에 갈 거야?

막국숫집에서 만난 윤은 중학교 동창 부친의 부고부터 먼저 알려주었다. 이름은 알지만 그와는 별 친분이 없는 친구였다. 윤과는 초등학교 동창이라 했다. 윤은 그와 함께 산에 갔다가 초저녁에 잠깐 문상을 할 작정이라고 했다.

명절 전에 문상 가도 되는 건가?

국수를 씹으며 그가 물었다.

……가만, 나도 어디서 그런 얘길 들은 거 같은데.

가서 절은 하지 말고 부의금만 전해줘. 찝찝한 건 안 하는 게 좋아.

그래야 되나…… 그거 미신 아냐?

윤은 목이 막히는지 뜨뜻한 국수물을 몇 모금 마셨다.

받아들이기 나름이지.

그렇지. 근데 어떻게 국숫값이 일 년 사이에 삼천원이나 오를 수 있지.

밥보다 비싸!

그릇을 말끔하게 비운 윤이 벽에 걸린 가격표를 올려다보며 중얼거렸다. 그도 시선을 그쪽으로 돌렸다. 정말이었다.

공이 국숫집은 고향집에서 이십 킬로 정도 떨어진 곳에 있었고 그와 윤이 올라가려는 민둥산은 국숫집에서 약 사십 킬로를 더 가야만 했다. 그래봤자 자동차로 한 시간 거리였다. 민둥산은 한창때가 아니면 산중턱의 마을까지 차가 올라갈 수 있어 등산이 비교적 수월했다. 마을 뒤편 비탈밭이 끝나는 곳에서 출발해 천천히 올라갔다가 천천히 내려와도 두 시간이면 충분했다. 그러나 억새

꽃이 절정일 때는 자동차의 출입을 통제하기 때문에 접근이 쉽지 않았다. 그와 윤은 작은 생수병 하나만 들고 아직 꽃이 피지 않은 억새숲을 걸었다. 등산객들은 거의 보이지 않았다. 등산로가 넓지 않아서 그가 앞서서 걷고 윤이 뒤에서 걸었다. 억새는 불어오는 바람에 따라 방향을 바꾸며 두 사람의 허리 높이에서 이리저리 흔들거렸다. 동철이 놈 와이프랑 헤어졌다는 거 사실이야? 그렇대. 직장에서 만난 다른 여자랑 눈이 맞아서 이혼하기 전에 이미 살림 차린 모양이야. 강심장이네. 애들은 어떡하고? 둘이지? 와이프가 키우기로 했나봐. 야, 대체 사랑이 뭐길래…… 딱 까놓고 말해서 바람은 피워도 어떻게든 이혼은 안 하려는 세상인데, 동철이 걔 로맨티스트네! 착한 거지. 착한 놈이 바람피우냐? 바람이 어디서, 언제, 얼마만한 크기로 불어올지는 아무도 몰라. 너도 예외 아니다. 요즘 와이프랑 잠자리는 가져? 야, 별걸 다 묻는다…… 넌 요즘 그 친구랑 계속 만나냐? 가끔…… 능선에 올라서자 사방이 막힌 데 하나 없이 쫙 펼쳐졌다. 억새만 자라는 민둥산의 크고 작은 봉우리들이 거대한 왕릉처럼 사방에 자리하고 있었다. 갈색 머리카락을 휘날리며. 그와 윤은 말을 멈춘 채 한동안 바람에 떠밀려 넘실거리는 억새숲의 노랫소리만 들었다. 참, 혁태 소식 들었어? 뭔 소식? 지난여름에 어머니 돌아가신 거? 아니. 그러고 나서 아버지 혼자 고향집에서 사셨는데 갑자기 뇌경색으로 쓰러졌다는 거야. 뇌경색? 응. 그래서 요즘은 와이프랑 고향집에 가 있나봐.

아버지가 움직이지 못하시니까. 힘들겠네. 혁태야 그렇다 쳐도 일 나가면 와이프가 시아버지 병간호해야 하니까 고생이 이만저만 한 게 아니겠지. 그럼 요양원에 모시는 게 낫지 않나? 자식 입장 이야 그렇겠지만 부모 입장에선 무척 섭섭하겠지. 버림받았다는 생각이 들지 않겠어? 야, 요양원도 돈 없으면 못 모신다! 하긴 그래…… 니네 부모님은 건강하셔? 이제 농사일 안 하시지? 아직도 남들이 안 가져간 비탈밭에서 허리 구부러진 두 양반이 직접 농사 지으신다. 밭이 크진 않지만. 그게 좋은 거야. 평생 농사일하시던 분들 일 안 하면 되려 탈 나. 그나저나…… 우리 부모님들 시대가 서서히 저물어가는 것 같아. 그런 거지 뭐. 그런 생각이 들면 좀 우울해져…… 그와 윤은 민둥산의 정상에 올라 바위 위에 엉덩이 를 걸치고 앉아 물을 마셨다. 붉은 노을이 조금씩 번져가고 있는 서쪽 하늘을 바라보며. 노을이 사라지면 곧바로 어둠이 내려올 텐 데 왠지 그는 일어나기가 싫었다. 산을 내려가고 싶은 마음이 생 기지 않았다. 억새밭 위로 보름달에 가까운 달이 떠오를 때까지 민둥산에서 머무르고 싶었다. 가능하다면 추석 연휴가 끝나는 날 까지.

어두워지기 전에 내려가야지.

윤이 엉덩이를 털고 일어났다. 노을이 붉어질수록 지상은 점점 더 어두워졌다.

……민둥산에서 내려가면 뭐가 있을까.

그는 정말로 궁금하다는 표정이었다.

……내려가봐야 알지.

……우리 나이쯤 되면 가보지 않아도 알아야 하는 게 아닐까?

요즘은 어떻게 된 게 나이 먹어도 다 애들이야.

내려가는 길은 윤이 앞장섰다.

다시 문재를 넘어 고향집에 도착하니 외등이 대문 옆의 사과나
무를 오롯이 밝혀주고 있었다. 가지에 줄줄이 달려 있는 사과들은
반은 발갛고 반은 아직 푸른빛이었다. 그는 사과나무 아래로 가서
테니스공만한 사과 한 알을 손으로 쓰다듬어주었다. 사과의 서쪽
은 발갛고 동쪽은 푸르렀다. 그의 아버지가 오 년 전쯤 초등학생
키만한 묘목을 가져와 심었는데 그게 어느새 훌쩍 자라 그의 키를
넘어서 있었다. 그는 다시 한번 사과를 쓰다듬어주고 마당으로 들
어섰다. 거실에서만 불빛이 흘러나오는 집은 고요했다. 다들 잠들
었나…… 그는 아무렇게나 흩어져 있는, 흙과 풀이 묻어 있는 신
발들을 물끄러미 훑었다.

노모는 작은 칼로 밤을 까고 그는 대충 차린 술상 앞에 앉아 냉
장고에 등을 기댄 채 텔레비전 채널을 이리저리 돌렸다. 보늬를
벗겨낸 생밤을 우적우적 썹으며. 아버지는 평소처럼 초저녁잠에
들었고 형은 벌초를 마친 뒤 마신 술에 취해 일찍 잠들었다고 했
다. 형의 다 큰 아들은 연휴를 이용해 애인과 해외로 여행을 떠났

고 형수는 병원에 입원해 있었다. 누나들은 시댁으로 가서 고향집은 명절 전전날이라 해도 별다를 게 없는 풍경 속에서 어두워져가고 있었다. 그는 프로야구 채널에 화면을 고정시켜놓고 볼륨을 낮췄다.

일찍 와서 형이랑 벌초 좀 같이하지. 일이 있었어요. 아직 초반이라 그런지 야구는 투수전 양상을 보였다. 정규 리그 우승을 확정 지으려 하는 팀은 이십 승을 노리는 국내 투수를, 어떻게 해서든 5위에 턱걸이해 가을 야구를 한 게임이라도 하려는 팀은 외국인 선수를 선발투수로 내세웠다. 초가을은 그런 결실을 보려는 계절이었다. 그러나 모든 팀이 다 결실을 거두는 계절도 아니었다. 형수한테 전화 좀 해봐라. 내가 하니 안 받더라. 아파서 병원에 있는데 전화 받는 게 쉽겠어요. 엄마가 아픈데 아들 녀석은 외국에 놀러나 가고 시집간 딸내미는 갓난애 뒷수발하느라 정신없고. 남편이 잘 간호하겠지요. 니 형이 그럴 사람이냐. 가까이 있으면 병문안이라도 갈 텐데…… 그는 아나운서의 목소리에 귀를 기울였다. 이 경기가 두 팀 간의 정규 리그 마지막 경기인 모양이었다. 그가 응원하는 팀은 이 경기에서 지면 남은 두 게임과 상관없이 가을 야구 탈락이었는데 볼넷과 안타, 그리고 다시 볼넷으로 순식간에 주자 만루의 위기에 봉착해 있었다. 투아웃이고 타율이 낮은 8번 타자가 타석에 들어와 있었지만 왠지 불길한 기운이 감돌았다. 영 대 영으로 팽팽한 균형을 이루던 것이 5회 말이 되자 야구장의 밤하늘로 먹구름이 밀려오기 시작했다. 야구장을 비추는 조명으로도 해결하지 못할 먹구름이었다. 주자는 만루지만 아직 한 점도 허용하지 않은 선발투수를 교체할 것인가, 아니면 그대로 밀고 갈 것인가. 그가 감독이라면 어떻게 할까. 그때 안방 문이 열리고 트렁크스 팬티만 걸친 그의 형이 퉁퉁 부은 얼굴로 나왔다. 화장실에 가려는 모양이었다. 그는 텔레비전을 가린 채 서 있는 형의 가랑이 사이로 보이는 화면에서 눈을 떼지 않았다. 감독은 투수를 교체하지 않았다. 그의 형이 마당으로 나가며 문을 닫는 소리와 함께 경기는 재개되었다. 내야수들은 전진 수비 형태를 취했다. 한 점도 허용하지 않겠다는 뜻이었다. 1구 볼, 2구 볼. 3루측 관중석과 1루측 관중석에서 함성과 침묵으로 타자와 투수를 바라보고 있었다. 3구 스트라이크, 4구 파울. 2볼 2스트라이크. 5구 볼. 1루 견제구. 다시 견제구. 오줌을 누러 나갔던 형이 거실로 들어와 화면을 들여다보며 물었다. 어디랑 어디 하는 거야? 응? 그는 대답하지 않은 채 자리를 옆으로 이동했다. 6구 파울. 맨날 지기만 하는 야구 뭐하러 봐. 형은 손을 내밀어 텔레비전을 꺼버렸다. 에이, 보고 있잖아! 그는 서둘러 리모컨으로 텔레비전을 켰다. 어라…… 맙소사! 밀어내기 볼넷이었다. 형은 방으로 들어가지 않고 술상 앞에 자리를 잡고 앉았다. 안주가 이게 뭐야! 엄마, 안주 좀 만들어주게. 뭘 또 마셔. 내일 전사 지내러 가야 하는데 들어가서 자. 잠 다 깼어. 한잔 마셔야 다시 잠들지. 결국 투수는 교체되었다. 하지만 상대편 타자는 새로 들어온 투수의 초구를 공략해 2루타를 만들어냈고 주자들은 모두 홈으로 들어왔다. 영 대 사. 그는 텔레비전의 볼륨을 더 낮추고 술잔에 담긴 술을 천천히 비웠다. 노모는 거무칙칙한 감자적을 다시 덥혀서 밥상으로 가져왔다. 감자적은 한 번 지졌다가 냉장고에 보관한 뒤 다시 프라이팬에 기름을 두르고 지지면 그 쫄깃쫄깃함이 최고였다. 사람을 차별하는군. 역전의 가망이 없어 보이는 야구를 흘깃거리며 그는 감자적을 양념간장에 찍어 먹었다. 내일 전사 지내러 가니까 빠지지 마라. 내일 강릉에서 일이 있어. 그는 화면에서 눈을 떼지 않고 말했다. 무슨 일? 이미 한 달 전부터 잡혀 있던 일이야. 그가 응원하는 팀의 선수들은 상대편 투수에게 속수무책으로 나가떨어졌다. 상대팀 국내 투수의 이십 승 달성은 의심할 여지가 없었다. 산꼭대기까지 짐 들고 올라가는 게 얼마나 힘든데. 같이 나눠 들면 다들 좋지. 밤을 까던 노모가 거들었다. 그는 술잔을 비웠다. 강릉에 놀러가는 게 아니라 일하러 간다고요. 야, 무슨 일을 추석 전날에도 하냐? 그는 옆에 벗어두었던 바람막이 점퍼를 걸치고 자리에서 일어났다. 술 안 마시고 어디 가? 담배. 몸에 좋지도 않은 담배 끊어! 형이 술 끊으면 나도 담배 끊을게.

뭐해?

사과나무 아래에 쪼그려앉아 피우는 담배 맛은 괜찮았다. 더이상 올 사람도 없는데 외등은 변함없이 대문 밖을 비춰주고 있었다.

어린애들도 아닌데 싸우긴 왜 싸워.

그는 휴대폰을 귀에 붙인 채 문재 쪽의 밤하늘을 이리저리 살폈다. 이어 전재 쪽의 하늘도 훑어보았다. 두툼한 구름들이 섬처럼 둥둥 떠 있었다.

이상하네. 달이 안 보여. 어디로 갔지?

구름에 가렸는지, 나무에 가렸는지, 아니면 산에 가렸는지 한가위 보름달로 향해 가는 달을 찾을 수 없었다. 달 대신 밤하늘에서 졸음이 가재처럼 슬금슬금 다가왔다. 먼 데서 들려오는 휴대폰 속의 목소리가 졸음을 쫓아내기엔 역부족이었다. 그는 결국 입을 열었다.

나는…… 당신이 옆에 있었으면 좋겠어.

그는 다시 사과나무 아래에 쪼그리고 앉았다.

그래……

알아……

미안해……

거실로 돌아오니 노모는 두루마리 화장지를 베고 싱크대 앞에서 모로 누워 잠들었고 형은 안방으로 들어갔는지 보이지 않았다. 아직 끝나지 않은 야구 경기만 관중 하나 없는 거실로 생중계되고 있었다.

문재 터널 앞에 자동차를 세우고 그는 캔커피를 마셨다. 고향집에서 일찍 출발하지 않아도 됐지만 일부러 형이 전사 지내러 떠나는 시간에 맞춰 출발했다. 그래야 마음이 편할 것 같았다. 형은 조상들의 묘가 있는 높은 산으로 떠나고 그는 바다가 가까이 있는 강릉으로 가기 위해 고갯길을 오른 것이다. 창밖으로 멀리 치악산 꼭대기가 보였다. 산꼭대기가 구름 위로 뾰족하게 솟아 있었다. 간밤 달이 보이지 않았던 까닭을 이해할 수 있었다.

바다가 보이는 횟집의 구석방이 세 사람의 약속 장소였다. 백사장을 한참이나 쏘다니다가 들어간 그가 가장 먼저 도착했고 그의 형과 동갑인 선배 소설가와 신문기자는 거의 비슷한 시간에 나타났다. 지역신문이 주관하는 문학상을 심사하는 자리였다. 기수상자들이 예심위원이 되어 추천한 소설책들은 모두 열한 권이었다. 선배 소설가는 이 상의 1회 수상자이고 그는 3회 수상자였다. 원래는 선배 소설가와 비슷한 연배의 소설가가 심사를 해야 하는데 긴 추석 연휴와 몇 가지 사정 때문에 서울에서 심사위원을 모셔올 수 없는 상황이 돼버렸다. 선배 소설가는 고향이 강릉이니 어차피 명절을 쇠러 와야 했고 그 역시 강원도에 살고 있어 움직이기가 수월했다. 탁자 위에 진열해놓은 열한 권의 책들은 지난 일년 동안에 발간된 것들이었는데 당연하게도 모두 다른 제목, 다른 얼굴, 다른 내용의 이야기들이었다. 저자 역시 마찬가지였다. 어떤 소설가에게는 첫번째 책이었고 또 어떤 소설가에게는 여러 권의 저작들 중 가장 최근에 낸 책이었다. 그런 책들을 한데 모아놓고 다시 들여다보니 묘한 기분이 들지 않을 수 없었다. 마치 예심을 거쳐 이야기 겨루기 경연대회에 나온 책들을 보는 것 같아 기분이 쓸쓸했다. 세상의 문학상이란 게 받는 당사자야 기쁘겠지만 그렇지 않은 저자들에겐 참 엿같은 기분이 들게 만든다는 걸 그는 모르지 않았다. 엿같은 기분인데도 시상식에 참석해 웃는 얼굴로 축하의 박수를 쳐야 한다는 것 역시 쉽지 않은 일이었다. 그건 성인군자나 할 수 있는 일이라고 생각한 적도 있었다. 똑같이 책을 냈는데 상을 받는 사람과 받지 못하는 사람으로만 세상이 나뉜다는 생각이 밀물처럼 쳐들어왔다. 그 와중에 누군가는 이렇게 물어올 수도 있다. 당신은 문학상 안 타? 그 많은 상들 중 하나를 결정하는 자리에 자신이 앉아 있다는 게 잘 믿겨지지 않았지만 한편으론 심사위원 입장이 되니 그저 무덤덤할 뿐이어서 조금 당혹스럽기도 했다. 다른 이의 운명을 결정짓는 자린데 이토록 무덤덤하다니……

자, 얘길 해봅시다.

그와 선배 소설가는 책들이 놓인 탁자를 마주하고 앉아 본격적인 심사에 들어갔다.

아, 기분이 좋네!

선배 소설가가 맥주를 비운 뒤 소감을 밝혔다.

저도 기분이 좋네요!

그는 사이다를 마신 뒤 소감을 털어놓았다. 이견이 없는 심사

결과였다. 신문기자는 수상자에게 전화를 걸었다. 혹시라도 수상을 거부하지나 않을까 염려하며. 다행히 수상자는 흔쾌하게 연락을 받았다. 그와 선배 소설가, 그리고 신문기자는 차례로 들어오는 밑반찬에 젓가락을 올리기 시작했다.

대관령에 접어들자 어둠이 조금씩 내려왔다. 낮과 달리 온도도 급격하게 떨어진 듯해서 자동차의 히터를 약하게 가동시켰다. 강릉으로 내려올 때는 차들이 꼬리에 꼬리를 물고 이어졌지만 올라가는 길은 한산했다. 그는 불룩해진 배를 손바닥으로 쓰다듬으며 운전을 했다. FM 라디오에서는 〈세상의 모든 음악〉이 방송되고 있었다. 문학상이란 게 과연 무엇일까. 상을 받으면 왜 기분이 좋아질까. 상금이 많아서? 하지만 상을 타는 건 쉽지 않은 일이다. 상은 단 한 권의 책, 단 한 명의 저자에게 주어진다. 그 역시 소설가로 살기 시작하면서부터 분명하게 상을 의식하며 글을 썼다. 상이 자신을 가리키기를 바라며 이야기를 만들었다. 심하게 말해서 오로지 상을 타기 위한 글을 써왔을지도 모른다는 생각이 들자 갑자기 등이 서늘해졌다. 아니, 아니, 물론 그런 적은 없었다. 당연히 그런 적은 없었지만 그렇다고 해서 상에서 자유로웠던 적 또한 없었다. 자신을 비껴간 상을 생각하면 우울해졌다. 술을 마시면 상의 운영 방식에 대해 끊임없이 불만을 토로하게 되었다. 상을 받는 저자와 작품에 대해 어떻게든 흠을 잡으려고 눈알을 이리저리 빠르게 돌렸다. 자신의 작품에 대한 심사위원들의 평가 역시 섭섭하게 여겨졌다. 그는 가속페달에 올려놓은 발에 힘을 준 채 대관령에서 가장 긴 터널 속으로 진입했다. 술 생각이 간절했지만 고향집에 도착하려면 아직도 한 시간은 더 남았다. 터널 속으로 들어가니 그때까지 잘 들리던 라디오에서 돌연 알아들을 수조차 없는 중국어가 나왔다. 마치 부서진 벌집에서 빠져나온 벌들의 소리처럼 사납게 앵앵거리기 시작했다.

일어나! 성묘 가야지!

방문을 두드리며 소리치는 형의 목소리에 그는 잠에서 깨어났다. 시간을 확인하니 이제 겨우 아침 일곱시를 넘어가고 있었다. 간밤 문재를 넘어 고향집에 도착했을 때 형은 아홉시가 채 되지도 않았는데 이미 잠들어 있었다. 형과 그는 서로 다른 시간 속에서 사는 것이나 마찬가지였다. 그는 겨우 떴던 눈을 다시 감았다.

야, 아직도 자냐? 성묘 가야지!

왕왕거리는 텔레비전 소리가 형의 목소리와 함께 열린 문으로 홍수처럼 밀려들었다. 그는 뒤척거리다가 다시 깨어나 휴대폰으로 시간을 확인했다. 여덟시였다. 여전히 성묘를 갈 시간은 아니었다. 이해할 수 없는 형의 채근에 그는 엉금엉금 기어가 문을 닫은 뒤 제자리로 돌아와 이불을 머리끝까지 뒤집어쓰고 다시 눈을 감았다. 매년 그래왔듯이 성묘는 아무리 빨라도 밤새 내린 이슬이 햇살에 마르는 열시 이후에나 가능했기 때문이었다. 더군다나 어린 시절처럼 한 시간여 걸어서 가야 하는 것도 아니었다.

니 안 가면 우리끼리 간다! 갈 거야, 말 거야?

여덟시 반이었다. 목소리로 보아하니 이미 채비를 마친 듯했다. 노모까지 합세해 그를 채근하지는 않는 걸 보니 전에 없던 이른아침의 성묘는 성미 급한 형의 단독 기획인 모양이었다.

……지금 못 일어나. 갔다 와.

에이, 그럼 우리끼리 간다!

현관문이 닫히고 얼마 지나지 않아 집은 고요 속에 잠겼다. 그는 눈을 감은 채 이불 속에서 생각했다. 어제 나는 제대로 심사를 했을까…… 누군가 나의 선택으로 인해 아침부터 술잔을 기울이는 건 아닐까…… 그는 결국 자리에서 일어나 사과나무 근처에 가서 오줌을 누고 그 옆에 쪼그려앉아 담배를 피웠다. 적막하기 이를 데 없는 추석날 풍경이었다.

외갓집 식구들이 문재를 넘어오고 있다는 소식을 들은 건 오전 열한시 반쯤이었다. 엄마의 조카들 가족으로, 고향집 건너편 골짜기에 있는 산소로 성묘를 하러 오는 거였다. 매년 엄마와 형, 그는 외갓집 산소에서 외갓집 식구들과 만나 성묘를 하고 묘지 옆 소나무 그늘에 자리를 펴고 앉아 음식을 먹으며 이런저런 이야기를 나누다가 헤어지곤 했다. 그러니까 일 년에 한 번 성묘 때문에 공식적으로 만나는 거였다. 그가 생각해도 묘를 잘 써도 보통 잘 쓴 게 아니었다. 하는 일이 다르고 사는 곳이 다르다보니 아무리 사촌간이라 해도 얼굴 보는 게 쉽지 않기 때문이었다. 엄마는 일찍 부모를 여읜 외사촌들에게 있어 유일한 고모이기에 그 각별함이 남다를 수밖에 없었다. 엄마는 소주 두 병과 사과와 배 한 알을 넣은 비닐봉지를 들고 형의 차에 탔다. 당신의 엄마 아버지, 그리고 오빠들을 만나러 가는 길이기도 했다.

걸어서 외갓집 갈 때 엄청 추웠어요. 왜 가는지도 모르고 그냥 엄마가 가자니까 따라나섰는데, 장거리 지나 큰 다리 지날 때면 바람 힝힝 불지, 눈보라 치지, 얼음이 얼어붙어 길도 없지, 근데 그 위치는 돌아가고 싶어도 돌아갈 수도 없는 곳이었어요. 괜히 따라나섰다고 툴툴대며 엄마 치맛자락 뒤에 숨어서 걸었다니까요.

초등학교도 들어가기 전 한겨울에 엄마를 따라 외갓집에 가던 기억이 너무나도 선명했다. 나중에 알았지만 그날은 외할머니의 제삿날이었다. 젊은 엄마는 혼자 가기 심심하니까 아마도 막내인 자신을 데려갔을 테고.

야, 니는 그래도 왔으면 이틀은 있어야지. 겨우 하룻밤 자고선 집에 가겠다고 울고불고 떼를 써댔어. 그럴 거면 왜 오나.

외사촌누나가 당시를 떠올리며 말을 받았다. 그도 기억하고 있는 내용이었다. 하지만 왜 집으로 돌아가자고 엄마에게 졸랐는지 그 이유는 떠오르지 않았다. 상투를 틀고 수염을 길렀던 외할아버지와 외사촌들, 그리고 낮에도 컴컴했던 외갓집 풍경만 어렴풋하게 떠올랐다.

근데 외갓집 가던 장면은 기억나는데 집으로 돌아오던 장면은 전혀 기억에 없어요.

다람쥐처럼 뛰어갔으니까 생각이 안 나는 거겠지. 나는 고모가 며칠이라도 더 있었으면 좋겠는데 돌아간다는 거야. 골짜기 입구에서 고모를 배웅하는데 왜 그렇게 눈물이 나던지…… 막 서러웠지. 엄마 아버지는 왜 그렇게 일찍 돌아가신 거냐고 한탄하며 소나무 밑에 앉아 고모가 안 보일 때까지 울었어.

환갑을 넘은 외사촌누나의 눈에 눈물이 글썽거렸다. 그는 속으로 깜짝 놀랐다. 당시에 어린아이였던 그로선 전혀 알 수 없었던 얘기였다. 집으로 돌아간다는 생각밖에 없었을 테니까. 세월이 흐르고 흘러 외할아버지, 외할머니, 외삼촌의 산소 앞에 앉아 술잔을 기울이며 서로의 기억을 맞춰보니 비로소 새로이 그림의 윤곽이 모습을 드러낸 것이었다. 외사촌누나는 큰딸이었다. 부모가 일찍 돌아가셨으니 부모 역할을 도맡아야 했을 것이다. 학교도 가지 못하고 할아버지와 세 동생의 뒤치다꺼리를 하며 혼자서 집안일을 감당했을 게 분명했다. 얼추 계산해보니 그 시절 외사촌누나는 스무 살도 되기 전이었다. 그런 누나에게 할머니의 제삿날이면 찾아오는 고모는 엄마처럼 반가운 존재였을 것이다. 그런 고모가 친정집에서 겨우 하룻밤에 머무르지 못하고 돌아갔으니…… 집에 가자고 보채기만 했던 그로서는 정말이지 외사촌누나를 볼 면목이 없었다. 그는 그녀에게 술 한 잔을 따라주었다. 미안하다는 말은 차마 못하고.

다 옛날이야기라며 젖은 눈을 훔치고 외사촌누나가 미소를 짓자 분위기는 되살아났다. 소나무가 우거진 산소에서 먹고 마시며 지난 일 년 동안의 일들을 서로 앞뒤 가리지 않고 하나둘 얘기하기 시작했다. 그의 형과 나이가 같은 외사촌형은 내년이면 정년퇴임을 하는데 시골에 가 농사를 짓고 싶다고 했다.

아이고, 농사는 아무나 짓나! 맨날 허리 아프다고 골골대는 사람이 농살 어떻게 지어.

형수가 목소리를 높였다.

농사야 배우면 되지. 남 눈치 안 보고 속 편하잖아.

여보세요, 농사짓다 망한 사람 한둘이 아닙니다!

그는 슬쩍 자리에서 일어나 담배에 불을 붙인 뒤 산소 주변을 천천히 걸었다. 문득 땅속에 묻혀 있는 조상들이 이 모든 얘길 듣는다면 어떤 표정을 지을지 궁금해졌다. 날이 날이니만큼 어떤 방식으로라도 한마디 던져주면 좋을 것 같았다. 핏줄이란 게 무엇인진 모르겠지만 그래도 매년 잊지 않고 찾아와 술을 따르고 절을 하는 사람들 아닌가. 이들이 아니라면 누가 여길 찾아와 풀을 뽑고 어린 시절 이야기를 나누며 눈물을 글썽이겠는가. 그는 다시 자리로 가서 앉았다. 가만히 보니 외사촌형의 딸이 남편 없이 애들 둘만 데려왔다는 걸 그제야 알아챘다. 매년 같이 왔었는데 왠지 조금 이상한 기분이 들어 다른 사람들이 외사촌형의 농사 이야기에 열중해 있는 틈을 이용해 슬며시 물어보았다. 조카는 우물쭈물 말끝을 흐렸다. 그가 대학에 다니던 무렵 그 조카는 고모할머니 집에 와서 방학을 보내곤 해서 꽤 친하게 지내던 사이였다. 조카의 얼굴로 지나가는 어떤 서늘한 기운을 눈치챈 그는 더이상 남편의 안부를 묻지 않고 대신 산소 주변을 이리저리 뛰어다니는 조카의 두 아이만 물끄러미 바라보았다. 아이들의 머리 위로 보이는 소나무는 푸르렀고 하늘은 청명했다. 그래, 그러면 되었다고 고개를 끄덕이며 조카에게 술 한 잔을 따라주었다. 조카는 술을 마시지 않고 종이컵을 만지작거리기만 했다. 멀리 서쪽으로 전재가 보였고 문제는 소나무숲에 가려 보이지 않았다.

먼저 가. 난 걸어갈 거야.

노모를 태운 형의 자동차가 울퉁불퉁 튀어나온 데가 많은 산길을 벅벅 긁으며 골짜기를 내려갔다.

저 아래 친구 집에 잠깐 들렀다가 갈 거예요.

외사촌형의 형수도 똑같이 산길을 긁으며 내려갔다. 운전을 험하게 하는 건 아니었지만 외사촌 형과 장성한 두 아들이 뒤에 타고 있어 무게가 만만치 않았기 때문이었다.

삼촌, 고마워.

뭐가?

그냥…… 내년에 봐, 삼촌.

그래.

조카는 울퉁불퉁한 산길을 걸어서 가듯 조심스럽게 운전했다. 산소에서는 나무와 산에 가려 보이지 않던 문재가 산모롱이를 터벅터벅 돌아나가자 모습을 드러냈다. 아니 육안으로는 보이지 않는, 높은 산과 산이 숨겨놓고 있는 고갯길을 바라보며 그는 걸음을 옮겼다. 외갓집 식구들은 그 고개를 넘어 집으로 돌아갈 것이었다.

큰누나네 가족들이 전재를 넘어오고 있다는 연락이 온 것은 아직 저녁을 먹기 전이었다. 작은누나네 가족들은 밤늦게야 도착할 것 같다고 했다. 그러니까 추석날 저녁부턴 딸들 가족의 시간이었다. 그는 큰누나의 딸에게 닭 한 마리를 튀겨오라는 문자를 보낸 뒤 방으로 들어가 베개를 베고 누웠다. 얼마간이라도 휴식을 취해야 밤을 건너갈 수 있었다. 형은 외갓집 식구들이 떠난 다음부터 안방에서 잠든 상태였다.

뭐야, 나만 빼놓고 자기들끼리만 먹는 거야?

형이 안방 문을 열고 나왔다. 거실에는 큰상이 두 개나 펼쳐져 있었다. 큰누나네 식구 다섯과 작은누나네 식구 셋을 포함해 모두 아홉 명이 자리를 잡고 앉은 추석날 밤이었다.

오빠가 술 마시고 자니 일부러 안 깨웠지!

큰누나가 송편을 접시에 담아 상에 올려놓았다. 큰누나의 아들

은 지난해 가을에 결혼한 아내와 함께 왔는데 벌써 배가 불러 있
었다. 조카들의 전성시대였다. 그게 세상의 순리란 생각이 들었
다. 장강長江의 뒤 물이 앞 물을 밀며 바다로 흘러가는 것. 멈추고
싶어도 멈출 수 없는 인생사였다. 조카들은 더이상 그의 기억 속
에 있는 코흘리개들이 아니었다. 스스로 인생을 결정하고 난관에
부딪히면 기꺼이 헤쳐나가고 있었다. 솔직히 그는 그 전성시대가
부럽기도 하고 샘이 나기도 했다. 물론 어느 날 그들이 아무렇지
않다는 듯 그를 툭 밀쳐버린다면 무척 화가 날 것도 같았다. 하지
만…… 그게 현실이라면 어쩔 수 없었다. 힘을 겨루는 수밖에. 다
만 그는 한 울타리 안에서 그런 일이 벌어지지 않기를 바랄 뿐이
었다. 그런 생각들을 묵묵히 되새기며 그는 앞에 앉은 작은 매형
에게 술을 따랐다.

야, 복자야, 니 신랑은 아직도 술 못 마시냐?

오빠, 복자가 뭐야! 며느리까지 본 사람한테. 제발 말 좀 가려서
해.

야, 그럼 복자보고 복자라 부르지 뭐라고 부르냐?

그럼 오빠는 오빠 와이프한테 경숙아, 이렇게 불러? 사위 있는
앞에서.

아, 됐어, 술이나 줘!

취했으면 들어가 자.

작은누나와 형이 말씨름을 하는 동안 다른 사람들은 텔레비전

을 시청했다. 큰매형은 술이 몸에 받지 않는 체질이었는데 결혼 초창기에는 그의 아버지에게 술을 마시지 못한다는 핀잔을 종종 들었다. 세월이 흐르니 이젠 똑같은 말을 그의 형에게서 듣고 있었다. 사람 좋은 매형은 아버지와 형이 바통을 교체하는 그 세월 동안 그저 소파에 앉아 웃기만 했다. 아무리 술에 취해 하는 말이라 하더라도 아마 그였더라면 견디지 못했을 것이다. 아니, 견디지 못한 적이 여러 번이었다. 견디지 못하고 덩달아 목소리를 높였던 적도 많았다. 서로가 나이들어가면서 생긴 일들이었다. 다들 즐겁게 모인 자리에서 왜 상대방을 불편하게 하는 말들을 꺼내는지 그로서는 형을 이해하기 힘들었다. 본의는 그렇지 않다 한들 여러 번 반복되면 본의나 다름없었다. 아니다다를까. 소주 몇 잔을 더 들이켠 형의 시선은 작은매형에게로 향했다. 그는 나설지 말지 망설였다. 무슨 말이 튀어나올 것인지는 알았지만 그 수위는 자신도 알 수 없었기에.

저번에 전시회 할 때 못 가서 미안해. 그때 너무 바빴어.

괜찮습니다.

작은매형은 그림을 그리는 사람이었다.

그림은 많이 팔았어?

하나밖에 없는 오빠도 안 샀는데 많이 팔았을 리가 있어?

작은누나가 끼어들었다.

야, 내가 그림을 알아야 사지. 그나저나 앞으로 계속 그림 그리며 살 거야?

……그래야죠.

지금 나이에 그림 그려가지고 쟤 대학 보낼 수 있겠어?

보낼 수 있습니다.

오빠, 왜 남의 집 일에 간섭이야? 우리집 일은 우리가 알아서
할 테니 오빠 오빠 집 일이나 잘해.

야, 이게 왜 남의 집 일이냐. 내 여동생 일이지.

당신은 가만있어. 형님, 형님 말 무슨 뜻인지 잘 압니다. 제가
열심히 하겠습니다. 자, 술 드시죠.

그는 슬그머니 밖으로 나왔다. 사과나무 아래에선 이미 큰매형
이 담배를 피우고 있어 뒤뜰로 걸음을 옮겼다. 이건 마치 엄마 아
버지가 늙어가는 고향집에 술 취한 형이 허락도 없이 들어와 동생
들과 그 배우자들에게 대장 행세를 하고 있는 것만 같았다. 어린
시절 형제들 간의 따스함은 온데간데없이 사라진 듯하여 담배 맛
도 그다지 달게 느껴지지가 않았다. 먹구름 때문에 보름달도 보이
지 않는 밤 그는 휴대폰의 플래시를 켜고 앞마당으로 돌아왔다. 그
러곤 처마밑에 놓인 의자에 걸터앉아 밤하늘을 이리저리 살폈다.
모깃불이 피어오르던 여름밤 이 마당에 멍석을 깔고 누워 밤하늘
의 별을 찾던 가족들은 모두 어디로 사라졌는지 찾을 수 없었다.

야, 그래도 우리 형제들은 다른 집 자식들처럼 돈 가지고 싸우
진 않잖아. 그게 어디냐!

그건 오빠 말이 맞아. 형제들 중 한 사람이 돈 많으면 의리 상하는 건 순식간이야.

난 나중에 부모님 돌아가시면 재산은 무조건 엔분의 일로 나눌 거야. 장남이고 뭐고 없어!

오빠, 그건 법적으로 당연한 건데 왜 선심 쓰듯이 말해?

하여튼 무조건 엔분의 일이야!

그는 싱크대 앞에 앉아 허리가 구부러진 채 잡채를 먹는 엄마의 표정을 훔쳐보았다. 아직 돌아가시지 않은 엄마는 희미하게 미소만 지을 뿐 아무 말도 하지 않았다. 참…… 술에 취해 가지가지 하는 형제들이었다. 그는 아무도 몰래 물컵에다 소주를 가득 따라 마신 뒤 잠을 청하려고 문고리를 잡고 일어났다.

야, 근데 니는 책 나왔다면서 이 형한테 한 권도 안 주냐?

……사서 보세요.

야, 사인해서 줘야지!

형이 별로 안 좋은 인물로 등장하는 책이야.

추석 다음날 아침, 일찍 일어난 가족들은 거실에서 두런두런 이야기를 나누고 있었다. 그는 아침도 먹지 않은 채 급한 일이 생겨 먼저 간다는 인사를 하고 집을 나왔다. 세상이 온통 안개 속이어서 마치 처음 가는 길을 가듯 자동차의 모든 등을 켠 채 조심조심 전재를 향해 운전했다.

옛날하고도 옛날, 전재와 문재 사이에 안흥安興이란 자그마한
마을이 있었다. 그 마을은 찐빵으로 유명했다.

탁구장
근처

일요일 해질 무렵에 전화가 걸려왔다. 그가 바쁜 일들을 모두 마치고 일주일 만에 탁구 가방을 둘러멘 채 건물 이층에 자리한 탁구장의 마지막 계단에 오른발을 막 올려놓을 때였다. 휴대폰 화면을 보니 집주인이었다. 집주인이 전화를 걸어온 건 처음이어서 그는 한동안 화면만 들여다보았다. 탁구장에서 새어나오는 탁구공 소리를 들으며. 탁구공이 탁구대와 라켓에 부딪는 소리는 언제 들어도 즐거웠지만 그는 탁구장 문을 열지 못하고 결국 전화를 받았다. 간략한 인사가 오고간 뒤 그가 침묵을 지키자 집주인이 능숙하게 본론을 꺼냈다. 다음달이면 전세 계약이 만료되는데 이러저러한 이유로 전세금을 이천만원 올릴 수밖에 없다는 통보였다. 물론 그가 계속 거주할 의향이 있는 경우에 해당되는 사항이라고 친절하게 덧붙였다. 그는 다소 떨리는 목소리로 언제까지 결정해야 하냐고 물었다. 집주인은 이번에도 친절한 목소리로 일주일 정도 시간을 주겠다고 했다. 일주일…… 아무래도 담배 한 대를 피워야 될 것 같아서 그는 탁구공 소리와 한탄과 감탄이 동시에 새어나오는 복도를 지나 다시 계단을 내려갔다. 탁구장 건물 왼편, 차들이 세워진 후미진 곳으로 가 서둘러 담배를 꺼내 불을 붙이고 담배 연기를 깊게 빨아들였다. 이천만원이라……

"니…… 삼환이 아니냐?"

그가 상기된 얼굴로 담배를 빨고 있는데 건너편 차에서 한 사내가 나와 잠시 머뭇거리더니 다가와 말을 걸었다. 어딘가 낯이 익은 얼굴이었다.

"……상길이?"

"그래! 야, 오랜만이다!"

"니가 왜 여기 있어? 춘천이 고향이잖아."

"직장이 여기야. 와이프 고향도 여기고. 야, 근데 이게 대체 얼마 만에 보는 거냐?"

"……한 이십 년?"

"맞아. 졸업하고 처음 보는 거니까. 야, 근데 넌 하나도 안 변했다!"

상길은 그의 고등학교 동창이었다. 탁구장 옆에서 동창 녀석을 만나지 말란 법은 없었지만 그럼에도 좀 신기했다. 그가 이 탁구장을 드나든 이래 탁구장 근처에서 회원이 아닌 아는 사람을 만난 적이 한 번도 없었기에 더 그랬다. 더군다나 그 역시 이 낯선 도시로 이사온 지 이제 사 년이 되어가고 있었는데 어디에서도 아는 사람을 만난 적이 없었다. 그만큼 이 도시는 그와는 아무런 인연이 없는 곳이었다. 그가 이곳을 거주지로 택한 이유 역시 아는 사람이 없으니 부대끼지 않고 조용하게 살아갈 수 있겠다는 판단에서였다.

"왜 여기 있는 거냐?"

"내가 다니는 탁구장이 이 건물에 있어. 넌?"

"어, 저기 보이는 이기성 법무사 사무실 있잖아. 친구 놈이야. 만나서 술 한잔하려고. 아 참, 기성이도 고등학교 동창이야. 몰라?"

"……잘 모르겠는데. 같은 반이 아니었다면 잘 모르지."

"보면 알 거야. 너도 같이 가자."

"……나중에. 난 탁구장에 가야 돼."

"야, 이십 년 만에 만났는데 탁구장에 가겠다고? 그게 말이 돼?"

그는 탁구복을 입은 채 탁구장에서 오 분 거리에 있는 삼겹살집에 앉아 주머니 속의 탁구공을 만지작거렸다. 탁구 용품이 들어 있는 가방은 벽에 기대놓은 채. 탁구공의 감촉을 손가락 끝으로 느끼며 맞은편에서 대화에 몰두하고 있는 동창 녀석들을 바라보았다. 법무사를 한다는 녀석은 아무리 봐도 기억나지 않는 얼굴이었다. 그는 자신을 억지로 끌고 온 상길이 녀석이 원망스러웠지만 왼손으론 탁구공을 염주처럼 돌리고 오른손으론 술잔을 비웠다. 한 달 안에 이천만원을 어디서 구하지…… 탁구공은 꺼칠하고 크기도 커서 잘 돌아가지 않았다. 차라리 라켓으로 통통 튕기는 게 더 나았지만 자리가 자리인지라 애써 참았다. 화장실에 가는 척, 전화를 받으러 나가는 척 술자리에서 빠져나가고 싶었지만 커다란 탁구 가방이 문제였다. 이번 기회에 아예 집을 정리하고 산골로 이사를 가버릴까. 산골엔 탁구장이 없겠지…… 그는 머릿속에서 이리저리 튀거나 굴러다니는 탁구공을 잡지 못한 채 멀거니 바라보기만 했다.

"삼환아, 탁구 잘 치냐?"

"삼환이 너, 학생 땐 운동 좋아하지 않았잖아?"

그동안 직장을 옮기고 아파트 평수를 넓혀간 이야기에 빠져 있던 두 녀석이 돌연 화제를 바꿨다. 그는 기성과 상길의 질문이 어떤 의미를 지니는지 간파하려고 머릿속에서 굴러다니던 탁구공을 잠시 방치했다.

"그냥 운동 삼아 치는 거야. 잘 못 쳐."

"맞아, 이제 우리 나이엔 운동이 필요해. 야, 먹고사느라 바빠서 필드 못 나간 지 오래됐다. 사무실 개업하기 전엔 한 달에 두 번은 동남아로 갔는데."

기성의 얼굴로 동남아의 필드가 지나가는 것처럼 보였다.

"그래? 그럼 조만간 같이 한번 나가자."

"삼환아, 넌 골프 안 쳐?"

여전히 얼굴이 낯선 기성이 술잔을 건네며 물었다.

"골프채 잡아본 적도 없어."

"야, 우리 나이엔 탁구보단 골프가 격조 있지!"

"어느 게 더 격조 있는지는 모르겠고…… 크기는 비슷한데 골프공이 탁구공보다 훨씬 무겁긴 하더라."

그는 언젠가 술집에서 받았던 골프공을 떠올렸다.

"……당연히 골프공이 더 무겁지!"

상길이 거들었다.

"탁구공이야 훅 불면 날아가는 거고!"

두 녀석은 곧바로 동남아 골프 이야기에 빠졌다. 그는 지금이 빠져나갈 타이밍이라고 생각해 탁구 가방을 들고 자리에서 일어났다. 예의상 잡고 뿌리치는 가벼운 실랑이가 있었지만 그는 탁구 레슨을 빠질 수 없다는 핑계와 함께 다음 술자리를 기약하고 나서야 동창 녀석들에게서 풀려날 수 있었다. 소주 한 병이 부글거리는 배를 쓰다듬으며.

"……멀다, 멀어."

그는 술도 깨고 생각도 정리할 겸 탁구장 건너편의 이십사 시간 편의점으로 들어가 음료수를 마시다가 혼잣말을 했다. 탁구장 창문엔 파란색 비닐이 붙어 있어 안이 보이지 않았다. 레슨이 있다는 건 물론 거짓말이었다. 그가 레슨을 그만둔 건 꽤 여러 달 전이었다. 레슨을 접은 가장 큰 이유는 생각했던 것만큼 실력이 오르지 않아서이기도 했지만 경제적인 이유 때문이기도 했다. 하지만 사실은 한 가지 이유인 거나 마찬가지였다. 생각했던 대로 실력이 올랐다면 경제적인 문제는 감수했을 것이기 때문에. 레슨을 받으려고 처음 탁구장을 찾아갔을 때의 그 묘한 기분도 잊을 수 없었다. 왠지 모를 모멸감과 오기를 느끼며 탁구장에 들어가 딱따구리처럼 요란하게 똑딱거리는 탁구공 소리 속에서 찾아온 목적을 더듬거리며 이야기했던 어느 오후를. 그나저나 어떻게 이천만원을 구하지…… 상길이 녀석이 은행의 지점장 자리에 있다고 하니 싸게 대출을 부탁해볼까…… 근데 아이엠에프 때 안 잘리고 어떻게 지점장 자리까지 올라갔지? 그는 빈 음료수병에다 한숨을 토해놓았다.

"그건 정식 탁구가 아니라 장거리 탁구죠!"

"마구잡이 탁구."

"주먹 탁구."

"계속 그렇게 치면 앞으론 아무도 안 쳐줘."

"……이기면 되는 거 아냐?"

"절대 못 이겨. 레슨 받아야 돼."

그의 항변에 같이 탁구를 쳤던 동료들이 얼굴을 돌리며 피식피식 비웃었다. 그는 땀에 흠뻑 젖은 몸을 씻으며 동료들이 내뱉었던 말과 얼굴에 묻어 있던 표정을 곱씹었다. 기분이 좋을 리 없었다. 게임에 져서 술과 밥을 사는 것보다 더 기분이 좋지 않았다. 그 모욕을 씻어내려고 더 열심히 몸에 비누칠을 하고 때수건을 문질렀지만 기분은 좀체 나아지지 않았다. 아니, 점점 더 더러워졌다. 쉬는 시간에 운동 겸 친목 도모를 위해 친 탁구가 철조망처럼 그의 마음속으로 자꾸만 옥죄어 들어왔다. 어느 공보다 작고 가벼운 탁구공 하나가. 1박 2일의 모임에서 돌아온 뒤에도 그 모멸감은 한동안 사라지지 않았다.

어떤 공은 라켓으로 받으면 네트에 걸렸다. 어떤 공은 허공으로 붕 떠올랐다. 어떤 공은 라켓에 닿자마자 오른쪽으로 튕겨나갔다. 어떤 공은 왼쪽으로 꺾어져 바닥에서 통통거렸다. 어떤 공은 아예 라켓마저 피해 뒤편으로 사라졌다. 공이 높이 떠올랐을 땐 기회다 싶어 라켓을 휘둘렀지만 야구 선수처럼 몸이 한 바퀴 돌면서 헛스윙을 했다. 어떤 공은 간신히 네트 너머로 넘겼는데 상대방이 총알처럼 빠르게 되돌려보냈다. 또 어떤 공은 받으려고 오른쪽으로 몸을 틀었는데 탁구대에 닿자마자 갑자기 방향을 바꿔 왼쪽으로 날아갔다. 심지어 어떤 공은 네트를 넘어왔다가 그의 라켓에 닿기도 전에 되돌아가기도 했다. 어떤 여자가 강하게 스매싱한 공은 그의 사타구니에 있는 물건을 정통으로 가격하기도 했으니……
2.7그램의 탁구공에 처절하게 농락을 당한 거나 마찬가지였다.

"뭐해?"

"……탁구장 가려고."

"저녁은 먹었어?"

"어, 우연히 동창 녀석 만나서 삼겹살에 술 한잔했어."

"술 마시고 탁구장 간다고? 그게 말이 돼?"

"살살 칠 거야. 한동안 바빠서 탁구도 못 쳤어."

"그러니까 더 문제지! 당신은 어디 하나 부러져야 정신 차릴 사람이야."

"……어떻게 그런 말을 해?"

"몰라! 끊어!"

탁구장으로 올라가지 못하고 건물 앞을 왔다갔다하며 전화를 받다가 그는 걸음을 멈췄다. 화가 치솟았지만 화를 낼 대상이 앞에 없었다. 고함을 치고 싶었지만 사람들이 걸어 다니는 도로였다. 때맞춰 탁구장 건물에서 알록달록한 탁구 복장을 갖춰 입은 아주머니들이 하나둘 빠져나오는 바람에 그는 황급히 건물 귀퉁이로 몸을 숨겼다. 플라타너스 가로수 사이를 재빠르게 빠져나간 그는 건너편 치킨집으로 향했다. 벌렁거리는 속내를 애써 누르며.

그가 자리에 앉아 숨을 고르기도 전에 다시 그녀가 전화를 걸어왔다.

"나 지금 출발했어."

"……"

"세 시간 뒤에 도착할 거야."

"……탁구 치러 왔다고 했잖아."

"알아. 하지만 밤새 탁구 칠 건 아니잖아."

"……그런 건 미리 알려주면 좋잖아."

"나 오늘도 일하고 지금 끝났거든. 가지 말까?"

"……알았어. 운전 조심해."

생맥주 한 잔과 치킨 반 마리를 주문한 뒤 그는 묵묵히 창밖을 내다보았다. 저녁을 먹고 산책을 나온 사람들이 하나둘 지나가는 여름 초저녁의 거리는 평화로워 보였다. 치킨집에서도 탁구장이 보였지만 역시 유리창에 붙여놓은 파란 비닐 때문에 안이 보이지 않았다. 파란 비닐에는 빨간색 러버와 까만색 러버가 붙은 라켓 두 개가 흰 공과 함께 겹쳐 있었다. 날이 조금씩 어두워졌다. 그는 닭을 튀기는 기름냄새를 맡으며 탁구장 건물에서 눈을 떼지 않았다. 치킨보다 먼저 나온 생맥주를 벌컥벌컥 들이켜며.

난생처음 탁구 레슨을 받게 되었을 때 그는 마치 다른 세상을 보는 듯했다. 그동안 친 탁구는 그들이 말한 대로 장거리 탁구, 마구잡이 탁구, 주먹 탁구가 맞았다. 그는 성실하게 레슨에 임했고 끝나면 담배 한 대를 피운 뒤 바로 옆에 있는 탁구 머신의 전원 버튼을 눌렀다. 커트, 회전, 맨 공으로 설정을 바꿔가며. 시간이 흐를수록 낙숫물 같은 땀방울이 마룻바닥에 뚝뚝 떨어졌는데 그럴 때면 희열이 느껴졌다. 그다음은 서브 연습이었다. 구기 종목 중 가장 작고 가벼운 탁구공이 일으키는 변화무쌍함에 놀라움을 감출 수가 없었다. 물론 그는 연습 도중 가끔 칸막이 너머로 다른 회원들이 탁구 치는 모습을 훔쳐보곤 했다. 그들 중 누군가가 같이 치자고 말이라도 건네주기를 소원했지만 들려오는 것은 요란한 탁구공 소리와 각기 다른 톤의 탄성들뿐이었다. 하지만 그는 서운해하지 않았다. 넉넉잡아 육 개월이면 이 탁구장을 평정할 수 있을 거라고 생각하며 연습에 매진했다. 레슨을 시작한 지 한 달쯤 되었을 때 그는 관장에게 물었다. 사뭇 진지한 표정으로.

"봉관장, 이제 게임해도 되겠지?"

사실 그동안 관장은 그에게 몸에 밴 주먹 탁구의 자세가 교정될 때까지 가급적 게임을 자제하라고 권했었다. 그로서는 납득하기 힘들었지만 일단은 받아들이기로 한 터였다. 관장은 잠시 고민하던 눈치더니 칸막이 너머에서 탁구를 치는 사람들을 둘러보았다. 낮시간이라 탁구장에는 아주머니들뿐이었다.

"민여사님, 이분이랑 게임 한번 하실래요?"

탁구장에서의 그의 첫 게임은 그렇게 시작되었다. 민여사라고 불리는 여자는 그보다 훨씬 나이가 많아 보였다. 대등하게 게임을 하고 싶었지만 관장이 다섯 점 핸디를 잡아야 한다고 해서 오 대 영에서 출발했다. 주변의 아주머니들이 흘깃거리며 지켜보는 가운데 그는 두근거리는 가슴을 진정시키며 첫 서브를 넣었다. 상대방은 십일 점을 얻어야 이기는 거고 그는 육 점만 내면 끝이었다.

비록 레슨을 받은 지는 한 달밖에 안 됐지만 주먹 탁구 경력은 그 역시 만만치 않았다.

"오랜만에 오셨네요. 오늘은 탁구장 안 가세요?"

"……오랜만에 가는 중인데, 자꾸 다른 것들이 발목을 잡네요."

치킨집 주인이 씩 웃으며 다리를 꼬고 앉은 그의 발목을 힐끔 내려다보았다. 그도 씩 웃어주며 한쪽 발목을 까닥거렸다.

"오늘 중으로 갈 수 있겠어요?"

"바로 코앞에 있는데 설마 못 가겠어요."

치욕에 가까웠던 첫 게임을 생각하면 아직도 얼굴이 화끈거렸다. 첫번째 게임을 삼 대 영으로 지고, 두번째 게임 역시 삼 대 영으로 지고, 세번째 게임마저 삼 대 영으로 졌는데, 그가 세 게임에서 얻어낸 점수는 모두 합해 고작 십 점이었다. 평균을 내자면 한 세트에 일 점밖에 못 얻었다는 얘기였다. 헉헉거리며 왼쪽 오른쪽으로, 앞으로 뒤로 쉴새없이 뛰어다녔건만. 그게 탁구장 탁구, 즉 레슨 탁구이자 클럽 탁구였다. 그는 기름에 튀긴 닭다리를 손에 든 채 탁구장 건물을 올려다보았다. 그 게임을 한 뒤로부터 어느덧 삼 년이란 세월이 흘러 있었다. 그동안 치킨과 맥주 내기 게임에 져 자정 가까운 무렵 이 치킨집을 수도 없이 들락거리며 계산을 치렀다. 어디 그것뿐이었겠는가. 그는 생맥주 두 잔과 닭 반 마리를 간단하게 먹어치우고 트림을 했다. 그나저나…… 전세금 이천만원은 어디서 마련하지…… 그는 탁구 가방을 어깨에 걸치고 자리에서 일어났다.

"……저녁은 챙겨 먹었나?"

노모의 낮은 목소리가 아주 먼 곳에서 천천히 건너왔다. 집 떠나 홀로 사는 자식에게 건 전화였다. 그는 탁구장 건물 건너편에 있는 우편함 앞에서 전화를 받았다. 한숨 소리가 노모에게 건너가지 않게 손으로 휴대폰 아랫부분을 잠시 덮었다.

"벌써 먹었어요. 무슨 일 있어요?"

"내일 아버지 정기검진 받으러 수원 병원에 가야 하는데 니 시간이 어떻게 되나 해서."

"내일요? 그걸 왜 지금 얘기해요?"

"원래는 니 누나가 오늘 와서 자고 내일 같이 병원에 가려 했는데 갑자기 일이 생긴 모양이야. 니 바쁘면 아버지 혼자 버스 타고 가도 돼. 혹시나 해서 전화한 거야."

"……버스 타면 갈아타야 하잖아요? 시간도 많이 걸리고. 진료 시간 맞출 수 있어요?"

"여기서 첫차 타면 돼. 옛날에도 아버지 혼자 다녔어."

그는 탁구 가방에서 담배를 꺼내 불을 붙이고 탁구장 건물을 빠져나왔다. 탁구장 건물은 모두 사층인데 일층은 정육점을 가운데에 놓고 양편에 신용협동조합과 미용실이, 이층은 탁구장, 삼층은 교회, 사층은 영어 학원이 들어서 있었다. 그는 마트 앞 파라솔 의자에 앉아 탁구장 건물을 바라보며 노모와 통화를 이어갔다. 이런 저런 생각들을 궁굴리며. 빛이 새어나오는 곳은 삼층의 교회뿐이 어서 그는 창문에 붙여놓은 붉은 십자가에 시선을 올려놓은 채 노 모에게 말했다.

"그럼 내일 오전에 내가 여기 터미널에서 기다렸다가 아버지 모시고 병원 갈게요."

"그래, 고생해라."

"끊어요. 나 탁구 치러 가는 중이었어요."

"밥 제때 챙겨 먹어."

그는 대꾸 없이 전화를 끊고 탁구장으로 눈길을 옮겼다. 하지만 확확 달아올랐던 속이 진정되지 않아 편의점에서 아이스커피를 사 들고 나와 한 번에 들이켰다. 머릿속에서 서로 다른 색깔의 탁 구공들이 통통거리며 튀고 있는 것 같은데 쉽게 진정될 기미를 보 이지 않았다. 얼음조각 하나를 입에 넣고 열이 가라앉기를 지긋이 기다리는 수밖에 없었다. 그나저나 어떻게 하는 게 적절한 처신일 까……

탁구는 산 너머 산이었다. 치욕스런 패배 이후 그는 빠른 시간 안에 탁구를 잘 치기 위해 여러 가지 방법을 동원했다. 탁구장의 고수들에게 술을 사주면서 자주 난타를 쳤고 집에 가면 탁구 동영 상을 시청했다. 심지어 어떤 날은 동영상에 나온 서브를 구사해보 고 싶어 새벽에 아무도 없는 탁구장에 들어가 날이 밝아올 때까지 부지런히 탁구공을 라켓 위로 띄워올린 적도 있었다. 어디 그뿐인가. 도서관에서 탁구 서적까지 빌려 독파했고 세계 탁구 선수권대회의 경기도 빼놓지 않고 모두 시청했다. 저녁 일곱시면 어김없이 탁구장에 도착해 자정까지 라켓을 휘두르다가 지친 몸으로 집에 돌아왔다. 땀에 젖은 옷들을 세탁기에 넣고 캔맥주 하나를 마신 뒤 잠이 들면 거의 시체가 되었다가 깨어나곤 했는데 문제는 아침이었다. 마치 온밤 내내 누군가 몸을 자근자근 밟아댄 것처럼 자리에서 일어날 수가 없었다. 더이상 탁구를 치지 못할 것 같다는 생각마저 들 정도로 온몸이 욱신거렸다. 엉금엉금 기어가 불을 켜고 다시 쿠션에 기대 한참을 멍하니 천장을 바라보고 있어야만 겨우 힘이 돌아올 정도였다. 몸을 너무 혹사하고 있다는 생각이 들어 오늘 하루는 쉬어야겠다고 다짐하지만 각오는 저녁이 가까워지면 흔적도 없이 사라졌다. 실력은 늘지 않고 그 대신 중독이 들어와 앉은 셈이었다. 자신도 모르는 사이에 그는 탁구에 중독돼 있었다. 사실 주말에도 탁구장에 가고 싶었지만 멀리서 찾아오는 그녀 때문에 어쩔 수 없이 못 가는 거였다. 그녀를 만나 사랑을 나누면서도 머릿속으로는 탁구 생각을 했다. 주말에도 탁구장에 나가 실력을 갈고닦을 비슷한 수준의 몇몇 사람을 줄곧 생각하고 있으니 그녀에게 들통나지 않을 수가 없었다.

"앞으론 일주일에 세 번만 나가."

"……왜?"

"몰라서 묻는 거야? 걸을 때 왜 자꾸만 오른팔을 아래위로 휘젓는 거야?"

"내가 언제?"

그녀는 휴대폰을 꺼내 임도를 걷는 그의 뒷모습이 담긴 동영상을 보여주었다. 놀랍게도 그는 틈만 나면 스매싱과 백 드라이브 동작을 번갈아 반복하며 걷고 있었다. 라켓도 잡지 않은 빈손으로. 모르는 사람이 보면 약간 맛이 간 사람이 아닌가 하는 생각이 들 정도로 그는 몰두해 있었다. 그는 두 손을 바지 주머니에 넣은 채 동영상에서 슬그머니 시선을 돌렸다.

"……열심히 치다보니 생긴 버릇이야."

"내가 볼 땐 그 정도가 아냐."

그녀는 그가 잠을 잘 때도 끙끙 앓는 소리를 낸다고 말했다. 게다가 전과 달리 얼굴에서 기름기가 사라졌다는 사실까지 지적했다. 그 모든 게 무리한 운동으로 인해 벌어진 일인데 잘못 방치하면 급속한 노화까지 진행돼 어느 날 갑자기 중늙은이가 될지도 모른다고 겁을 줬다. 방법은 하나, 운동량을 조절하고 단백질을 많이 섭취하는 것. 하지만 혼자 지내다보니 그것마저도 부실하다고 했다. 그는 그녀의 얘기를 귀기울여 들으며 저멀리 펼쳐져 있는 시가지의 어디쯤에 탁구장이 있을까를 헤아렸다.

"오른팔 내밀어봐."

그가 팔을 내밀자 그녀는 오른팔 팔꿈치의 한 부분을 엄지로 세게 눌렀다.

"아얏!"

"엘보 초기 증상이야. 지금처럼 매일 탁구장에 가면 영영 못 치게 될지도 몰라."

탁구 가방을 왼 어깨에 멘 채 그는 천천히 걸음을 옮겼다. 일주일 만에 찾아온 탁구장이건만 왠지 탁구장으로 가기 위한 마지막 결단의 걸음이 떨어지지 않았다. 그는 탁구장을 등지고서 산책 나온 사람들을 따라 걷기 시작했다. 그들은 아파트 건너편의 초등학교 교문으로 하나둘 들어가고 있었다. 여름밤의 초등학교에서 무슨 행사라도 하는 걸까. 그가 교문으로 들어서자 학교 운동장 주변으로 가로등이 줄줄이 환한 빛을 밝히고 있었고 사람들은 붉은 트랙을 따라 마치 밤의 순례자들처럼 걷고 있었다. 그는 그 모습을 우두커니 바라보다가 붉은 트랙 위로 오른발을 올려놓았다.

그녀가 지적한 대로 그는 얼마 지나지 않아 본격적으로 팔꿈치 통증에 시달렸다. 팔꿈치뿐만 아니라 허리, 어깨까지 아파왔다. 주사를 맞고, 약을 먹고, 침을 맞고, 찜질을 하고, 부항을 뜨고, 파스를 붙였지만 통증은 좀처럼 가라앉지 않았다. 오른손으로 물병을 드는 일조차 힘들었고 잠을 잘 때에도 모로 누워 잘 수 없었다. 양의사와 한의사는 같은 말을 했다. 무조건 쉬어야 한다고. 하지만 쉴 수가 없었다. 탁구의 비밀을 조금씩 알아가는 중이었고 또 쉬게 되면 경쟁자들의 실력이 몰라보게 향상될 것 같아 불안하기 이를 데 없었기 때문이었다. 결국 그가 선택한 방법은 그녀의 말대로 일 주일에 삼 일만 탁구장에 나가는 거였다. 진통제를 삼키고 오른쪽 팔꿈치엔 보호대를 착용한 채. 하지만 쉬운 일이 아니었다. 탁구장 에 가지 않는 날 저녁은 예상했던 것보다 훨씬 고독했다. 평소보다 저녁이 열 배나 더 길어진 느낌이었으니……

설마 탁구장 가는 건 아니지?

어느 날 저녁 운전중에 날아온 그녀의 문자였다. 그는 피식 웃 어버리곤 신호가 바뀌자 익숙하게 좌회전을 했다. 두 개의 과속방 지턱 앞에서 속도를 늦췄고 다음엔 우회전을 했다. 이어 왼편의 제과점을 지나 편의점과 신용협동조합 사이의 길로 들어가기 위 해 왼쪽 방향등을 켰다. 그러곤 익숙하게 좌우를 살펴 주차할 공 간을 찾았다. 안전한 곳에 주차를 하고 나니 그곳은 탁구장 앞이 었다.

맙소사!

집으로 간다는 게 그만 탁구장 앞에 도착한 거였다. 중간에 존 것도 아니고 두 눈 멀쩡하게 뜨고 직접 운전을 했는데. 그는 뒷좌 석을 돌아보았다. 거기에는 탁구 가방이 얌전하게 놓여 있었다. 건 너편 탁구장 건물을 바라보며 시동을 끄고 잠시 생각에 잠겼다. 그 녀의 문자를 물끄러미 들여다보다가 휴대폰을 조수석으로 던졌다. 오른팔 팔꿈치를 살짝 눌러보니 통증이 찌르르 피어났다. 이번에 는 오른쪽 어깨를 만져봤는데, 그는 깜짝 놀라고 말았다. 마치 쇠로 만든 어깨를 만지는 것 같았기 때문이었다. 그는 한숨을 길게 내뱉은 뒤 다시 휴대폰을 집어들어 그녀에게 답을 보냈다.

드라이브중이야.

문자를 전송한 뒤 그는 곧바로 시동을 걸어 탁구장 앞을 빠져나왔다. 그녀의 말대로 일주일에 삼 일만 탁구를 치고 나머지 시간은 쉬는 게 맞았다. 탁구장에 다니는 다른 사람들의 얘기를 들어봐도 대부분 쉬는 것 말고는 다른 대안이 없다고 했다. 무리하게 계속 탁구를 치다 수술까지 한 사람도 있다고 일러주었다. 그는 골목을 빠져나가면서 어디로 드라이브를 갈지 궁리했지만 마땅히 떠오르는 데가 없었다. 큰길을 만나 신호에 맞춰 좌회전을 한 뒤부턴 계속 앞차만 따라갔다. 앞차가 멈추면 그도 멈췄고 다시 달리면 달렸다. 생각해보니 그동안의 저녁 시간은 대부분 탁구장에서 보냈기에 막상 탁구장에서 벗어나자 아무 생각도 들지 않았던 것이다. 할 수 없이 그는 앞서가는 차량들 중에 마음에 드는 차를 골라 그 뒤를 따라가기로 작정했다. 그 방법밖에 없다는 게 한심했지만 그래도 집으로 돌아가 고독 속에 좌정하고 있는 것보다는 나았기에.

어디야?

신림神林. 신들의 숲 옆에 와 있어.

그게 어디 있는데?

치악산 너머에 있는 곳인데 밤이라 그런지 좀 무섭네.

거기서 뭐해?

그냥 숲을 바라보고 있어.

그냥 탁구장으로 가라!

참아볼 거야……

시간을 확인하니 고작 한 시간이 지났을 뿐이었다. 그는 다시 시동을 걸고 어두컴컴한 신림을 떠날 준비를 했다. 그를 신림까지 인도해주고 사라진 차는 건너편 민가의 마당에서 얌전하게 밤을 맞이하고 있었다. 신들의 세계에도 탁구대와 탁구공, 라켓이 있다면 신들도 탁구를 칠지 궁금해하며 그는 신림을 빠져나왔다.

……이거 까딱하면 미쳐버리겠군.

돌고 돌았지만 이번에도 또 탁구장 근처로 돌아오고 말았다. 신기했다. 치악산과 백운산을 연결하는 고개를 넘어 시내로 진입할 때까지만 해도 그는 몇 번 가본 적 있는, 커피 맛이 좋은 커피숍에 가서 시간을 보낼 예정이었다. 그런데 주차할 자리가 마땅찮았다. 커피숍 주변의 좁은 골목길을 두 바퀴째 돌다가 결국 화가 폭발하고 말았다. 간단하게 커피 한 잔 마시려는 것뿐인데 주차할 자리를 못 찾아 이러고 있다니. 그러고 보니 일 년 전에도 주차할 곳을 찾아 골목을 뱅뱅 돌다가 겨우 주차를 하고 커피숍에서 두 시간쯤 머무르고 돌아오니 육만원짜리 범칙금 딱지가 붙어 있었던 기억이 떠올랐다. 그는 결국 커피고 뭐고 포기한 채 집으로 돌아가려고 큰길로 나왔는데 그 길은 일방통행이어서 집으로 가는 길과는 반대 방향이었다. 시장 입구까지 가서 강변도로를 타야만 집으로 갈 수 있었다. 그렇게 시장 앞까지 갔지만 그는 그곳에서도 일 년 전의 범칙금 생각을 하다 좌회전 신호를 놓쳤고 어쩔 수 없이 우회전을 한 뒤 소방서 방면으로 차를 몰았다. 그리고 삼차선으로 달리다 소방서를 지나 두번째 신호에 걸렸는데 뒤차가 우회전을 하겠다고 신경질적으로 빵빵거렸다. 차선을 위반한 것은 아니었지만 그도 등을 깜박거리며 우측 도로로 접어들었다. 그러자 곧 익숙한 풍경이 눈앞에 펼쳐졌다. 퀸즈 미용실, 대성 정육점, 신용협동조합…… 그는 편의점 골목으로 들어가 차를 주차시켰다.

……이건 아무리 아파도 탁구장에 가라는 신의 계시야.

그는 피식피식 웃음을 흘리며 탁구 가방을 챙겨들고 차에서 내렸다. 처음 탁구장 앞에 도착한 뒤로 꽤 오랜 시간이 지난 뒤였다. 차라리 처음 왔을 때 바로 탁구장에 들어갔더라면 운동을 마치고도 남을 시간이었다. 결국 갈팡질팡하다 길바닥에 시간을 모두 쏟아버린 거나 마찬가지였다. 그가 탁구장 문을 열고 들어가자 탁구를 치던 회원들이 어서 오라며 웃음으로 반겼다. 마치 갈팡질팡했던 그의 노정을 환히 알고 있기라도 한 것만 같아 그는 멋쩍은 미소를 흘리며 팔꿈치와 어깨를 만지작거렸다. 탁구장 한쪽 벽에 걸려 있는 플래카드가 그날따라 왠지 남다르게 다가왔다. '고수는 하수에게 관심을/하수는 고수에게 고마움을'. 그는 그 앞에 앉아 심호흡을 한 뒤 탁구 가방의 지퍼를 열었다.

초등학교 운동장의 트랙을 따라 걷는 일은 무료했다. 아무런 재미도 느낄 수 없었다. 그는 휴대폰을 들여다보거나 귀에 이어폰을 꽂은 채 묵묵히 걷는 사람들의 뒤통수를 심드렁한 눈으로 바라보았다. 정말이지 심심하기 그지없는 운동이 한밤중의 걷기였다. 운동이 아니라 차라리 순례자들의 명상에 더 가까웠다. 하지만 그는 붉은 트랙을 벗어나지 않고 어기적어기적 걷는 걸음을 멈추지 않았다. 계속해서 추월을 허용하며. 아무래도 한 달 안에 이천만원을 마련하기는 어려울 듯싶었다. 월급쟁이가 아니어서 누군가에게 돈을 빌릴 처지도 아니었다. 그렇다고 부모에게 손을 내밀 수도 없었다. 한 달 안에 복권에 당첨된다는 보장은 당연히 없었다. 현재의 전세금으로 얻을 수 있는 다른 집으로 이사를 가야만 한다는 얘기였다. 이참에 아예 어디 시골로 들어가 산골짜기 허름한 집에 처박혀버릴까. 그럼 탁구는? 시골에 탁구장이 있을 것 같지 않았다. 합판을 구해 탁구대를 만든다 해도 같이 칠 사람이 없다는 게 문제였다. 시골로 들어간다면 탁구는 아무래도 포기해야만 할 것이다. 아니, 그 이유가 아니더라도 시골로 들어가 살 수는 없을 것이다. 농사를 짓지 않는 한 시골 생활이 무료하다는 건 누구보다도 잘 알고 있었다. 결국 그에게 남은 방법은 도시의 변두리에 자리한 오래된 아파트로 이사한 뒤 계속해서 탁구장을 드나드는 것이었다. 그게 가장 현실적인 답이었다. 마침내 결론이 나자 홀가분해진 그는 트랙에서 벗어나 학교 교문을 향해 걸었다. 걸으며 전화를 걸었다.

"그러는 거 아닙니다. 어떻게 전세금을 단번에 이천만원이나 올립니까! 당신이야 그 돈이 껌값이겠지만 우리 같은 사람들한텐 만만한 돈이 아닙니다. 없는 사람들 상대로 그러지 마세요. 나중에 벌받습니다."

그는 휴대폰을 귀에서 최대한 멀리 떨어뜨린 채 화가 난 집주인이 쏟아내는 말들을 여름밤의 끈적끈적한 공기 속으로 흘려보냈다. 집주인의 답변도 만만찮았다. 사나운 말벌떼가 윙윙거리는 것만 같아서 그는 휴대폰을 입 앞으로 가져와 소리쳤다.

"하여튼 재계약 안 할 거니까 그렇게 아세요!"

전화를 끊으니 다시 탁구장 앞이었다. 그녀가 도착하기까지 탁구를 칠 수 있는 시간은 대략 한 시간 반 정도 남아 있었다. 그 정도면 충분히 땀을 뺄 수 있는 시간이었다. 담배 한 대를 모두 피운 그가 탁구 가방을 고쳐 메고 탁구장 건물로 막 들어서려고 할 때였다.

"삼환아?"

어깨동무를 한 채 저편에서 비틀거리며 걸어오는 상길과 기성을 그는 한숨을 쉬며 바라보았다. 술집에서 이제 나온 모양이었다. 그는 계단에 서서 녀석들이 가까이 오길 기다렸다. 이층 탁구장으로 올라가는 컴컴한 계단은 영원히 올라갈 수 없는, 천국으로 가는 계단처럼 보였다.

"우리가 탁구장으로 찾아가려던 참이었어."

기성이 싱글싱글 웃었다.

"탁구 다 쳤지? 이차 가자."

상길은 그가 메고 있는 가방끈을 잡아당겼다.

"상길아, 오랜만에 탁구 한번 칠까?"

"야, 술 마셨는데 공이 보이겠냐!"

상길은 탁구장 건물로 들어가려는 기성을 붙잡았다.

"소싯적에 내가 우리 동네 탁구 선수였어!"

그의 두 손을 양쪽에서 하나씩 잡은 기성과 상길은 도로를 가로질러 탁구장 건너편 치킨집으로 비틀비틀 걸어갔다. 그는 마치 죄를 짓고 형사들에게 잡혀가는 기분이 들어 두 손을 뿌리치려 했지만 술 취한 녀석들의 손힘은 의외로 완강했다. 아무래도 오늘 중으론 탁구장에 가기 힘들 것 같았다. 탁구장이 코앞에 있는데도 불구하고.

"또 오셨네요."

"여기가 탁구장인 모양이네요."

손님이 없는 가게에서 냉장고 위에 올려놓은 텔레비전으로 프로야구를 시청하고 있던 주인이 볼륨을 낮췄다. 상길과 기성은 술이 나오기 무섭게 건배를 하며 재테크 얘기에 열을 올렸다. 두 녀석에게 각각 천만원씩 빌려달라고 말하면 어떻게 반응할까 생각하던 그는 탁구공을 꺼내 왼손에 쥔 채 만지작거리며 9회 말로 접어든 야구 경기를 건성으로 시청했다. 투수가 던지는 주먹만한 야구공을 배트로 치는 일 또한 쉬워 보이진 않았다. 아마 탁구공을 던진다면 더 치기 힘들 게 틀림없었다. 가벼운 탁구공이 타자가 있는 곳까지 날아갈 수 있을지가 더 의심스러웠지만. 그는 마늘이 들어간 치킨을 씹으며, 소주와 맥주를 섞은 술을 마시며, 두 녀석의 재테크 얘기를 들으며, 어떻게든 투수가 던지는 공을 치려고 애를 쓰는 타자들을 바라보며, 지난 삼 년 동안의 탁구공들을 머릿속에서 하나씩 쓰다듬었다.

탁구 레슨을 받은 지 한 달쯤 되었을 때 그는 집에 돌아와 노트에 메모를 했다. 언젠가 탁구에 대한 글을 쓰게 될지도 모른다는 예감을 하며.

'이것은 내게로 다가온 어떤 쓸쓸함을 밑에서 깎아 치는 공인데 결국 되돌아온다. 이것은 어떤 울분을 강타하는 공이다. 이것은 어떤 부끄러움을 위에서 깎아 세게 치는 공인데 멀리, 멀리 날아간다. 그러나 아무리 날려보내도 건너편 그물망 속에 수두룩하게 쌓여 있는 공, 공들. 세상의 모든 공들, 무겁거나 가벼운, 크거나 작은 그런 공들. 그중에서 가장 작고 가벼운 공을 치기 시작했다. 아니, 고치 같은 그 공 속에서 번데기의 모습으로 살기 시작했다. 언제쯤 공 밖으로 나가 날아다닐 수 있을까.'

두어 달이 지난 뒤의 메모에는 다소 장난기가 배어 있었다.

'마룻바닥에서 튀어오른 탁구공이 치마를 입고 치던 아주머니의 허벅지 사이로 날아갔다. 나는 눈을 돌렸다. 공은 그녀의 깜찍한 비명에 잠시 뜸을 들였다가 이윽고 치마 밖으로 또르르 굴러나왔다.'

힘든 탁구에 잠시 선선한 바람이 불기도 했지만 그 서너 달 뒤의 메모엔 혼돈이 가득했다.

'머리가 텅 비어버린 느낌이다. 아니, 머릿속에 탁구공만 가득 들어 있는 것 같다. 때가 낀, 사용한 지 오래된 탁구공들이. 생각이란 게 감쪽같이 사라진 것만 같다. 보이지 않는 구멍을 통해 모래처럼 사라진 것만 같으니…… 그렇다보니 탁구를 치지 않는 시간엔 그저 멍하니 하늘의 뭉게구름만 바라보고 있다.'

그해 겨울이 되면서부터는 슬슬 회의가 밀려들었다. 레슨을 시작한 지 반년이 지난 무렵이었다.

'무엇이든 그렇지 않겠는가마는 탁구도 결국 마약이다. 어떤 지독한 사랑처럼. 허리와 어깨, 팔꿈치가 아프고 손목과 옆구리가 쑤셔도 어김없이 장비를 챙겨들고 탁구장을 찾아간다. 마치 방향이 정해진 몽유병자처럼. 그렇게 신나게 치다가 집으로 돌아와선 아이구, 아이구! 신음을 토해내며 잠든다. 어제는 탁구장의 엔젤파와 참치회 내기를 했는데 졌다. 피 같은 돈 육만원이 날아갔다.'

해를 넘기고 1월이 되자 마침내 탁구에 대한 짧은 명상까지 들어가게 되었다.

'공이 상대편 라켓에 맞았습니다. 핑! 어떤 구질인지 모르겠습니다. 네트를 넘어왔습니다. 이런 젠장, 왼쪽으로 올 줄 알았는데 오른쪽입니다. 짧게 올 것인가, 길게 올 것인가. 길게 넘어온 커트입니다, 속도는 다소 빠르게. 찰나의 순간, 같이 커트로 대응할 것인가, 커트 드라이브를 걸 것인가를 고민합니다. 그래도 자존심이 있으니 드라이브로 정했습니다. 자세를 낮춘 몸을 오른쪽으로 돌린 뒤 라켓을 힘껏 휘두릅니다. 퐁! 네트를 넘어간 공은 상대편 선수의 얼굴을 향해 골프공처럼 날아가네요. 추신: 파스 냄새가 법당의 향처럼 진동하는 밤입니다. 오른팔을 구부렸다가 펴기 힘든 밤이기도 하고요.'

그러다 봄이 오고 동안거를 마치자 한 소식 얻은 듯 들뜬 마음을 감추지 못했으니……

'한암 스님: 군인들이 탁구장을 불태우려 하자 그러면 나도 함께 불태우라고 일갈한 뒤 탁구를 치다 앉아서 열반. 탄허 스님: 중국의 수많은 탁구 서적을 우리말로 번역했는데 그중 『화엄 탁구』는 압권임. 만화 스님: 전쟁 때 불탄 적광寂光 탁구장을 십여 년에 걸쳐 중창했는데 산림법 위반으로 수차례 구치소를 드나들면서도 의지를 꺾지 않았음.'

그해 여름 그는 고향 대관령에 갔다가 탁구장을 발견하고 들어갔는데 그곳에서 묘한 인연을 만나기도 했다. 낮이라 탁구장은 한산했는데, 머리를 짧게 깎은 젊은 사내 한 명이 탁구 머신을 틀어놓고 연습을 하고 있었다. 처음엔 노름판을 지키는 동네 각두기인 줄 알았다. 어쩔 수 없이 그 사내와 한 게임 하게 되었는데 치면 칠수록 이상한 느낌이 들었다. 잘 치네요! 좋아요! 오! 쉬지 않고 건네는 칭찬도 낯설었고 인상도 뭔가 예사롭지 않았다. 결국 삼 대 이로 졌는데 그는 탈의실에서 옷을 갈아입고 나온 사내를 보고 놀라고 말았다. 헉! 그 사내는 회색 승복을 걸치고 있었다. 사내는 다시 한번 잘 쳤다고 상냥하게 인사한 뒤 재두루미처럼 유유하게 탁구장을 빠져나갔다. 뭐야! 내가 땀을 뻘뻘 흘리면서 중한테 졌 단 말이야? 아니, 스님에게…… 스님에게 탁구를 진 게 그리 이상 하고 원통한 일은 아니지만, 왠지 당했다는 느낌이 드는 건 무슨 까닭이지. 아, 밖으로 나간 스님을 끌고 와 다시 한 게임 하고 싶 은 생각이 간절한 걸 보니 모든 게 도로아미타불이다!

한동안 그는 알 수 없는 공허함에 휘감긴 채 탁구장을 드나들었 다. 레슨을 받기 시작한 지 일 년이 되었고 노트에 이런 문구를 마 지막으로 남겼다. 제법 엄숙한 표정을 하고서.

'한 일 년, 어두워지면 탁구공을 가지고 놀았다. 자정이 될 무렵 까지. 손바닥에 올려놓은 공을 허공으로 띄웠다가 적당한 순간을 포착해 라켓으로 치며 놀았다. 네트를 넘어온 공을 다시 넘기려 애를 쓰며 놀았다. 넘기지 못하면 탄식을 내뱉었다. 탁구공의 아 랫면을, 양쪽 옆면을, 윗면을, 정면을 라켓으로 쓰다듬거나 때렸 다. 즐거웠으나 사실 약간 고독했다. 그동안 나는 탁구공이 아니 라 작고 가벼운 고독을 치며 놀았던 것 같다. 그러나 어느 순간엔 바위처럼 무거워지거나 깃털처럼 가벼워진 무게의 고독이 엄습하기도 했다. 그것은 달걀보다 작았고 색깔은 하얀색이었다.'

"그래서 말인데…… 돈 좀 빌려줄래?"

인도에 서 있는 두 녀석은 만취했는지 고개만 끄떡거릴 뿐 그의 물음에 대답하지 않았다. 서운하진 않았다. 수치스럽지도 않았다. 고역스러운 침묵을 깨뜨려준 것은 때마침 도착한 두 대의 콜택시였다.

"조심히 들어가라."

"……"

"……"

택시는 차례로 그의 앞을 떠났다.

"어디로 갈까……"

그는 건너편 이층의 탁구장을 물끄러미 올려다보았다. 하기 싫은 돈 이야기를 해서 그런지 왠지 씁쓸했다. 아직 그녀에게선 연락이 없었다. 열한시 반이었다. 그녀가 오기 전에 그가 탁구를 칠 수 있는 시간은 이제 삼십 분밖에 남지 않았다. 삼십 분이면 5판 3승제 한 게임은 할 수 있는 시간이었다. 탁구장 건물은 어둠에 휩싸여 있었다. 그런데 자세히 바라보니 이층 탁구장에서만 가느다란 빛이 밖으로 흘러나오고 있었다. 누군가 탁구를 치고 있다는 얘기였다. 그는 그녀에게 전화를 걸었다.

"어디야?"

"오늘따라 차가 많이 막히네. 사고가 났나? 넌?"

"어…… 탁구장 건너편 길거리."

"아직도 탁구장이야?"

"이제 대리 기사 불러서 집으로 들어가야지. 지금 대략 어디쯤이야?"

"방금 여주 휴게소 지났어."

"그래. 운전 조심해서 와."

그는 그녀에게 내일 오전에 아버지를 모시고 수원 병원에 가야 한다는 얘기를 하지 않고 전화를 끊었다. 아직 문막 휴게소도 지나지 않았으니 탁구를 칠 시간은 충분했다. 그는 흘러내리려 하는 탁구 가방을 고쳐 메고 도로를 건너갔다. 참 긴 여름 저녁이 지나가고 있다고 속으로 중얼거리며. 서둘러 탁구장 건물의 계단을 뛰어서 올라갈 때, 아니나다를까, 손에 쥐고 있던 휴대폰에서 다시 그를 찾는 노래가 흘러나왔다. 그는 층계참에 쭈그려앉아 휴대폰 화면을 들여다보다가 문득 고개를 들고 주변을 두리번거렸다.

말벌

"밭에 안 갈 거야?"

"오늘 약속 있어."

"무슨 약속? 그런 얘기 없었잖아?"

"아, 몰라! 뭘 그리 꼬치꼬치 캐물어."

"약속을 왜 잡아? 오늘 배추 작업해야 한다고 내가 며칠 전부터 얘기했잖아. 누구 만나는데?"

"말해도 모르는 사람이야."

"나 혼자 어떻게 그 많은 배추를 옮겨! 약속 취소해."

"엄청 중요한 약속이야!"

일요일 오후 박은 빽빽한 아파트 숲을 터덜터덜 빠져나와 약수 터로 이어지는 산책로로 접어들었다. 요즘 들어 아내는 뭐가 그리 바쁜지 주말이면 집에 붙어 있지 않았다. 아마 박이 직장에 나가는 평일에도 마찬가지일 것이다. 딸이 결혼을 하고 아들이 직장을 잡으면서 나돌아다니는 시간이 더 많아진 것이다. 그동안 박과 아이들을 뒷바라지하고 집안일하느라 미뤄두었던 일들을 한꺼번에 하겠다는 의도가 역력했다. 배드민턴을 배운다, 커피 드립을 배운다, 등산을 다닌다, 1박 2일로 초등학교 동창들과 함께 여행 간다…… 몸이 열 개라도 모자랄 정도로 돌아다니니, 주말농장에 같이 가서 일을 하는 건 사실 바랄 형편도 아니었다. 박은 저편 산자락 아래에 자리한 원두막을 향해 터벅터벅 걸어갔다.

"날씨 좋네요!"

"좋으면 뭐합니까. 쉬는 날 놀지도 못하고 고추나 따는데."

박의 옆 밭에서 빨갛게 익은 고추를 따고 있던 장이 허리를 주무르며 말을 받았다. 비슷한 연배의 장도 혼자였다. 산자락과 붙어 있는 밭에서는 강이 밀짚모자를 쓴 채 쪼그려앉아 호미로 고구마를 캐고 있었다. 바야흐로 추수의 계절인데 다들 일손 한 명 데려오지 못한 걸 보니 남의 일 같지 않았다.

박은 밭으로 곧장 가지 않고 원두막으로 가서 벌렁 드러누웠다. 일할 맛이 나지 않았다. 주말농장을 처음 시작할 때만 해도 아내와 자식들의 반응이 괜찮았는데 어째 해가 거듭될수록 시들해졌다. 자식들이야 그렇다 치더라도 요즘 들어 아내는 해도 해도 너무했다. 주말농장에서 재배한 농작물들을 가져다주면 얌체같이

먹는 일에만 열중할 뿐이었다. 아무리 자그마한 규모의 주말농장
이라 해도 농사일이니 손이 많이 갔다. 옆에서 잔심부름이라도 해
주면 힘이 덜 들 텐데 아내는 주말이면 여기저기 돌아치느라 바빴
다. 아니, 최근 들어 박과 무언가를 함께하는 것 자체를 귀찮아했
다. 박은 원두막 천장에 매달린 말벌집을 드나드는 말벌들을 올려
다보며 한숨을 내뱉었다. 말벌집은 요 며칠 사이에 꽤 커져 있었
다. 커져가는 말벌집을 보는 게 주말농장을 찾는 그나마의 낙이었
다. 박은 누운 채로 손을 뻗어 소형 냉장고의 문을 열었다.

"날도 좋은데 막걸리나 한 사발 마시고 일합시다!"

"아, 낮부터 취하면 고추는 누가 땁니까!"

"고구마는 누가 캐고!"

말은 그렇게 했지만 장과 강은 손을 툭툭 털고 일어나 허리를
뒤로 젖혔다. 두 사람이 토해내는 앓는 소리가 서리 맞은 낙엽처
럼 뚝뚝 떨어졌다. 장시간 허리를 구부린 채 고추를 따거나 쪼그
려앉아 고구마를 캐는 게 결코 만만한 일이 아니었다. 더군다나
어릴 적 기억을 더듬거리며 변변찮은 농기구로 하는 농사일이다
보니 불편한 게 한두 가지가 아니었다. 박은 장과 강이 개울에서
손을 씻는 동안 가스레인지에 불을 붙이고 오징어를 구웠다. 박이
지난봄에 직접 지은 원두막은 주말농장의 쉼터이자 주막이었다.
인근에서 전기까지 끌어온 터라 웬만한 것은 다 해결할 수 있었
다. 땡볕에 일을 하다 지치면 원두막에서 낮잠을 잤고, 갑자기 소

나기가 내리면 고소한 들기름 냄새를 풍기며 부침개를 지져 먹었다. 그러다보니 주말농장에 나오는 사내들이 하나둘 찾아오기 시작했는데 시간이 흐르면서 점점 술판으로 변하는 경우가 많았다. 술이라면 마다하지 않는 박의 인생철학 때문이었다.

"박형, 저 말벌집 정말 그대로 둘 작정입니까?"

장이 천장에서 눈을 떼지 않은 채 물었다.

"저게 얼마나 귀한 건지 저번에 얘기했잖아요. 도시 사는 사람들은 일부러 구하려 해도 못 구합니다."

"말벌주 마시면 정력이 좋아진다는 게 사실일까요?"

"왜, 요즘 잘 안 돼요? 강형, 그냥 인터넷으로 검색해봐. 말벌주 아니면 노봉방주로."

"……집이 자꾸 커지는 거 같은데 119 부르는 게 낫지 않을까요. 말벌에 쏘일 위험이 있잖습니까?"

장은 여전히 불안한 듯 벌집에서 눈을 떼지 않았다.

"내가 어린 시절에 산골에서 살아봐서 알아요. 개가 매일 밥 주는 주인 무는 거 봤습니까? 말벌도 주인은 절대 안 쏩니다."

"에이!"

장이 웃었다.

"저 말벌도 주인이 있어요?"

"아니, 강형, 내가 지은 원두막에 말벌들이 들어와 집을 지었으니 주인이 누구겠어요?"

이번 술자리도 당연히 막걸리 한 병에서 멈추지 않았다. 박은 만약을 대비해 숨겨놓았던 술을 원두막 곳곳에서 차례로 꺼내놓았다. 박의 배추와 장의 고추, 강의 고구마는 가을볕이 나른하게 펼쳐진 주말농장에서 주인의 손길을 기다리다 지쳐 졸고 있을 게 틀림없었다. 엉덩이를 까고 이랑에 퍼질러앉은 배추, 가지 끝에 대롱대롱 매달린 고추, 이랑 속에 아예 온몸을 파묻은 고구마. 사실 뭐 애당초 자그마한 농장에다 배추 한 줄, 고추 두어 줄, 고구마 한 줄을 심어 돈을 벌자고 작정한 이는 아무도 없었다. 그러니 제 시기에 맞춰 수확을 하지 못한다 해도 별로 문제될 게 없었다. 어찌 보면 다들 소일거리 삼아 도시 귀퉁이에 붙어 있는 농장의 밭이랑 몇 줄을 빌려 서툴게 농부 흉내를 내는 게 맞았다. 여러 취미생활을 전전하다 주말농장이란 곳까지 오게 된 사연을 곱씹으며 마시는 술은 그래서 쓰고 달았다. 마치 천둥과 먹구름을 지나 서리 내리는 늦가을 국화 앞에 선 사내들처럼.

"이젠 요리조리 핑계 대고 어떻게든 빠져나갈 구멍만 찾는다니까요!"

원두막의 나무 기둥에 기댄 강이 약이 오른 표정을 지었다. 농장에 나오지 않으려 하는 아내를 두고 하는 말이었다. 박과 장이 동시에 고개를 끄덕였다. 장은 소주를 단숨에 비우곤 오징어 다리를 씹으며 입을 열었다.

"농장엔 코빼기도 안 비치면서 집에 가져가면 먹기는 엄청 잘 먹어요!"

"우리만 불쌍하게 된 거죠……"

박의 말에 장과 강은 공감한다는 듯 무겁게 고개를 끄덕였다. 주말농장에서 처음 만난 세 남자는 농사일에 대해 이것저것 묻고 대답하면서 안면을 트게 되었고, 이후 그늘 넓은 상수리나무 아래에서 처음 시작한 술자리가 박이 지은 원두막으로 옮겨오는 동안 조금씩 친분이 쌓였다. 그러는 사이 곧잘 따라 나오던 아내들과 자식들은 하나둘 자취를 감춰버렸고 이제는 정년이 가까워진 남정네들만 외롭게 농장을 서성거리는 처지가 된 거였다. 일할 생각은 접어둔 채 가끔 말벌이 날아드는 허름한 원두막에 둘러앉아 술잔을 기울이며 서로 앞다투어 아내를 흉보느라 바빴다.

"퇴근하고 일찍 집에 가도 놀아주질 않아요!"

박이 목소리를 높였다. 강이 고개를 끄덕이며 말을 이었다.

"나 참, 어린아이처럼 자꾸 쫓아다닌다고 화를 내더라고요!"

"어휴, 우리 마누라 밥상 차려주기 무섭게 옷 차려입고 나갑디다. 말 붙일 시간도 없어요."

장이 한숨을 쉬었다.

"아니, 우리가 지금까지 돈 버느라 얼마나 개고생했습니까? 이제 좀 시간 나서 가정에 충실하려 하는데 다들 상대해주지 않는 겁니다. 자식들이야 취업 준비니 결혼 준비니 바쁜 거 이해 가는데 와이프가 왜 덩달아 바쁩니까? 저번엔 뭐라 그런지 압니까? 일찍 들어오지 말고 차라리 예전에 하던 대로 술 마시고 밤늦게 들어오란 겁니다. 야, 이거 돌아버리겠더라고요. 아니, 우리가 그동안 직장 다니면서 술 마시고 싶어서 술 마셨습니까? 어쩔 수 없이 마시는 경우가 더 많았잖아요. 그렇게 일해서 간신히 여기까지 왔는데 믿었던 와이프마저 헌신짝 취급하니⋯⋯"

열변을 토한 박의 입술 꼬리에 침이 허옇게 붙어 있었지만 장과 강은 고개만 끄덕일 뿐 알려주지 않았다. 박은 마치 흘러간 세월을 회상하듯 농장 너머의 도시를 멍한 눈길로 바라보았다. 그 사이의 허공엔 잠자리와 하루살이 떼가 어지럽게 부유하고 있었다.

"뭐⋯⋯ 슬슬 밀려나는 거죠."

얼굴이 벌겋게 변한 강이 담배를 꺼내 입에 물곤 박과 장의 눈치를 살폈다. 박과 장은 담배를 피우지 않았다. 눈치를 챈 박이 말했다.

"괜찮으니 피워요."

"사실⋯⋯ 그동안 남자들이 돈 번다는 핑계로 와이프한테 잘못한 것도 많지요. 박형은 그런 거 없어요?"

근처에 아무도 없는데도 장의 목소리가 원두막에 낮게 깔렸다.

"잘못한 거라⋯⋯ 기준이 좀 모호하지 않습니까?"

"단도직입적으로 말해서, 바람피운 적 없어요?"

"⋯⋯있지요. 두 분은 없습니까?"

박은 두 사람의 표정을 살폈다. 혹시나 하는 마음으로. 나이든 사내들끼리 원두막에 둘러앉아 이런 얘기를 한다는 게 신기하면서도 낯설었다. 그것도 농장을 드나들다 만난 사이치곤 좀 내밀한 얘기가 아닌가 싶은 생각도 들었다. 박은 잠시 침묵을 지키는 두 사람의 대답을 집요하게 기다렸는데 말을 꺼낸 장이 먼저 입을 열었다.

"……나이가 몇인데 그런 일이 없었겠어요."

"저는 와이프한테 들통나서 거의 이혼 직전까지 갔었습니다."

손가락으로 톡톡 털어 담뱃불을 끈 강이 한 걸음 더 나갔다. 박과 장은 사지에서 돌아온 것과 같은 강의 이야기를 들으며 가끔 고개를 끄덕였다. 심심하면 날아와 벌집을 드나드는 말벌들을 흘깃거리며.

"출출한데 짬뽕에 탕수육이나 시켜 먹을까요?"

나무 기둥에 붙여놓은 전단지들을 훑어보던 박이 휴대폰을 꺼냈다. 장은 걱정스러운 시선으로 고추밭을 바라봤고 강은 반색했다.

"기왕이면 연태고량주도 한 병 시키죠."

"아, 저 고추 오늘 다 따야 하는데……"

박이 음식을 시키자 장과 강은 다시 밭으로 돌아갔다. 일을 하러 간 게 아니라 따거나 캐놓은 고추와 고구마를 미리 배낭에 담아놓으려고. 배추 한 포기 수확하지 않은 박은 원두막에 드러누워 말벌이 드나드는 벌집의 구멍만 멀뚱멀뚱 바라보았다. 생각해보니 아내와 잠자리를 한 지도 꽤 오래되었다. 분위기를 잡아보려 해도 아내는 귀찮다며 돌아눕기 일쑤였다. 말을 건네봐도 소용없었다. 같이 누워 잠을 자긴 하지만 거의 남남이나 다름없었다. 각 방을 쓰지 않는 것만 해도 그나마 다행인 줄 알라는 눈빛을 접하고 나면 이건 마치 애정을 구걸하는 기분마저 들었다.

박은 벌떡 일어나 앉아 산책로를 달려오는 중국집 오토바이를 쳐다봤다. 장과 강이 원두막으로 올라오자 세 사람은 다시 아내들의 흉을 보기 시작했다.

"요즘 뭔가 뒤바뀐 거 같지 않습니까? 와이프들은 밖으로 싸돌아다니느라 바쁘고 남편들은 집구석에 처박혀 드라마나 보고 있으니…… 아, 저번엔 말입니다. 드라마를 보는데 나도 모르게 눈물이 나더라니까요."

박이 입을 열었다.

"나도 그런 적 있어요. 원래 드라마 같은 건 보지도 않았는데 어느 날부터 눈이 가더라고요. 그래서 계속 보게 됐는데 주인공이 너무 불쌍한 겁니다. 덕분에 와이프랑 딸내미한테 엄청 놀림받았어요. 얼마나 창피하던지."

박과 강의 얘기를 듣는 내내 장은 웃음을 참느라 애를 쓰는 표정이었다. 박과 강은 거의 동시에 물었다.

"그런 적 없습니까?"

"전…… 와이프나 애들 없을 때, 재방송 봅니다."

"예?"

가을 해가 원두막 지붕을 지나 서쪽으로 기울고 있었다. 마치 정년퇴임을 앞둔 세 사람이 앉아 있는 위치에서 가을 해도 아슬아슬하게 버팅기고 있는 것 같았다. 강은 술에 취해 코를 골며 잠이 들었고 장은 기어코 고추밭으로 건너갔다. 음식물 찌꺼기만 남은 짬뽕 그릇과 탕수육 쟁반으로 파리와 온갖 벌들이 날아들었다. 박은 나무 기둥에 등을 기댄 채 휴대폰을 뒤적거렸다. 이젠 노안 때문에 돋보기 없인 자그마한 글자는 읽을 수도 없었다. 차라리 멀리 있는 게 보이지 않고 가까이 있는 게 보였으면 좋겠다는 생각이 수시로 들었다. 한때는 가까이 있는 건 무시해버리고 멀리 있는 것들을 좇느라 세월을 탕진했다. 그 세월을 건너오면서 그래도 깨달은 게 있다면, 멀리 있는 것은 아무리 달려가도 언제나 신기루처럼 멀리 있어 잡을 수 없다는 것이었다. 한때는 잡을 수 있을 거라 고집했는데 그건 착각이었다. 할 수 없이 어느 눈보라 치는 저물녘 터덜터덜 집으로 돌아왔건만 반겨주는 이는 아무도 없었다. 자식들은 커버렸고 아내는 소 닭 보듯 했다.

"뭐해?"

"친구 만난다고 했잖아."

전화를 받은 아내의 주변에서 여자들의 웃음이 피어났다. 박은 그 웃음 중에 남자의 웃음이 숨어 있나 싶어 귀를 기울였다.

"언제 들어올 거야?"

"몰라! 들어갈 때 되면 들어가겠지."

"저녁은?"

"밥해놓았으니까 당신이 알아서 차려 먹어. 나 바쁘니까 그만 끊어."

"야, 남편 밥도 안 차려주나!"

박의 손에서 얼떨결에 날아간 빈 막걸리병이 원두막 천장에 매달린 말벌집을 때렸다. 기다렸다는 듯 말벌들이 벌집에서 나와 붕붕거리며 날기 시작했다. 한두 마리가 아니었다. 허공이 노랗게 변했다. 놀란 박은 잠을 자고 있는 강을 깨울 생각도 못하고 휴대폰을 움켜쥔 채 원두막에서 뛰어내렸다. 운동화도 신지 못하고서 원두막 밖으로 내달렸지만 가까이 달라붙은 말벌을 떨쳐내기엔 역부족이었다. 결국 박은 정수리 근처가 벌에 쏘이면서 제 발에 걸려 장의 고추밭에 처박혔다.

"노안인데 빨간 고추가 보입니까? 퍼런 거 따는 건 아니죠?"

경황이 없는 와중에도 박은 고추밭 두둑에 누워 장에게 농담을 건넸다.

"그냥 따는 겁니다. 빨가면 어떻고 파라면 어때요."

"……주인을 쏘는 말벌이 다 있네요."

박은 퉁퉁 부어오른 얼굴로 저만치 있는 원두막을 향해 원망의 말을 뱉어냈다. 용케 한 방도 쏘이지 않은 강은 119에 전화를 걸어 농장 위치를 설명하느라 바빴다.

"그러게 말입니다. 요즘은 말벌들도 개판인 모양입니다."

"장형, 부탁이 있는데…… 119 오면 저 말벌집 절대 제거하지 말라고 전해줘요."

"예?"

"노봉방주를 담가야 하거든요."

구급차가 말벌의 날갯짓 같은 경적을 울리며 달려오는 소리를 마지막으로 박은 서서히 의식을 잃었다. 장과 강은 벌떡 일어나 구급차를 향해 손을 흔들었다.

어디선가 들려오는 구슬픈 울음을 듣고 박은 눈을 떴다. 주위가 캄캄했다.

……여기가 대체 어디지? 누가 저렇게 울고 있는 거야?

박은 손과 발을 움직이려 했지만 무엇인가에 묶여 있는 듯 잘 움직여지지 않았다. 마치 거친 질감의 자루 속에 갇혀 있는 듯 답답하기 그지없었다. 말벌에 쏘여 장의 고추밭 두둑에 누워 있다가 구급차 소리를 들은 게 마지막 기억이었다. 그다음은 전혀 생각나지 않았다. 여기가 병원이 아닌가…… 박은 몸을 좌우로 굴려보았다. 그러나 반 바퀴를 구르기도 전에 벽에 막혔다. 몸만 겨우 누일 수 있는 아주 좁은 관 속에 갇혀 있는 것만 같았다. 뭐라고? 관 속에? 아니, 그럼 내가 말벌에 쏘여 죽었단 말인가! 박은 캄캄한 어둠 속에서 두근거리는 가슴을 진정시키려 애썼다. 그러고 보니 바깥에서 들려오는 울음의 의미를 알 것도 같았다. 그러니까 그건 자신의 죽음을 슬퍼하는 아내와 자식들의 곡성이었다. 눈을 떠도 아무것도 보이지 않는 어두운 관 속에서 박은 이 어처구니없는 죽음에 대해 어떻게든 정리해보려고 생각을 가다듬었다. 말벌에 쏘여 죽다니…… 내년이 정년이지만 아직 젊었고 할일도 많이 남아 있었다. 그런데 농장 원두막에서 술을 마시다 말벌에 쏘여 명을 달리하다니…… 박의 한숨이 캄캄한 관 속에 무겁게 깔렸다. 말벌에 쏘인 정수리 부분이 가려웠지만 손을 움직일 수 없어 긁을 수조차 없었다. 할 수 없이 박은 머리를 관에 문지르며 조금이나마 가려움을 진정시켰다.

가만…… 죽은 사람도 소리를 듣고 생각을 하고 가려움을 느끼나.

박의 머릿속이 폭죽이 터지듯 환해졌다.

죽지도 않았는데 관 속에 넣고 못을 박았단 말이지!

박은 온 힘을 다해 이마로 관뚜껑을 들이박았다. 계속해서.

관뚜껑을 부수고 나온 박은 얼굴과 무릎이 피투성이가 된 채 상여에서 뛰어내렸다. 장례 행렬은 한순간에 아수라장으로 변했다. 가족들과 친척들은 죽었다고 여긴 박이 관을 부수고 뛰쳐나온 상황에 무척 당황했고 화를 삭이지 못한 박은 길길이 날뛰며 고래고래 고함을 내질렀다. 문상객들 중엔 장과 강도 있었는데 두 사람은 그나마 한 다리 건너에 있는 처지라 수의를 입은 박의 손을 잡고 그간의 사정을 객관적으로 설명해주느라 진을 뺐다. 박은 피눈물을 흘리며 그 얘기를 들었는데 골자는 간단했다. 말벌에 쏘여 일주일 동안 혼수상태로 있던 박은 결국 깨어나지 못했고 의사로부터 사망진단을 받아 장례식을 치른 뒤 장지로 가던 중이었다. 그러니까 의사도 죽었다고 판단한 박이 기적적으로 되살아난 거였다. 조금만 더 늦게 깨어났더라면 땅속에 묻혀 정말로 죽을 뻔했다며 강이 위로를 건넸다. 박은 강에게 담배를 얻어 피우며 들뜬 가슴을 조금씩 진정시켰다. 그때 무엇인가를 회의하던 친척들과 가족들이 결론을 내린 듯 박에게로 다가왔다. 그들의 얼굴은 어두웠다. 문중에서 가장 어른인 작은아버지가 차분한 목소리로 박에게 회의 결과를 통보했다.

"……죽었던 자네가 다시 돌아오면 번거로운 일이 너무 많이 생기네. 그건 자네도 잘 알지? 그러니 원래 가던 길을 가는 게 좋겠네. 자네 한 사람 때문에 온 집안이 혼란에 빠지는 걸 자네도 바라지 않겠지? 우린 자네의 희생을 잊지 않겠네."

"……그게 무슨 소립니까? 지금 멀쩡히 살아 있는 날보고 자진해서 무덤으로 들어가란 얘깁니까?"

"여보, 미안해요. 부의금 받은 거 일일이 다 돌려주려면 너무 힘들어요. 그리고 당신 퇴임하면 농촌으로 가겠다고 했는데 난 도시 떠나선 못 살아요."

"아빠, 전 사실 아빠 퇴임 일정에 맞춘다고 맘에도 없는 여자와 결혼하긴 싫었어요. 전 진짜로 사랑하는 여자 만나 결혼하고 싶어요."

"아빠, 산소에 계시더라도 명절 땐 손자 데리고 꼭 찾아뵐게요."

"이것들이 정말…… 야!"

하지만 박의 반박은 거기까지였다. 친척들 가운데 젊고 건장한 사내들이 민첩하게 박을 붙잡아 솜으로 입을 막고 통나무 기둥에 억지로 묶어버렸다. 박은 친척들에게 등을 떠밀려 통나무를 진 채 상여가 가기 어려운 산길을 올라가야만 했다. 억울하고 원통했지만 달리 방법이 없었다. 산 채로 생매장을 당해야 하다니. 기가 막힐 노릇이었다. 겨우 뒤를 돌아보니 상복을 입은 아내와 자식들은 곡을 하며 따라왔지만 무척 홀가분하다는 표정을 짓고 있었다. 그 뒤편에서 따라오는 장과 강도 대세를 인정하는 분위기였다. 오직 한 사람, 당사자인 박만 서럽고 분하고 억울할 뿐이었다. 집안 어른들의 결정을 도무지 납득할 수 없었다. 조목조목 반박하고 싶었지만 박은 솜 때문에 아무 말도 할 수 없었다. 산길의 끝엔 박이 산 채로 들어갈 묘혈이 아가리를 벌린 채 기다리고 있을 터였다. 이 모든 게 원두막의 말벌 때문에 벌어진 일이었다.

진짜로 죽었다면 또 모를까. 어떻게든 살아야 해. 살아서, 이 억울함을 풀어야 해.

산길의 형세를 살피던 박은 소나무가 드문드문 서 있는 산자락이 급경사를 이루는 곳에 다다르자마자 미끄럼을 타듯 등에 짊어진 통나무와 함께 산비탈로 몸을 던졌다. 죽기 아니면 살기였다. 산비탈에 깔려 있는 솔잎은 눈처럼 미끄러웠고 통나무는 썰매 역할을 하기에 충분했다. 중간중간 서 있는 소나무에 걸리지만 않는다면 장례 행렬을 따돌릴 수 있을 것 같았다. 아니나다를까. 통나무는 산비탈을 내리달리기 시작했고 박은 봅슬레이 선수처럼 그 위에 누워 두 발로 방향을 조절했다. 저 위에서 아우성치는 사람들의 소리를 들으며.

그러나 박이 탄 통나무 썰매는 오래가지 못했다. 급경사를 이루던 산비탈이 돌연 끊어졌고 그 너머는 절벽이었기 때문이었다. 통나무에 실린 박은 점프를 하듯 허공으로 날아갔다. 까마득한 높이의 절벽 아래는 자갈밭이었다. 박은 눈을 감았다.

눈을 뜬 박은 주변을 둘러보았다. 자갈밭이 아니라…… 다행히 대학병원 응급실의 침대 위였다.

박은 여러 번 깊은숨을 쉬었다.

밤중이었다. 아내는 박이 누운 침대에 얼굴을 묻은 채 잠들어 있었다. 팔뚝에는 주삿바늘이 꽂혀 있었고 투명한 고무호스로 수액이 방울방울 떨어졌다. 손바닥으로 머리를 쓰다듬어보니 마치 두툼한 투구를 쓰고 있는 것만 같았다. 한 방이 아니라 꽤 여러 방을 쏘인 것 같았다. 박은 한쪽 팔로 상체를 지탱한 채 마치 무쇠로 채워진 것 같은 머리를 힘겹게 들어올린 뒤 침대 머리 판에 등을 기댔다. 그러거나 말거나 아내는 팔베개를 한 채 잘도 자고 있었다. 술냄새까지 솔솔 풍기며. 박은 아내의 등짝을 손바닥으로 세게 내리쳤다.

"지금 잠이 오냐?"

"……자고 있는 사람을 왜 때려?"

"남편은 사경을 헤매고 있는데 잠이 와?"

"……잠깐 존 거야! 깨어난 거 보니 이제 괜찮은가보네."

"거의 무덤 바로 앞까지 갔다가 구사일생으로 돌아온 거야."

"그게 무슨 소리야?"

"그런 게 있어. 지금 퇴원할 거니까 가서 치료비 계산해."

"퇴원?"

"그럼 퇴원해야지, 산 사람도 죽이는 병원에서 어떻게 있어!"

"……그건 또 무슨 소리야?"

"말해도 당신은 몰라. 퇴원할 준비 하라고!"

우중충하고 소란스러운데다 여기저기서 비명이 터져나오는 응급실에 더이상 누워 있기 싫었다. 더군다나 진료비와 치료비가 터무니없이 비싼 데가 바로 대학병원이었다. 아마 그의 상태가 위급을 다투고 일요일이라 일반 병원들이 쉬기 때문에 대학병원 응급실을 선택한 모양이었다. 박은 아내가 간호사를 찾아간 사이 팔뚝에 꽂힌 주삿바늘을 손수 빼버렸다. 아팠다. 얼얼한 팔뚝에 이내 핏방울이 잡혔다. 그래도 저승보다는 이승이 좋았다. 아직 어지러웠지만 박은 서둘러 환자복을 벗고 일상복으로 갈아입었다. 입원을 해야 한다면 일반 병원으로 갈 생각이었다.

그러나 박은 의료진의 강력한 권유로 사흘을 더 입원해야 했다. 널뛰듯 하는 혈압과 체온, 불시에 찾아오는 호흡곤란을 견디며.

"야, 만추네!"

일주일 만에 주말농장으로 가는 길은 알록달록한 단풍이 한창이었다. 등산복 차림의 아내는 뒤편에서 입을 닷 발이나 내민 채 따라왔다. 여러 정황상 퇴원 후 처음으로 농장에 가는 박과 동행하지 않을 수 없었던 것이다. 예정대로라면 아내는 초등학교 동창들과 당일치기로 오대산 단풍놀이를 갈 작정이었다. 그 사실을 알게 된 박은 꼭두새벽에 일어나 농장에 심어놓은 작물들을 추수해야 한다고 아내에게 으름장을 놓았다. 자신은 아직 벌에 쏘인 후유증이 다 가시지 않았다는 엄살까지 보태어 아내의 발목을 잡았다. 배낭을 짊어진 박은 마치 새로운 세상을 접하듯 한 걸음 한 걸음에 힘을 실었다. 오전에 농장을 살피고 오후엔 아들과 딸을 불러 원두막에서 삼겹살 파티를 벌일 계획이었다. 아들과 딸 역시 툴툴거렸지만 생사의 기로를 헤매다 돌아온 박의 요구를 거절할 수는 없었다. 말벌이 효자 노릇을 톡톡히 한 셈이었다.

"어, 배추가 다 어디 갔어?"

배추밭에는 배추들이 모두 사라진 채 발자국만 어지럽게 찍혀 있었다. 병원에 누워 있는 동안에 도둑이 들었단 말인가. 밭둑 위에 올라선 박에게 아내가 다가와 머뭇거리며 말했다.

"그거…… 내가 친구들보고 가져가라 했어. 당신 병원 있을 때."

"뭐? 내 배추를 왜 당신 맘대로 처리해?"

"어머, 우리 두 사람 배추지 왜 당신 거야? 우리 부부 아냐?"

"맨날 놀러만 다녔지, 농장에 일하러 온 적 있어? 그리고 나한테 얘기도 안 했잖아!"

"당신 병원에 누워 있을 때 틈만 나면 배추, 배추, 중얼거렸어. 그래서 내가 친구들한테 가져가라 그런 거야. 기억 안 나?"

"모두 얼마 받았는데?"

"얼마 되지도 않는 배추 가지고 조잔하게 뭔 돈을 받아. 그동안 신세 진 것도 있어서 그냥 가져가라고 했어."

"……거저 줬다고?"

"당신이 그랬어. 빨리 작업하지 않으면 밭에서 다 썩어버린다고. 아, 그러게 누가 말벌한테 쏘이래!"

"그걸 말이라고 해?"

사라진 것은 배추뿐만이 아니었다. 원두막의 말벌집도 온데간데없었다. 119에서 제거한 모양이었다. 박은 말벌집의 흔적만 남아 있는 원두막 천장을 멍한 눈으로 바라보았다. 원두막은 모르는 사람의 집처럼 낯설게 느껴졌다. 엉덩이만 원두막에 걸치고 앉은 박은 강 건너 불구경하듯 농장을 훑었다. 장과 강은 보이지 않았다. 장과 강은 그사이 고추와 고구마를 모두 수확한 듯했다. 이제 겨울이 오면 농장의 술친구들하고도 한동안 이별이었다. 계절이란 게 그랬다. 박은 왠지 인생의 가을이 한 방에 다 지나간 것만 같아 입을 꾹 다물었다.

"일할 것도 없잖아?"

"저기 고추, 빨간 거 파란 거 가리지 말고 다 따. 그게 오전에 당신이 할 일이야."

"당신은 뭐하고?"

"……원두막이며 밭에 이것저것 널려 있는 거 청소해야지. 왜? 바꿀까?"

"아냐."

무더운 여름날 박이 밭고랑에 쪼그려앉아 나무젓가락으로 일일이 벌레를 잡으며 힘들게 재배한 배추를 홀라당 다른 사람에게 넘겨버린 전력 때문인지 아내는 툴툴거리면서도 플라스틱 바구니를 들고 고추밭으로 들어갔다. 고추를 따면서 허리가 좀 아파봐야 조금이나마 농사일의 소중함을 알 수 있을 터였다. 목장갑을 낀 박은 원두막의 마루 아래에 아무렇게나 처박아놓은 술병들을 커다란 비닐봉지에 담기 시작했다. 꺼내고 꺼내도 막걸리병, 소주병, 맥주병, 맥주 캔은 계속 나왔다. 지난 세 계절 동안 원두막에 둘러

앉아 참 어지간히도 마셨다는 증거물들이었다. 마루 아래를 모두
정리한 박은 원두막에 걸터앉아 땀을 닦았다. 장과 강에게 전화를
걸어볼까 고민하다가 생각을 접었다. 오면 오는 거고 안 오면 그
만이었다. 도시 변두리에 자리한 주말농장에서 만난 관계란 게 그
랬다. 있으면 보고 없으면 그만인 관계였다. 아무리 술친구가 되
었다고는 해도. 하지만 꿈속에서 자신의 편을 들어주지 않은 건
좀 서운하기도 했다. 사실 따지고 보면 그 두 사람 대신 자신이 쏘
인 것일 수도 있었다. 아내에게 물어보니 전화만 한 차례 왔을 뿐
병문안도 오지 않았다고 했다. 인간관계란 게 참…… 다 그렇고
그런 거였다. 박은 배낭에서 막걸리를 꺼내 단숨에 한 컵을 들이
켠 뒤 부르르 몸을 떨었다. 달고 썼다. 퇴원 이후 처음 마시는 술
이었다. 못 마신 지 일주일밖에 지나지 않았는데도 술기운이 모래
밭을 적시듯 온몸으로 퍼져나갔다. 박은 한 잔 더 마시고 원두막
기둥에 등을 기댄 채 눈을 감았다. 그러자 이번엔 무수한 잔가시
가 뱃속을 찌르기 시작했고 이어 현기증 같은 아련함이 모락모락
피어났다.

"술꾼이 어련하겠어!"

고추가 반쯤 담긴 바구니를 끙끙거리며 들고 온 아내의 첫 논
평이었다. 박은 바구니 안을 들여다보았다. 붉은 고추, 파란 고추,
고춧잎으로 진수성찬이었다.

"새참 먹는 거야. 당신도 한잔 마셔."

"아이고, 허리야!"

아내는 농장 사람들이 보든지 말든지 개의치 않고 앓는 소리를
내며 벌러덩 누워버렸다. 막걸리를 내밀며 박이 다리를 가지런히
모아주었지만 이내 원위치로 돌아갔다. 하여튼 나이들더니 부끄
러움이 종적을 감춘 것 같았다. 할 수 없이 박은 무릎 담요를 꺼내
덮어주었다. 어린아이가 보아도 허리 아프다는 핑계로 고추 따는
일을 그만두려는 속셈이었다. 박은 아내에게 건넸던 막걸리를 가
져와 대신 마셨다. 사실 박도 어린 시절 부모님을 도와 농사일을
하는 게 정말 힘들고 싫었다. 하지만 하지 않을 수가 없었다. 차라
리 주말과 여름 방학이 없어지면 좋겠다고 기도를 한 적도 많았
다. 부모님의 농사일을 이어받겠다는 생각은 단 한 번도 한 적이
없었다. 그런데 왜 나이들어, 비록 자그마한 밭이지만 도시의 한
귀퉁이 농장에서 농사를 시작했는지 스스로도 납득하기 힘들었
다. 농장에 들이는 시간과 돈, 힘이라면 차라리 시장에서 사서 먹
는 게 낫다는 걸 모르지 않음에도 말이다. 정말 이상했다. 그런데
농장에 오면 왠지 마음이 편해졌다. 숨통이 트이는 기분이었다.
오히려 집이 갑갑하게 느껴졌다. 농장에 심어놓은 배추와 무, 고
추, 옥수수, 토마토, 상추 등등이 얼마나 자랐는지 궁금해서 회사
일을 설친 적도 있었다. 박은 그런 자신이 놀라웠다. 자신의 몸속
에 농사꾼의 피가 흐른다는 걸 느낀 순간 뭔가 뜨거운 것이 목울
대를 치고 올라왔다. 병에 남은 막걸리를 탈탈 털어 잔에 따른 뒤

박은 여전히 끙끙거리는 아내에게 말했다.

"정년 퇴임하면 고향에 내려가 농사지을 거야. 당신도 준비하고 있어."

"미쳤어?"

아내는 말벌이 쫓아오기라도 하듯 발딱 일어났다.

"농담하는 거지?"

"죽을 뻔했다가 살아난 사람이 농담하는 거 봤어?"

"아니, 그런 중요한 문제는 부부가 상의해서 결정해야지!"

"지금 상의하고 있잖아."

"난 안 가. 가고 싶음 당신 혼자 가."

"가고 싶지 않으면 안 가도 돼. 혼자 가면 되니까."

"……정말?"

아내의 흔들리던 눈이 동그랗게 변했다. 마치 상대방의 서브가 어떤 서브인지를 살피는 탁구 선수처럼. 박은 미소를 지었다.

"솔직히 말해서 같이 가고 싶지만 당신이 싫다면 어쩔 수 없지 뭐. 아무리 부부라 해도 강제로 뭘 결정할 순 없잖아."

"여보, 미안해. 난 도시에서 태어나고 자랐기 때문에 시골 가면 답답해서 못 살아. 농사일도 전혀 모르고. 당신은 그래도 고향이라 아는 사람도 많고 그러니까 괜찮겠지만 난 아니잖아."

"알았어. 하지만 지금 살고 있는 집은 팔아버릴지도 몰라. 자, 좀 쉬었으니 고추나 마저 따."

박은 잔에 남은 막걸리를 비우고 자리에서 일어났는데 현기증이 일어 기둥을 잡은 채 서 있어야만 했다. 몸속에 아직 말벌의 독이 남아 있는 것만 같았다.

"고추? 지금 고추가 중요해! 집을 왜 팔아?"

아내는 고추가 담긴 바구니를 발로 걷어찼다. 바구니는 원두막 밖으로 떨어져 뒤집혔고 아내는 등산화를 신으며 씩씩거렸다. 박은 땅바닥에 쏟아진 붉고 파란 고추를 물끄러미 들여다보았다. 등산화를 다 신은 아내는 뒤도 돌아보지 않고 원두막을 떠났다. 멀어지는 아내의 뒷모습을 바라보던 박은 원두막으로 돌아가 배낭에서 새 막걸리를 꺼냈다.

"야, 그 꿈 되게 신기하네요!"

강이 구운 오징어를 질겅질겅 씹으며 말했고 박은 어금니 사이에 낀 오징어를 손가락으로 빼내느라 애를 썼다. 물론 박은 강과 장이 꿈속의 장례식에 나타난 사실은 굳이 말하고 싶지 않아서 뺐다. 아내가 떠난 뒤 얼마 지나지 않아 농장에 나타난 강은 그냥 바람이나 쐬러 온 거라고 했다. 혹시 누가 있을지 몰라 막걸리와 오징어를 챙겨들고서. 강은 박이 말벌에 쏘인 뒤의 정황을 장황하게 늘어놓다가 꿈 이야기를 듣고 나선 이것저것 묻느라 바빴다.

"꿈이지만 많이 섭섭했겠어요."

"고려장 당하는 기분이었습니다."

"왜 그런 꿈을 꾸었을까요?"

"……글쎄요."

"보통 죽은 줄 알았다가 기적적으로 살아나면 다들 좋아하잖아요. 근데 이건 정반대니…… 혹시 가족들한테 평소 안 좋은 감정이라도 있었습니까?"

"뭐 그렇다기보다…… 우리 나이면 이제 슬슬 밀려날 때 아닙니까. 마음은 밀려나고 싶지 않은데. 알게 모르게 그런 심리가 깔려 있던 게 아닐까요?"

"밀려나면…… 서럽죠."

"아, 그러고 보니 여기 말벌집은 그날 119에서 떼어냈어요?"

"아뇨. 내가 박형과 함께 구급차를 탈 때까진 그대로 있었어요. 119에서 나중에 와서 떼어냈나? 그날 장형이 여기 남았으니 장형한테 물어보면 알 수 있을 겁니다. 근데 아직도 주인을 쏜 말벌에 미련이 남았습니까?"

원두막 아래에 벗어놓은 신발을 챙겨 신은 강이 낄낄거렸다. 오징어를 질겅질겅 씹으며. 박은 말벌집이 있던 천장을 바라보며 이 사이에 끼어 좀체 빠져나오지 않는 오징어를 손가락으로 끄집어내려고 애를 썼다. 구운 오징어는 이래서 잘 먹지 않는데 이상하게도 보면 손이 먼저 나가고 결국 이틈에 끼곤 했다. 원두막 뒤편에 서 있던 아카시아나무에서 서리 맞은 마른잎들이 바람에 와르르 떨어지고 있었다.

막걸리 한 병을 간단하게 비운 강은 노랗게 물든 은행나무 아래를 건들건들 지나갔다. 구부러진 그 길 끝에서 농장으로 걸어오고 있는 건 멀리서 보아도 박이 억지로 호출한 아들과 딸, 사위, 그리고 외손자였다. 아내의 모습이 보이지 않는 걸로 보아 단단히 화난 모양이었다.

"아빠, 내년에 퇴임하면 시골 가서 농사짓는다고?"

"그래."

"엄마는 안 간다는데?"

"나 혼자라도 간다."

"엄마 생각도 해줘야 되지 않아?"

시집간 딸이 아기를 안고 조잘거리는 동안 아들과 사위는 삼겹살을 구울 채비를 했다. 딸은 일찍부터 엄마 편인지라 아내와 거의 비슷한 입장에서 박의 뜻을 꺾으려 들었다. 또 엄마가 가까이 있어야 여러 면에서 편하다는 걸 익히 체득한 듯했다.

"내 계획은 바뀌지 않는다."

"아, 정말 아빠 땜에 미치겠어. 나 둘째 가졌단 말이야!"

"임신?"

"응."

"그런데?"

"둘째 낳으면 엄마가 첫쨀 봐줘야지. 시골 내려가면 나 혼자 어떻게 둘을 키워요?"

"니 엄마가 딸내미 애 봐주려고 사는 건 아니다."

"아빠, 딸이 남이야?"

"장인어른, 고기 다 구워졌는데 술 한잔 받으십시오."

병원에 입원했을 때 딸은 아기를 핑계로, 사위는 갑자기 급한 일이 터졌다며 한 번도 병문안을 오지 않았다. 아들도 마찬가지였다. 하필 지방 출장이 있다고 했다. 박은 섭섭했다. 마치 병문안을 피하려고 억지로 일을 만든 것처럼 여겨졌다. 진정으로 자신에게 관심을 가져주는 이가 아무도 없다는 생각에 이르자 박은 왠지 등짝이 서늘해졌다. 드라마 속 버림받은 주인공이 된 것만 같았다.

"아빠, 시골 내려가면 지금 집은 어떻게 할 건데요?"

아들이 술을 따르며 조심스럽게 물었다. 박은 아들의 얼굴을 들여다보며 천천히 술잔을 비웠다. 아들의 표정은 복잡해 보였다. 박은 회심의 미소를 지었다.

"너, 여자친구 있다 그랬지?"

"……예. 왜요?"

"내년 봄에 결혼해. 그럼 집은 너한테 줄 테니까."

"아빠, 전 결혼 늦게 할 거예요. 일찍 해봤자 고생만 한다니까요."

"그럼 집은 니가 벌어서 장만해. 내가 퇴임하기 전에 결혼 안 하면 집은 팔아버릴 거야."

"아빠!"

"너도 어른이니 내가 왜 이런 말 하는지 잘 알 거야."

"엄마가 같이 안 내려가도 팔 거예요?"

"엄마가 왜 안 내려가!"

딸 부부와 아들이 원두막을 떠나자 박은 낫을 들고 밭으로 내려가 알맹이는 없고 대궁만 남은 마른 옥수수를 베었다. 소가 있었으면 여물로 썼을 텐데 버리자니 좀 아까웠다. 양도 얼마 되지 않아 밭 옆에 쌓아두었다가 썩혀 거름으로 쓸 수밖에 없었다. 아내가 따다가 그만둔 고추도 밑자락을 낫으로 꺾어 원두막으로 옮겼다. 밭에 그대로 놔두면 서리를 맞아 썩어버리기 때문이었다. 밭은 금세 텅 비었고 마른 잡초만 드문드문 남아 있었다. 박은 원두막에 걸터앉아 말벌집이 있던 자리를 바라보며 머리 곳곳을 손가락으로 눌러보았다. 술을 마셔서 그런지 벌에 쏘인 부위가 고무공처럼 말랑말랑해진 것 같았다. 머리에만 모두 네 방을 쏘였는데 그중 한 방이 급소인 정수리 근처였다고 의사가 알려주었다. 조금만 치료가 늦었으면 생명에 지장을 줄 정도로 위험했다고. 그래서 아마도 그런 이상한 꿈을 꾼 건지도 몰랐다. 만약 말벌에 쏘여 죽었다면 저승에 가서도 무척 창피했을 것이다. 박은 말벌에 쏘인 부위를 손가락으로 조심스럽게 눌렀다가 떼기를 반복하며 말벌집이 있던 자리를 노려보다가 결국 입을 열었다.

"우라질 놈의 말벌 새끼가 주인을 물어!"

거친 욕설이 한번 튀어나오자 무당이 방언을 내뱉듯 한동안 끊이지 않고 이어졌다. 마치 몸속에 가득 들어차 있던 벌들이 침입자를 공격하려고 왱왱거리며 쏟아져나오듯이. 처음엔 말벌에게 퍼붓는 욕이었지만 점차 그 대상이 그동안 못마땅하게 여겼던 세상일들로 옮겨갔다. 박은 욕설을 멈출 수가 없었다. 아니, 멈추고 싶지 않았다. 그러던 중 저편 산책로에서 원두막으로 다가오던 장이 박의 욕설을 듣고 슬그머니 되돌아가는 게 보였다. 박의 욕설은 즉각 장에게로 날아갔다.

"에라이, 도둑놈의 새끼야! 남의 말벌집 훔쳐가서 술 담갔단 말이지. 잘 처먹고 복상사나 당해라!"

장이 박의 욕설을 들었는지는 확실하지 않았다.

셰퍼드

긴 혓바닥을 입 밖으로 늘어뜨린 셰퍼드 두 마리가 헉헉거리며 침을 줄줄 흘렸다. 가만히 서 있기만 해도 무더운 여름날 오후였다. 김은 혓바닥 양쪽에 솟아 있는 셰퍼드의 날카로운 송곳니에 허벅지를 물리기라도 한 듯 인상을 찡그렸다. 셰퍼드는 거의 송아지만했다. 두 마리가 한꺼번에 달려든다면 아무리 싸움을 잘하는 인간이라도 당해낼 수 없을 것이다. 사나우면서 덩치까지 큰 개는 정말이지 싫었다.

"빚쟁이들 몰려오기 전에 빨리 끌고 가. 우리 클럽에서 가장 비싼 개야."

"……애들을 끌고 가라고?"

"새끼 낳으면 한 마리당 몇백만원씩 하는 명견이야."

"……주인도 아닌데 물지 않을까?"

"교육 잘 시켜놨기 때문에 안 물어. 빨리 끌고 가. 벌써 시끄러운 소리 들린다."

허는 붕붕거리는 차 소리가 시끄럽게 들려오는 계곡 아래로 시선을 돌렸다. 파산한 허의 명견클럽으로 몰려오는 빚쟁이들이었다. 그나마 김은 허가 가장 먼저 연락을 해줘 그들보다 한발 일찍 달려올 수 있었다. 그런데 빌려준 돈 대신 셰퍼드 두 마리라니…… 구가 이 사실을 알면 뭐라고 할까. 생각도 해보기 전에 벌써 머리가 지끈거렸다.

"큰길로 가면 뺏길지도 모르니까 산길로 가는 게 나을 거야. 차는 나중에 찾으러 오고. 하여튼 미안하다."

"산길로?"

"길 알잖아. 서둘러!"

허는 김의 손에 셰퍼드의 목사리와 연결된 리드 줄을 건네주며 등을 떠밀었다. 골짜기를 올라오는 여러 대의 차 소리에 놀랐는지 클럽의 개들이 하나둘 짖기 시작하더니 이윽고 전체가 합창하듯 짖어댔다. 그 합창에 떠밀리고 앞으로 성큼성큼 달려가는 셰퍼드 두 마리에 끌려서 김은 엉겁결에 산속으로 이어진 길로 들어섰다. 허가 소리쳤다.

"나중에 잠잠해지면 소주나 한잔 마시자!"

"너랑은 죽어도 안 마셔, 새끼야!"

"미안해!"

"미안해할 거면 망하지나 말았어야지!"

"할말이 없다."

"야, 이 개 진짜 안 무는 거 맞지?"

"안 물어!"

분통이 터질 지경이었다. 돌아가 허를 실컷 패주고 싶었지만 막무가내로 김을 잡아끄는 셰퍼드들의 힘을 이길 수는 없었다. 개들은 외출에 신이 난 듯 산길을 달리려 했고 김은 그 속도를 죽이려고 리드 줄을 꽉 움켜잡은 채 두 다리를 브레이크 삼았는데 마치 수상스키를 타는 자세와 비슷했다. 혹시라도 줄을 놓쳐 개를 잃어버리지 않으려 안간힘을 다해 버텼다.

"이 개새끼들아, 제발 천천히 좀 가자!"

산등성이의 무덤 근처에서 김은 간신히 셰퍼드들을 멈춰 세운 뒤 리드 줄을 재빨리 나무 기둥에 감아 단단하게 묶었다. 개들은 그제야 긴 혀를 늘어뜨린 채 학학거리며 나무 옆에 엉덩이를 깔고 앉았다. 김도 개들과 조금 떨어진 무덤 옆에 주저앉아 담배를 꺼내 불을 붙였다. 정말이지 숨이 꼴까닥 넘어가기 직전까지 갔다가 돌아온 느낌이었다. 두 마리의 성견이 뿜어내는 힘을 혼자서 감당하기엔 힘이 부쳤다. 서둘러 담배 한 대를 피운 김은 주변을 두리번거리다가 손에 쥐기에 적당한 싸리나무 가지를 꺾어 회초리를 만들었다. 회초리 없이 덩치가 크고 사나운 셰퍼드 두 마리를 끌고 산을 넘어 집으로 가기엔 역부족이란 걸 비로소 알아차린 거였다. 일단 개들의 기를 꺾어놓아야만 했다. 김은 손으로 무릎을 짚고 힘겹게 일어나 개들에게로 다가갔다. 근데…… 정말 사람을 물지 않을까. 명색이 군견이나 경찰견으로 쓰이는 셰퍼드인데…… 김이 가까이 다가가자 두 셰퍼드는 엉덩이를 들고 일어나 침을 줄줄 흘리며 김을 바라보았다. 그는 개들 앞에 서서 싸리나무 회초리로 손바닥을 착착 두 번 가볍게 내려친 뒤 군대 조교의 목소리를 흉내내 입을 열었다.

"오늘부터 느그들 주인은 나다. 내가 친구 새끼 잘못 만나 빌려준 돈 한푼도 돌려받지 못하고 대신 느그들을 데려가게 되었다. 얼말 빌려줬냐고? 어휴, 말도 꺼내기 싫다. 집에 가면 와이프한테 한 일 년은 시달릴 게다. 개새끼! 그게 어떤 돈인데……"

산 아래에서 개 짖는 소리가 시끄럽게 들려왔다. 남자들의 고함소리도 뒤따라 들려왔다. 무엇인가가 깨지는 소리도 함께 들려왔다. 여자의 울음소리도…… 김은 눈을 감은 채 그 소리들을 듣다가 다시 회초리로 손바닥을 내리쳤다. 덩치 크고 사나워 보이는 두 셰퍼드는 회초리에 겁을 먹은 듯 눈을 내리깔았다. 그래도 허가 개들 교육만은 제대로 시킨 모양이었다. 김이 회초리를 치켜들어 개들의 머리를 재빨리 후려치는 시늉을 하자 개들은 덩치에 어울리지 않게 턱을 흙바닥에 붙인 채 납작 엎드렸다. 그 모습에 김은 다소 만족한 표정으로 명견클럽에서 가져온 사료를 배낭에서 한 움큼 꺼내 그 앞에 뿌려주었다. 개들은 마른 나뭇잎과 풀을 뒤져가며 한 알도 남기지 않고 모두 먹어치웠다. 김은 개들을 향해 회초리를 치켜들고 천천히 말을 이어갔다.

"지금부터 내 얘기 똑바로 들어라. 조금 있다가 다시 출발할 텐데 절대 뛰지 마라. 만약 아까처럼 경거망동하면 무조건 맞는다! 알아들었냐?"

회초리가 다시 머리로 다가오자 개들은 땅바닥에 엎드렸다. 김은 고개를 끄덕이며 회초리를 거두었다.

"내가 어쩌다 이런 기구한 처지가 됐는지…… 이게 다 느그들 주인 놈 꾐에 넘어간 탓이야. 씨발, 그게 어떤 돈인데……"

김은 이마에 맺힌 땀을 닦으며 다시 담배에 불을 붙였다. 한숨이 담배 연기와 함께 절로 풀풀 흘러나왔다. 아무것도 알아듣지 못할 개들에게 지금의 상황을 설명해야 하는 현실이 한심하기까지 했다. 담배꽁초를 신발로 비벼 아예 재로 만들어버리려고 할 때 바지 주머니의 휴대폰에서 노래가 흘러나왔다. 구가 벨 소리 대신 녹음해놓은 노래였다. 김은 마침내 올 게 왔다는 표정을 지은 채 휴대폰을 묵묵히 바라보았다. 벳 미들러의 노래 〈더 로즈〉는 언제 들어도 아름다웠다. 바닥에 엎드려 김의 눈치를 살피던 셰퍼드 두 마리도 귀를 쫑긋 세운 채 노래를 감상하는 눈치였다. 애당초 구는 김이 허에게 거금을 빌려주는 걸 반대했다. 하지만 김은 허의 간절한 부탁을 외면할 수 없었다. 젊은 날 허에게 신세 진 것도 많았지만 무엇보다 명견클럽의 전망에 대한 허의 열정적인 설명을 들으니 투자할 가치가 충분해 보였기 때문이었다. 다른 투자자들은 자신보다 더 열성적으로 허의 사업에 뛰어든 상태였고 또 이미 적잖은 이득을 취하고 있었기에 김은 전혀 의심하지 않았다. 김은 끊어졌다가 다시 노랫소리가 퍼지는 휴대폰을 귀 가까이 가져갔다.

"……어."

"왜 전활 안 받아?"

"……어, 산속이라 전화가 잘 안 터져."

"산속? 개 목장에 돈 받으러 간 사람이 왜 산속에 있어?"

"……어. 개 끌고 가는 중이야."

"개? 웬 개?"

"그럴 일이 있어. 여기 전화 잘 안 통하니까 조금 있다가 내가 다시 할게."

"무슨 일 생긴 거 아냐?"

김은 그렇게 말하고 전화를 끊었다. 더이상 대화를 이어갈 수 없었다. 자초지종을 얘기해봤자 머리만 아플 뿐이었다. 할 수 있는 한 뒤로 미뤄야만 했다. 그사이에 어떤 방법이 생길지도 모를 일이었다. 아니, 꼭 생겨야만 한다고 주문을 외며 김은 나무에 묶어놓은 리드 줄을 끌렀다. 셰퍼드들도 자리에서 일어났다. 구의 쟁쟁거리는 목소리가 바지 주머니 속에서 기름이 끓듯 요동치는 것 같았다. 김은 회초리를 든 채 개들을 노려보며 입을 열었다.

"가급적 천천히 가자."

아까와 달리 개들을 뒤에 세운 김은 능선을 따라 이어진 좁은 산길을 터벅터벅 걸었다. 다행히 개들은 김의 손에 들린 회초리 때문인지 고분고분히 뒤따라왔다. 산길로 가면 집까지는 대략 한 시간 정도 걸렸다. 빌려준 돈도 받지 못했는데 개에게 질질 끌려가다시피 해서 집에 가고 싶지는 않았다. 그 모습을 구가 본다면 아마 개똥을 밟은 표정을 지을 게 틀림없었다. 김은 고개를 절레 절레 저었다. 한숨이 절로 나왔고 다리에 힘이 빠졌다. 집에 가지 말고 그냥 이대로 산속에 있고 싶었다. 아무리 생각해도 도대체 구를 볼 면목이 서지 않았다. 이게 무슨 날벼락이란 말인가.

"아, 그게 어떤 돈인데⋯⋯"

허에게 빌려준 돈은 김과 구가 어쩌다 생기는 가욋돈을 십여 년 가까이 푼푼이, 세계 여행 한번 제대로 하려고 모아둔 돈이었다. 그동안 아무에게도 그 돈에 대해 얘기하지 않았는데 지난번 초등학교 동창회에서 술에 취한 김이 친구들의 돈 자랑에 약이 올라 그만 입을 열고 말았다. 이제 거의 준비를 마쳐 나이 오십이 되면 일 년 동안 세계 여행을 할 거라고. 세계 각지의 박물관과 미술관, 성지 등을 돌아보며 앞만 바라보고 바쁘게 살았던 인생을 천천히 되돌아보고 싶다고. 그러자 동창들이 고개를 끄떡이며 김에게 관심을 보였다. 김은 차분하게 이야기를 이어갔다. 여행의 마지막

한 달은 배낭을 짊어지고 스페인의 산티아고 순례길을 걸을 것이라고. 수도꼭지에서 나오는 포도주를 마시며. 그 길을 모두 걸은 뒤엔 크루즈를 타고 아주 천천히 한국으로 돌아올 거라고. 부동산 투자와 땅장사로 돈을 벌어 심심하면 동남아로 골프를 치러 간다는 동창 녀석은 김의 얘기가 못마땅한 듯 슬그머니 일어나더니 자리를 옮겨버렸다. 김은 다른 동창들에게 나이가 오십이 가까워지면서 인생의 의미가 과연 무엇인지 요즘 깊게 생각하고 있다고 나지막하게 이야기했다. 그 돈 얘기가 명견클럽의 친구 놈 귀에 들어간 거였다. 그날 동창회엔 다른 일 때문에 참석하지도 않았던 녀석이 어느 날 퇴근 무렵 김의 직장 앞으로 찾아와 한잔하자며 다짜고짜 명견클럽으로 끌고 갔다.

"오십 되려면 아직 이 년이나 남았잖아. 네가 가진 돈을 불릴 수 있는 절호의 기회야."

"……그 돈은 내 맘대로 할 수 있는 돈이 아냐."

"와이프하고 잘 의논해봐. 요즘 은행에 돈 넣어놓고 있어봤자 득 될 거 없어. 참새 눈물만큼도 안 되는 이자가 전부야. 돈은 굴려야만 늘어나. 내가 제안한 이자면 니 와이프도 관심을 가질 거야."

"……얘기는 해볼게. 근데 개 사육이 그렇게 전망이 좋나?"

"야! 그냥 개가 아니라 명견이야. 얘들은 사람들처럼 다 족보가 있어. 그리고 여기 있는 개들 값이 모두 얼만 줄이나 알아?"

허는 김의 손을 끌고 이른바 명견 순례를 시켜주었다. 개들의 품종과 특성, 그리고 헉 소리가 튀어나오는 가격에 대해 하나하나 설명하며 사육장을 한 바퀴 돌았는데 자그마치 한 시간이나 걸릴 정도였다. 물론 그사이에 품종과 특성, 가격은 머릿속에서 깡그리 지워졌지만. 불도그, 달마티안, 셰퍼드, 포인터…… 그리고 또 뭐가 있었는지 감감했다. 주먹만한 강아지에서부터 시작해 송아지만한 개까지 다양하기 이를 데 없었다.

"어때?"

"개들 종류가 이렇게 많은지 처음 알았다."

"요즘은 주식보다 개한테 투자하는 게 훨씬 낫지."

"이렇게 비싼 개들을 대체 누가 사가는 거야?"

"고독한 사람들. 그들에게 비숑프리제는 자식이나 마찬가지지."

허가 하얀 눈뭉치처럼 생긴 강아지를 가리켰다. 동그랗고 까만 두 눈과 코가 박혀 있었다.

"가진 게 많아 불안한 사람들. 집마당에 카네코르소가 떡하니 버티고 있으면 도둑들이 감히 담 넘을 엄두를 못 내지."

허가 가리킨 철창 속의 검은 개는 마치 권투선수 타이슨을 연상시켰다. 인상만 봐도 섬뜩한 기분이 들었다.

"꼬마들한텐 장난기가 많은 저기 닥스훈트가 딱 좋아. 친구처럼 같이 놀아주니까."

귀가 턱 가까이 길게 내려오고 주둥이 부분이 밤색인 까만 닥스

훈트가 호기심이 가득한 눈빛으로 김을 바라보고 있었다. 마치 김의 집으로 데려가달라는 듯. 김은 자기도 모르게 그 개에게 손을 내밀었다. 초등학교에 다니는 아이들이 있으면 당장 데려가고 싶을 정도였다.

"이제 개는 그냥 개가 아냐."

"그럼 뭐야?"

"인생의 동반자인 거지. 앞으론 모든 집에서 개와 인간이 함께 살아가는 세상이 될 거야. 나는 인간들에게 더욱 적합한 개들을 공급할 거고."

"왜 하필 개야?"

김은 하나 마나 한 질문을 건넸다는 생각이 들었지만 그래도 허가 어떤 대답을 할지 궁금해서 맥주잔을 비우며 기다렸다. 저녁을 먹은 철망 속의 개들은 하나둘 잘잘 준비를 하고 있었다.

"개가 사람보다 나으니까."

회초리 때문인지는 몰라도 두 셰퍼드는 뒤에서 긴 혀를 늘어뜨린 채 얌전하게 따라왔다. 서로 리드 줄이 엉키지도 않았고 김의 다리를 줄로 휘감지도 않았다. 잠깐 쉬어가기 전에 산비탈을 마구 달렸던 그 개들이 맞는지 의심이 들 정도였다. 그날 김은 '개가 사람보다 낫다'는 허의 말에 결국 마음이 흔들리고 말았다. 허는 뭐가 더 낫냐는 김의 질문에 백과사전을 펼쳐 넘기듯 사람보다 개가 나은 까닭을 한 시간 가까이 늘어놓았다. 그중 하나가 이거였다.

개는 아무리 술을 마시고 늦게 들어가도 반갑다고 꼬리를 흔든다
는 것. 그날 집에 돌아간 김은 마치 영업 사원이라도 된 것처럼 구
에게 명견클럽에 대해 늘어놓았다. 돈을 빌려주었을 때 매달 통장
으로 들어올 쏠쏠한 이자에 대해서도. 대학에 다니던 시절 김의
집이 파산하자 허가 공짜로 두 학기나 등록금을 내준 덕분에 무사
히 졸업할 수 있었던 얘기까지 꺼내놓았다.

"그 등록금 나중에 갚았어?"

"……갚으려 했는데 친한 친구 사이에 그럴 수 없다며 그냥 술
한잔 사는 걸로 했지."

"……당신이 빠져나갈 방법이 없네."

"믿을 만한 친구야."

"돈 앞에선 믿을 만한 친구 없다는 게 내 지론이야. 우리 여행
갈 돈에서 당신 것만 빼서 빌려줘. 당신…… 설마?"

"……그렇게 됐어. 워낙 급하다고 해서."

"아예 개 목장에 가서 그 친구랑 같이 살아!"

오솔길을 벗어난 김이 소나무숲 사이로 뚫린 임도에 개와 함께
접어들었을 때 다시 바지 주머니에서 노래가 흘러나왔다. 김은 구
에게서 걸려온 전화를 받을지 말지 망설였다. 어차피 일은 벌어졌
고 자신은 개를 끌고 걸어서 집으로 돌아가는 길이었다. 미리 말
하는 게 나을지 아니면 집에 돌아가 얘기하는 게 나을지 판단하기
힘들었다. 나이 오십이 가까워오는데 먼저 맞는 매와 나중에 맞을

매를 놓고 갈등하는 게 한심하기 그지없었다. 김은 리드 줄을 단단하게 잡은 채 장송곡이 흘러나오는 것만 같은 휴대폰을 꺼내들었다.

"어떻게 된 거야?"

"……친구 놈 사업이 망했어."

"……돈은 얼마나 돌려받았어?"

김은 긴 혀를 늘어뜨린 채 서 있는 개들의 머리를 회초리로 툭툭 건드렸다. 개들은 이내 엉덩이를 깔고 앉았다. 구의 돈이라도 돌려받았다면 얼마나 좋았을까 하는 생각이 비로소 들었다.

"……셰퍼드 두 마리. 이 개 엄청 비싼 개래. 새끼 한 마리가 몇 백만원씩 하나봐."

"집에 들어올 생각 말고 그 똥개들이랑 세계 여행이나 가!"

이번에는 구가 먼저 전화를 끊어버렸다. 김으로선 그나마 다행이었다.

당장은 다행이긴 한데…… 앞으로가 걱정이었다. 어쩌면 구의 말대로 셰퍼드를 데리고 국내 어딘가로 떠나는 게 그나마 나을지도 몰랐다. 함께 살아오는 동안 구는 어떤 상황에서도 틀린 말을 한 적이 거의 없다는 것을 김은 누구보다 잘 알고 있었다. 셰퍼드를 끌고 집으로 들어서는 순간부터 김은 고난의 가시밭길을 걷게 될 거였다. 오랫동안.

"크르르……"

소나무숲에서 나와 울창한 잣나무숲으로 접어들었을 때 오른쪽에 선 셰퍼드 한 마리가 걸음을 멈춘 채 비탈 아래를 내려다보며 날카로운 송곳니를 드러냈다. 왼쪽의 셰퍼드도 재빨리 그쪽으로 다가가 다리에 잔뜩 힘을 주고서 금방이라도 달려나갈 듯 몸을 낮췄다. 비탈 아래는 개울이 흐르는 잡목숲이었다. 그 숲에 무엇인가가 숨어 있다는 걸 개들이 눈치챈 거였다. 김도 리드 줄을 꽉 움켜잡고 자세를 낮췄다. 고라니? 토끼? 산돼지? 숨어 있는 산짐승이 산돼지라면 사정이 달랐다. 산돼지의 가격이 만만찮았기 때문이었다. 김의 머릿속이 복잡해졌다. 과연 셰퍼드가 산돼지를 잡을 수 있을까. 산돼지를 잡으려고 줄을 풀어주었다가 도리어 달아나는 건 아닐까. 만약에 산돼지가 아니라 자그마한 산토끼나 고기 맛도 없는 고라니라면…… 산돼지와 셰퍼드가 싸우다가 셰퍼드가 다치거나 죽어버린다면 그야말로 최악이었다. 그렇게 된다면 구의 말대로 개들과 세계 여행을 하는 게 아니라 집에도 못 들어가고 혼자서 외롭게 국내 여행을 해야 할지도 모를 일이었다.

"믿어도 되겠나?"

김은 셰퍼드 두 마리의 눈을 똑바로 바라보며 물었다. 놀랍게도 개들은 김의 말을 알아듣기라도 한 듯 바닥에 납작 엎드렸다. 저 아래 숲속에서 시선을 떼지 않은 채.

김은 개들을 믿어보기로 했다. 셰퍼드들의 머리를 쓰다듬어준 뒤 리드 줄의 고리를 풀고 엉덩이를 쳤다. 개들은 백 미터 육상경기의 세계기록 보유자인 자메이카의 우사인 볼트보다 더 빠르게 출발선을 뛰쳐나갔다. 사납게 짖으며.

사실 어린 시절부터 김은 다른 누구보다 개를 좋아했고 개들도 그를 잘 따랐다. 김은 자신이 개들과 통하는 부분이 많다고 느꼈다. 이웃집 사나운 개들도 다른 아이들에게는 으르렁거렸지만 김이 다가가면 짖는 걸 멈추고 꼬리를 흔들었다. 가장 먼 기억 속 개는 초등학교도 들어가기 전에 만난 삽사리였다. 그 삽사리는 김보다 나이가 많았는데 김의 어머니가 장을 보러 갈 때면 정류장까지 따라가 배웅을 하고 장에서 돌아올 시간이 되면 어김없이 정류장으로 나가 같이 돌아오곤 했다. 발목에 시계를 차고 있는 것도 아닌데. 어린 김이 마당에 나가 똥을 눌 때 그 옆에 가만히 앉아 있다가 볼일을 모두 보면 혀로 밑을 말끔하게 닦아주었다고 어머니가 전해줬지만 기억에는 없었다. 김이 선명하게 기억하는 건 그 삽사리가 죽는 장면이었다. 여름의 초저녁, 김이 마을 운동장에서 공을 차고 있는데 형을 따라 큰집으로 가던 삽사리가 난폭 운전을 하는 트럭에 치여 죽었다. 운동장 옆은 개울이었고 그 옆이 신작로였는데 김은 갑자기 들려오는 쾅, 하는 소리에 놀라 어둑어둑해지는 하늘을 올려다보았다. 거기에 검은 물체 하나가 허공으로 떠올랐다가 천천히 개울로 떨어지고 있었다. 삽사리는 어쩌면 형을 구하고 자신이 대신 희생한 것인지도 모른다고 가족들은 입을 모았다. 그 이후로도 김의 집에는 늘 개가 있었다. 한 마리나 두 마리, 새끼를 낳았을 때는 더 많은 개들이 마당에서 뛰어놀았다. 물론 그 개들은 집에서 가장 어린 김의 친구가 되어주었다. 큰 개, 작은 개 가리지 않고. 김은 그 강아지들을 방으로 데려와 종일 함께 먹고 놀고 자고 싶었지만 가족들의 반대로 단 몇 시간밖에 허용되지 않았다. 가족들에게 개는 개였고 사람은 사람이었다. 그러다 어느 해 뜨거운 여름날 그 구별이 잔인한 현실로 드러나고 말았다. 김이 친구 집에 놀러갔다가 돌아오는데 운동장 옆 미루나무 아래에 가족들과 친척들이 둘러앉아 음식을 먹고 술을 마시고 있었다. 한쪽에는 집에서 가져온 가마솥까지 올려놓고서. 가마솥에서는 김이 무럭무럭 피어나고 있었다. 김이 뭔가 이상한 느낌을 품고 다가가자 어머니는 집에서 기르던 누렁이를 팔아 염소를 샀고 오늘이 복날이어서 염소탕을 끓여먹는 중이라고 심상히 알려줬다. 누렁이를 팔았다는 말에 김은 운동장에 주저앉아 한바탕 대성통곡을 했다. 통곡 뒤엔 당연히 배가 고팠다. 김은 코를 훌쩍거리며 어머니가 건네준 염소탕을 두 그릇이나 먹었다. 평소와 달리 뭔가 이상한 가족들의 표정에 의아해하며. 그때 술에 취한 친척 한 사람이 빈 그릇을 들고 가마솥으로 다가가 뚜껑을 열었는데, 김은 가마솥 안에 들어 있는 것을 보고서야 알았다. 김은 그 자리에서 까무러쳤다.

"……이게 뭐냐?"

"……"

"지금 이게 산돼지라고 우기는 건 아니겠지?"

덩굴이 우거진 숲으로 한달음에 달려간 셰퍼드 두 마리는 전쟁이 난 듯 야단법석을 떨더니 고작 산토끼 한 마리를 각각 입에 물고 자랑스러운 표정으로 돌아왔다. 산돼지라도 잡았더라면 구에게 그나마 조금 생색을 낼 수 있겠지만 산토끼는 아무래도 많이 약했다. 김은 셰퍼드의 목사리에 다시 리드 줄을 연결하고 나무에 묶었다. 개들 앞으로 사료를 뿌려준 뒤 담배 한 대를 피우며 휴대폰으로 산토끼를 찍었다. 숨을 헐떡거리며 사료를 먹는 셰퍼드들도 카메라에 담고 마지막으로 자신과 셰퍼드와 산토끼가 모두 나오도록 손을 한껏 내밀어 셔터를 눌렀다. 그리고 세 장의 사진을 구에게 전송했다. 문자와 함께.

셰퍼드가 잡은 산토끼야. 다음번엔 산돼지를 잡아줄게.

담배 한 대를 다 피울 무렵 구에게서 답장이 왔다.

집에 들어오지 말고 그냥 산에서 살아!

김은 배낭에 산토끼 두 마리를 넣고서 회초리로 개들의 머리를 야무지게 톡톡 때렸다. 개들은 끙끙거리며 다시 땅바닥에 납작 엎드렸다. 김은 한숨을 쉬며 개들에게 구의 문자를 보여주었다.

"느그들이 산돼지를 잡았으면 이런 문자가 오겠나?"

걷기 편한 임도라지만 한여름 오후에 송아지만한 셰퍼드 두 마리를 끌고 산길을 걷는 건 녹록지 않았다. 산토끼를 잡은 이후부터 개들은 수시로 걸음을 멈추고 코를 킁킁거렸다. 힘이 만만치 않았기에 어지간하게 줄을 당기지 않으면 꿈쩍도 하지 않았다. 줄을 당기고 회초리를 휘두르기만 하는데도 땀이 줄줄 흘러내렸다. 땀냄새를 맡고 가까이 다가와 앵앵거리는 초파리떼 역시 귀찮기 그지없었다. 평지와 오르막, 내리막을 반복하며 산자락을 돌아가는 길에서 김은 더운 숨을 훅훅 뱉어냈다. 생각 같아선 개들을 풀어놓고 싶었지만 필경 산짐승을 찾아 천지 사방 날뛸 것이기에 그럴 수도 없었다. 운이 좋으면 산돼지 한 마리를 잡을 수도 있겠지만 그러면 정말 구의 말대로 산에서 살아야 할지도 몰랐다. 길 밖으로 벗어나고 싶어하는 셰퍼드에게 회초리를 휘두르는 김의 손에 점점 힘이 들어갔고 입에선 욕설이 튀어나왔다. 온몸은 땀으로 범벅이었고. 김은 아침까지만 해도 이렇게 뜨거운 여름날에 송아지만한 셰퍼드 두 마리를 끌고 산길을 걸으리라고는 전혀 예상하지 못했다.

"……어디로 가나."

산길을 빠져나오자 골짜기 끝 아래로 감자밭이 펼쳐져 있었다. 보라색 감자꽃들이 바람에 흔들렸다. 김은 개울가 버드나무 그늘에 앉아 골짜기 아래 밭 사이에 드문드문 자리잡고 있는 농가의 지붕들을 훑어보았다. 그 너머에는 고속도로가 있었고 고속도로 너머는 읍사무소가 있는 시내였다. 집에 가려면 시내를 통과하는 게 가장 빨랐다. 사람들의 눈을 피해 시가지를 우회할 수도 있지만 무더운 여름날 셰퍼드 두 마리를 끌고 땡볕을 걷는다는 건 쓰러지기 딱 좋은 지름길이었다. 강아지도 아닌 덩치 큰 개를 택시가 태워줄 리도 없었다. 그렇다고 개 두 마리를 태우기 위해 화물트럭을 부르는 것도 마뜩지 않았다. 김은 태평하게 앉아 숨만 학학거리는 셰퍼드의 머리를 들고 있던 회초리로 살짝 두드렸다. 그러자 아무 잘못도 하지 않았는데 매를 맞아 억울하다는 듯 셰퍼드한 마리가 침이 흐르는 어금니를 드러내며 가볍게 으르렁거렸다.

"어쭈, 지금 반항하는 거냐? 내가 느그들 땜에 산을 몇 개나 넘었는지 알아? 느그들 데리고 저길 통과할 생각만 해도 벌써부터 쪽팔려 죽겠는데, 응?"

김은 회초리를 높이 치켜들었다. 그러곤 잠시 뒤 한숨을 내쉬며 힘을 풀고 회초리를 든 손을 내렸다. 회초리를 따라 올라갔던 개들의 긴장한 눈동자가 회초리의 방향을 따라 스르르 풀어졌다.

"……하기야 느그들이 무슨 죄가 있겠냐. 느그들 주인이었던 그놈이 죽일 놈이지."

감자밭을 지나자 자그마한 콩밭이 나왔다. 콩밭 건너편엔 키가 큰 옥수숫대가 있는 밭이 산자락에 붙어 있었다. 골짜기를 내려갈수록 밭은 점점 커졌다. 이천 평쯤 돼 보이는 밭엔 대파들이 줄을 맞춰 자라고 있었다. 대파에서 퍼져나오는 향이 코끝을 간질였다. 당근밭에선 당연히 당근 향이 떠다녔다. 사람 머리통만한 배추의 허연 밑둥치는 쭈그려앉아 볼일을 보는 구의 엉덩이를 연상시켰다. 배추들이 밭이랑에 엉덩이를 까고 앉아 일제히 볼일을 보는 것만 같았다. 자기도 모르게 실실 웃음을 흘리던 김은 곧 구의 화난 표정을 떠올리곤 웃음을 지웠다. 어떻게 하면 구의 화를 조금이나마 풀어줄 수 있을까…… 어떻게 하면……

배추밭이 끝나는 곳엔 담은 있지만 문은 달려 있지 않은 농가한 채가 커다란 밤나무 아래에 한가로이 자리잡고 있었는데 털이 부숭부숭한 발바리 한 마리가 어떤 기척을 느꼈는지 머리를 빠끔 내밀더니 곧바로 앙칼지게 짖기 시작했다. 김의 뒤에 서 있던 셰퍼드 한 마리가 뛰쳐나간 것도 거의 동시였다. 리드 줄을 잡고 있던 김은 길바닥에 그대로 엎어졌고 뒤이어 나머지 셰퍼드도 앞서 뛰쳐나간 개를 쫓아 달려갔다. 흙바닥에서 간신히 일어난 김은 오른발을 절뚝거리며 그 집을 향해 뛰어갔다. 놀란 닭들이 날개를 퍼덕거리며 비명을 지르고 발바리가 사력을 다해 짖는 집으로. 하지만 김이 도착했을 땐 이미 상황이 종료된 상태였다.

"……정말 죄송합니다."

"죽은 닭은 가져가. 산토끼 고기랑 바꾼 걸로 칠 테니."

"아뇨. 어르신이 고아 드십시오. 그나저나 발바리가 괜찮은지 모르겠네요."

발바리는 셰퍼드가 들어올 수 없는 낮은 마루 밑으로 들어가 납작 엎드린 채 마당을 노려보고 있었다. 가끔씩 으르렁거리며.

"괜찮아. 쟤가 덩치는 작아도 야무진 놈이야. 호랑일 만나도 지 앞가림은 해."

집을 나오기 전 김은 회초리로 셰퍼드들의 머리를 다시 두드렸다. 개들은 곧장 바닥에 납작 엎드렸다. 그 모습을 본 마루 밑의 발바리가 조금 더 큰 소리로 짖었다. 자기 집에서 어서 꺼져버리라는 듯이.

리드 줄을 손목에 둘둘 감은 채 김은 마을길을 걸었다. 비슷한 상황이 언제 또 일어날지 몰랐다. 혹시라도 사람을 물기라도 한다면 그야말로 큰일이었다. 마을을 통과하면 곧바로 도로인데 산골짜기에서만 살던 셰퍼드가 사람들과 차량들을 보고 어떤 반응을 보일지 알 수 없었다. 김이 입고 있는 셔츠는 땀에 젖어 쉰내를 풍겼다. 팬티 역시 젖어 사타구니와 허벅지 쪽이 가려웠다. 땀냄새를 맡은 파리 한 마리가 끈질기게 주변에서 앵앵거렸다. 조금이라도 방심했다가는 눈이나 귀 속으로 들어올 것만 같아 날갯짓소리가 들릴 때마다 회초리를 휘둘렀지만 파리를 영영 쫓아버리는 데에는 효과가 없었다. 어디 시원한 물에 들어가 발가벗고 목욕을 하고 싶은 심정이 간절한데 셰퍼드 두 마리는 김의 다리 뒤에서 서로 먼저 가겠다고 몸싸움을 하며 장난질을 쳤다. 남의 집닭을 잡고 혼이 난 기억은 사라진 지 오래인 듯했다.

"편의점이다!"

김은 시내 초입의 편의점 앞 은행나무에 리드 줄을 단단하게 묶었다. 그리고 시원한 캔맥주와 소시지, 땅콩 과자를 사고 나와 개들 근처에 있는 파라솔 아래에 자리를 잡은 뒤 서둘러 목을 축였다. 맥주는 달고 시원했으며 소시지는 허기를 채우기에 안성맞춤이었다. 끙끙거리는 개들에겐 가끔 과자를 던져주었다. 맥주 한 캔이 금방 바닥을 드러냈기에 김은 편의점으로 들어가 두 캔을 더 사왔다. 지나가던 사람들이 잠시 걸음을 멈추고 침이 뚝뚝 떨어지는 긴 혀를 늘어뜨린 채 과자를 던져주기를 기다리는 셰퍼드 두 마리와 술에 소시지를 먹는 김을 쳐다보곤 했다. 다행히 개들은 행인을 향해 짖지 않았다. 김은 그때마다 과자를 던져주곤 개들의 머리를 손으로 쓰다듬어주었다.

멧돼지 잡는 사냥개죠?

옛날에 전방에서 근무할 때 봤는데 엄청 비싸다면서요?

개 한 마리 값이 아파트 한 채란 얘길 들었어.

설마! 아저씨, 정말 그렇게 비싸요?

김은 대답하지 않고 맥주만 꿀꺽꿀꺽 들이켰다. 행인들이 다시 길을 가자 주머니에서 휴대폰을 꺼내 인터넷에 셰퍼드 가격, 이라고 검색했다. 김이 첫번째 게시 글을 열기도 전에 구의 문자가 화면에서 깜박거렸다.

대낮에 개들이랑 길바닥에서 술이나 처마시고 있다고? 나 지금 여행 떠나니까 개들이랑 잘 살아! 그리고 연락하지 마.

갑자기 웬 여행?

여기서 맥주를 마시고 있다는 걸 대체 어떻게 알았을까. 김은 주위를 두리번거리며 남은 맥주를 모두 비웠지만 구에게서는 더는 답장이 오지 않았다. 아무래도 구의 지인이 우연히 자동차를 타고 지나가다 김을 보곤 알려준 게 분명했다. 할 수 없이 김은 구에게 전화를 걸었다. 구는…… 전화를 받지 않았다. 김은 서둘러 문자를 보냈다.

개들이랑 산을 넘었더니 너무 더워서 목 축이는 거야. 이제 집으로 곧장 갈 거야.

여행하는 동안 휴대폰 전원도 꺼놓을 거야. 이게 마지막이야.

자리에서 벌떡 일어난 김은 구에게 전화를 걸었다. 구의 휴대폰은 전원이 꺼져 있었다. 서둘러 자리를 정리한 김은 개들을 끌고 다시 길을 나섰다.

김이 아는 구는 벌써 터미널에 도착해 버스를 기다리고 있거나 아니면 진작 버스에 탔을 것이다. 그러니까 김이 편의점 앞에서 개들을 데리고 술을 처마셔서 갑자기 여행을 떠나는 게 아니라 허에게 빌려준 돈을 못 받았다는 사실을 안 순간에 이미 집을 떠날 준비를 하고 있었음이 분명했다. 그동안 부대끼며 살아온 정이 있어 집을 떠나기 전 그나마 통보의 문자를 보낸 거였다. 김은 무거운 가마니 같은 셰퍼드 두 마리를 끌고 터미널을 향해 뛰기 시작했다. 구의 성격으로 볼 때 여행을 떠나는 걸 막을 수는 없겠지만 그래도 배웅이라도 해야 될 것 같았기에. 얼마 뛰지도 않았는데 김의 온몸은 금세 땀으로 범벅이 되었다. 얼굴은 방금 전에 마신 맥주 때문에 벌겋게 달아올랐고 이마에서 흘러내리는 땀이 눈으로 들어와 시야를 가리는 탓에 자주 손등으로 닦아내야만 했다. 혓바닥을 한껏 늘어뜨린 채 뒤따라오는 셰퍼드 두 마리의 숨소리도 점차 가빠졌다. 구는 이 무더위에 어디로 떠나려는 걸까…… 아무리 화가 났더라도 마주앉아 얘기 정도는 하고 떠나야 하는 게 아닌가…… 김은 결국 뜀박질을 멈추고 뒤에서 따라오는 개들보다 더 헉헉거리며 터미널을 향해 터덜터덜 걸음을 옮겼다.

"미안해!"

터미널을 나와 도로로 접어든 시외버스의 차창을 향해 김은 한 손으로 배를 움켜잡은 채 소리쳤다. 구는 그런 김의 모습을 차창 너머에서 동요 없이 물끄러미 바라보았고 버스는 이내 부릉거리며 사라졌다. 마치 막장 드라마의 한 장면처럼. 태양은 지글지글 타오르며 김과 셰퍼드의 머리 위에서 구름 한 점 없는 하늘을 건너가고 있었고. 구가 탄 버스는 서울로 가는 버스였다.

"개 팔러 나왔소?"

터미널 옆 슈퍼의 평상에 앉아 빙과를 핥고 있는 김 앞으로 슬그머니 트럭이 다가오더니 그 안의 늙수그레한 사내가 물었다. 선글라스를 쓰고 있어 어떤 눈빛으로 자신을 보고 있는지 김은 알 수 없었다. 트럭 짐칸에는 쇠로 만든 개집이 위아래로 여러 개 실려 있었고 그 안에는 개들이 갇힌 채 힘없이 헉헉거리고 있었다. 평상 앞에 앉아 김이 부어준 물을 할짝거리며 핥고 있던 셰퍼드들이 사내를 향해 송곳니를 드러낸 채 낮게 으르렁거렸다. 사람을 향해 으르렁거리는 건 처음이었다. 김은 평상 다리에 묶어놓은 리드 줄을 잡고서 머리를 쓰다듬으며 개들을 진정시켰다. 사내는 별일 아니라는 듯 싱글싱글 웃었다. 김은 더위에 녹아 뚝뚝 떨어지는 빙과를 한 번 빤 뒤 사내에게 물었다.

"얼마 줄 건데요?"

"보자…… 요즘 개 값이 똥값인데, 그래도 덩치가 송아지만하니…… 마리당 삼십만원이면 되겠네. 말복이 얼마 안 남아서 후하게 쳐주는 거야."

김은 셰퍼드들을 쳐다보았다. 여전히 경계를 풀지 않은 개들이 검은 털로 뒤덮인 입을 금방이라도 쩍 열고 사내를 향해 튀어나갈 것만 같았다. 김은 개들의 머리를 한번 더 쓰다듬어주었다.

"적당한 가격인가? 느그들 생각은 어때?"

셰퍼드 한 마리가 기다렸다는 듯이 사내를 향해 사납게 짖었다. 다른 한 마리도 이어서 날카로운 송곳니 두 개를 드러냈다. 김은 개들이 짖지 않도록 또 한번 머리를 한번 더 쓰다듬어주었다.

"얘들이 말도 안 된다며 흥분한 것 같은데요…… 제가 생각해도 그렇고."

"야, 요놈들, 똥개 주제에 성깔 있네! 알았어, 십만원 더 얹어줄게. 합해서 칠십만원!"

"똥개가 아니라 독일산 셰퍼듭니다."

"쎼퍼드? 군대에서 기르는 개?"

사내는 선글라스를 벗고 개들을 찬찬히 들여다보았다. 개장수가 셰퍼드를 몰라본다는 게 이해가 되지 않았지만 김은 남은 빙과를 마저 먹고 나무 막대까지 쪽쪽 빨았다. 구가 지금 어디쯤에 있을까를 생각하며. 김은 구에게 전화를 걸어보았지만 휴대폰은 여전히 꺼져 있었다.

"……쎄퍼드 고기는 어떤 맛일까? 비싼 개니 당연히 입에서 살살 녹겠지."

"저도 먹어본 적이 없습니다."

김은 리드 줄을 잡은 손에 힘을 주고 자리에서 일어났다. 또 어디론가 가야만 했다. 그곳이 어디인지 떠오르진 않았지만……

"근데 이렇게 무더운 날 송아지만한 개들은 왜 끌고 다니는 거요?"

"와이프가 집 나가서 찾아다니는 중입니다. 개가 냄새 하난 잘 맡잖아요."

"……개고생하시는구만."

"집 나간 사람이 개고생이지요."

김은 건물의 그늘이 내려앉은 곳만 골라 다니며 개들과 함께 천천히 걸음을 옮겼다. 구는 아마 강원도를 벗어나 경기도로 접어들었을 것이다. 구의 여행을 이해하지 못하는 것은 아니었다. 충분히 그럴 수 있었다. 그럼에도 김은 조금 섭섭했다. 구와 함께 사는 내내 자신이 사납고 힘센 셰퍼드를 끌고 다닌 건 아니었기 때문이다. 어찌할 수 없는 운명의 힘에 눌려 어느 날부터 줄곧 셰퍼드에 끌려다닌 것 또한 아니었다. 이런 일은 이번이 처음이었다. 그리고 이 일이 구와 자신의 생활을 파탄에 이르게 할 정도로 심각한 것도 아니었다. 함께 준비했던 여행이 무산되고 그 자리에 검은 주둥이를 가진 셰퍼드 두 마리가 들어와 앉은 것뿐이었다. 여행은 언제든지 다시 준비하면 됐다. 셰퍼드는 적당한 주인을 찾아서 제값에 넘기면 되는 일이었다. 그런데 집을 떠나다니. 사는 동안 이 정도 일은 누구에게나 벌어질 수 있었다. 물론 기분이 좋지는 않겠지만. 김 역시 기분이 좋지 않았다. 동창회 자리에서 돈 자랑을 하는 동창 녀석에게 약이 올라 하지 않아도 될 여행 이야기를 주절주절 떠벌린 게 이번 일의 발단이었다. 그 결과 김은 무더운 여름날 셰퍼드 두 마리를 끌고 다니는 신세가 되었다. 그것도 모자라 구까지 집을 떠나게 됐고. 하지만 김은 여전히 구에게 섭섭한 마음을 지울 수 없었다. 이왕 벌어진 일, 한껏 쪼그라든 자신을 구가 너그럽게 받아줬다면 아마 평생 고마운 마음으로 구를 대했을 것이다. 그런데 제대로 된 대화조차 나눠보지 않고 불쑥 집을 떠나다니…… 김은 슬슬 치밀어오르는 뜨거운 화를 풀 방법을 찾아 주변 건물들을 두리번거렸다. 아무도 없는 집에 들어가기 싫어졌다.

"개장사 하나?"

"……오늘 개업했다."

"개소리 그만하고 들어와 술이나 마셔라."

"대낮부터 웬 술이냐?"

"니가 뜬금없이 셰퍼드 두 마리 끌고 다니는 거랑 같은 이유다."

"……넌 어떤 개를 받았냐?"

"그 개자식이 니한테만 개를 주고 아까 잡혀갔다."

"……난 이 개 때문에 열받은 와이프가 집 나갔다."

"개판이구나. 나는 아직 말도 못 꺼냈다."

번철에서 구워지는 두부를 안주 삼아 김은 박과 마주앉아 막걸리를 비웠다. 셰퍼드 두 마리는 두부구이집 처마 아래에 묶어놓고서. 김이 박과 주고받는 얘기야 뻔했다. 평소 자주 만나는 사이도 아니었기에 부도를 낸 허의 개 사업에 대한 개소리가 거의 대부분을 차지했다. 더위에 지쳐 있던 김의 몸과 마음은 막걸리에 빠르게 젖어들었다. 중간중간 김은 휴대폰을 꺼내 구에게 전화를 걸어봤지만 전원은 여전히 꺼져 있었다. 집을 떠난 구가 어디로 갈지 턱을 손에 괴고 눈을 감은 채 이리저리 헤아려보던 김은 갑자기 정신이 번쩍 들어 눈을 떴다. 혼자서 세계 여행을 떠나는 건 아니겠지…… 설마…… 아니, 구의 성격이라면 능히 그럴 수 있을 것 같았다. 김은 자리에서 일어났다. 건너편에 앉은 박은 팔베개를 하고 탁자에 얼굴을 파묻은 채 잠들어 있었다. 김은 계산을 하고 슬그머니 밖으로 나와 리드 줄을 풀었다.

오후 네시가 지났는데도 폭염의 열기는 사그라들지 않았다. 김은 개처럼 혀를 내민 채 장거리를 허적허적 걸었다. 뱃속으로 들어간 막걸리가 더위에 부글부글 끓어오르는 것만 같았다. 마치 사막을 걷고 있는 기분이었다. 김은 뜨끈 달아오른 머리를 식히려고 밀짚모자를 사서 쓰고는 장거리를 빠져나와 좁은 골목으로 접어들었다. 골목을 빠져나오니 오수가 흐르는 개천이 나왔다. 개천 옆은 도로였고 반대편엔 자그마한 가게들과 낡은 민가들이 줄지어 자리하고 있었다. 미용실에 앉아 하품을 하던 미용사가 유리창에 얼굴을 바짝 붙인 채 김과 셰퍼드를 눈으로 훑었다. 그 옆 구멍가게의 아주머니도 마찬가지였다. 그러고 보니 손님도 없는 더운 여름날, 자신이 지나쳐온 가게의 주인들이 모두 비슷한 방식으로 자신과 셰퍼드를 훔쳐봤다는 걸 김은 비로소 눈치챘다. 김은 어쩔 수 없이 흐느적거리는 걸음을 바로잡고 개들을 다그쳤다. 어서 빨리 시내를 통과해야만 했다. 땀이 비 오듯 흘러내렸고 술기운은 더더욱 몽롱하게 올라 마치 지상에서 한 뼘쯤 떠 있는 것만 같았다. 누군가 지금이 꿈속이라고 해도 믿을 정도였다. 살아오는 동안 김은 꽤 여러 번 개꿈을 꾸었다. 개를 선물 받는 꿈, 개에게 물리는 꿈, 사나운 개에게 쫓기는 꿈, 개를 잡아먹는 꿈, 개가 짖는 꿈, 한겨울 날 물에 빠져 젖은 개가 떨고 있는 꿈…… 그중엔 지금처럼 개를 끌고 어딘가로 가는 꿈 또한 있었다. 차라리 이게 꿈이라면 좋겠다는 생각이 들었다. 시내를 벗어나자 뒤에서 따라오던 개들의 걸음이 조금 산만해졌다. 그때마다 김은 리드 줄을 당겨야 했기 때문에 힘이 들었다. 한 마리는 오른쪽으로 가려 했고 다른 한 마리는 왼쪽으로 가려 했다. 김은 그 가운데에서 줄을 잡은 손에 힘을 주었지만 개들은 점점 더 고집을 부렸다. 정말이지 염천에 끙끙거리며 아주 무거운 가마니 두 포대를 끌고 가는 듯했다. 어차피 구마저 집을 떠났는데 셰퍼드들을 저희들 가고 싶은 데로 가게 풀어주고 싶은 생각마저 들었다. 하지만 그럴 수도 없었다. 풀어놓은 셰퍼드 두 마리가 어떤 짓을 할지 알 수 없었기 때문이었다. 이미 시내를 통과해서 자신을 본 사람들이 있는데 내 개가 아니라 명견클럽을 운영하다 부도난 친구의 개라고 말한다면 믿어줄까. 대체 이게 무슨 개고생이란 말인가. 빌려준 돈은 허공으로 날아가고, 구는 집을 나가고, 말도 잘 듣지 않는 개들을 데리고 폭염 속을 걸어가고 있다니. 차라리 아까 만났던 개장수에게 고깃값만 받고 팔아버리는 게 나았을지도 모른다는 생각이 뒤늦게 들었다. 김은 담배를 뻑뻑 빨았다. 이상하게 집으로 가는 길도 점점 더 험해졌다. 한쪽은 까마득한 벼랑이어서 다리가 후들거렸고 돌멩이를 밟아 몸의 균형이 틀어지면 오줌이 찔끔찔끔 새어나왔다. 그런데도 셰퍼드 두 마리는 그 좁은 벼랑 옆에서 저희들끼리 싸우느라 정신이 없었다. 김은 셰퍼드들을 서로 다른 나무에 묶어놓고 그 사이에 주저앉아 중얼거렸다. 이 길이 정말 집으로 가는 길이야? 내가 뭘 잘못했길래 이런 고통을 겪어야 되는 거지? 하지만 그 벼랑길에서 김의 물음에 대답을 해주는 이는 당연히 아무도 없었다. 김은 휴대폰을 꺼내 다시 구에게 전화를 걸어보았다. 전원이 꺼져 있다는 안내가 나오는 휴대폰을 향해 김은 땀에 젖어 끈적거리는 목소리로 구조 요청을 몇 번이나 반복했다. 그러다 지쳐 나무에 기대 깜박 잠들었다.

"집이다!"

다시 깨어난 김은 산중턱의 바위에 올라가 저편 언덕 위 과일나무들에 둘러싸여 있는 집을 보고 소리쳤다. 비록 구는 없었지만 어쨌든 집을 찾았다는 게 반가웠다. 어떻게 해서 집으로 가는 길을 잃고 다른 길로 접어들었는지 이해할 수 없었지만 그래도 산속을 헤매다 집을 찾았다는 게 중요했다. 김은 셰퍼드의 엉덩이를 두 손으로 밀며 험한 산길을 헤쳐나갔다. 바위가 많아 혼자 걷는 것도 힘든데 말도 잘 듣지 않는 셰퍼드 두 마리를 밀고 당기려니 고역이었다. 산을 올라가는 것보다 내려가는 게 더 힘들다는 사실을 처음 알았다. 겁을 먹고 건너편 바위로 건너뛰려 하지 않는 셰퍼드를 달래고 끌고 밀어서 겨우 건너가면 또다른 바위가 그 아래에 자리잡고 있었으니…… 김은 이해할 수 없었다. 어떻게 매일 드나드는 길을 잃어버리고 험한 산길로 접어들었는지 도무지 납득이 가지 않았다. 아무리 셰퍼드 두 마리를 다루는 데 정신이 팔려 있었다고는 해도. 김은 개들과 함께 바위 위에 앉아 저 아래에 자리한 집을 바라보며 한숨을 쉬었다. 그토록 맹렬하게 타오르던 해는 조금씩 산을 넘어가고 있었다. 김의 바지 주머니 속 휴대폰에서 벳 미들러의 노래 〈더 로즈〉가 흘러나온 것은 그때였다.

"어디야?"

"집 근처."

"개는?"

"옆에 있어."

"용케 집 근처까지 갔네."

"……좀 힘들었어. 아직 좀더 가야 하고. 당신은 어디야?"

"응, 인천공항."

"먼 데 가려는 모양이네."

"응, 마침 티켓이 있어서. 이참에 바람 한번 쐬려고."

"그래. 잘 다녀와."

"개는 사납지 않아? 말 잘 들어?"

"……뭐, 길들이는 중이야."

"시간 다 됐네. 이제 그만 끊어야겠다. 참, 당신 피우는 담배가 뭐지?"

"라크."

"나크?"

"라크. 엘, 에이, 알, 케이. 종달새."

"알았어. 나 없는 동안 개들이랑 잘 지내."

"어디로 가는데?"

김이 물었지만 구의 전화는 이미 끊어진 뒤였다. 김은 셰퍼드 두 마리와 함께 바위에서 일어났다. 일요일 오후가 거의 다 지나가고 있었다.

OK목장의
여름

땀에 젖은 그가 평소보다 목장에서 조금 일찍 돌아와 흰구름아파트의 복도를 돌아섰을 때 검은 마스크를 쓴 낯선 두 사내가 그의 집 문 앞에 서서 무엇인가를 붙이고 있었다. 그는 잠시 걸음을 멈췄다가 열쇠 꾸러미가 달린 쇠고리를 손가락에 건 채 빙글빙글 돌렸다. 전단지를 붙이는 사람들이겠거니 여기며. 하지만 걸어가면서 보니 이웃집 문들엔 아무것도 붙어 있지 않았다. 가까이 다가가자 사내들에게서 짐승들에게서나 풍기는 비릿한 냄새가 났다. 예감이 틀렸기를 바랐지만 그의 가슴은 빠르게 뛰기 시작했다.

"이 집이 경매에 넘어갔습니다."

문서를 넘겨주는 집행관의 눈은 젖을 모두 짜고 휴식을 취하는 젖소처럼 차분했다. 그는 그러지 못했다.

"……나쁜 년!"

웬만해선 집에서 피우지 않는 담배를 피우며 그는 집행관이 주고 간 문서를 읽고 또 읽었다. 쿵덕거리는 가슴은 진정되지 않았다. 담배를 연거푸 세 대 피우고 냉장고에서 맥주까지 꺼내 마셨지만 마찬가지였다. 휴대폰의 주소록을 열어놓고 한 사람의 이름을 뚫어져라 쳐다봤다. 집주인은 전화를 받지 않았다. 문자 창을 열어 빠르게 욕설을 입력했다가 지우기를 되풀이했다. 집행관이 남기고 간 말 때문이었다. 경매 전에 집주인이 은행에 이자를 갚으면 경매가 취소될 수도 있습니다. 그는 몇 번이나 오른 손가락들을 꼼지락거리다가 이윽고 휴대폰 자판을 눌러 온건한 문자를 작성한 뒤 전송 버튼을 눌렀다. 하지만 입에서 튀어나오는 말까지 제동을 걸 수는 없었다.

"개같은 년!"

마치 맹수처럼 날카로운 이빨을 세운 말이 그의 뒷덜미를 물기라도 한 듯 그는 머리를 앞으로 툭 떨구었다. 그 자세로 꼼짝하지 않고 한동안 문서를 들여다보다가 목덜미를 주무르며 자리에서 일어났다. 선풍기 바람으로는 끈적거리는 무더위를 쫓아낼 수 없었다.

밖으로 나가니 높은 축대 위편에 자리한 군부대에서 틀어놓은 군가가 담을 넘어왔다. 하루 일과가 끝났음을 알리는 노래였다. 처음 이사왔을 때만 해도 노랫소리에 깜짝깜짝 놀랐는데 시간이 흐르자 노래는 일종의 시계 역할을 했다. 밤 열시에는 취침을 알리는 트럼펫 소리까지 들렸는데 주민들의 항의 때문인지는 몰라도 언제부턴가 사라졌다. 그는 마스크를 콧등까지 올리고 축대 위 담벼락 상단에 얼기설기 설치해놓은 윤형 철조망을 바라보다가 눈을 감았다. 철조망을 통과한 햇살이 너무 눈부셔서 잠깐 비틀거리기까지 했다. 오후 여섯시가 넘었지만 뜨거운 햇살은 아직도 흰구름아파트의 일층에서 더이상 올라가지 못하고 있었다. 그는 징검돌을 건너듯 대추나무, 자목련나무, 매실나무 그늘을 차례로 지나며 그늘 속으로 휘청휘청 들어갔다. 급하게 술을 마셔서인지, 아니면 더위 탓인지 숨이 차올랐다. 숨을 쉴 때마다 마스크를 빠져나가지 못한 독한 입냄새가 다시 코로 들어왔지만 나무 벤치에 앉아 부채질을 하는 노인들이 있어 벗을 수도 없었다. 낮시간의 단골인 노인들은 벤치로 걸어가는 그를 향해 노골적인 시선을 보냈다. 마치 그동안 벌어진 모든 일을 다 알고 있다는 듯. 그는 그들 앞을 빠르게 지나 백목련나무가 서 있는 앞 동의 옆쪽으로 접어들었는데 이번엔 뒤통수가 뜨끈 달아올랐다.

"불 좀 있어요?"

빈 술병들이 담긴 박스들이 층층이 벽에 붙어 있는 상가의 좁은 통로를 통과할 때면 가끔 보게 되는 사내가 처음으로 그에게 말을 건넸다. 사내는 흰구름아파트의 알코올중독자 중 하나로 늘 같은 장소에서 시도 때도 없이, 안주와 잔도 없이 서너 번에 걸쳐 소주 한 병을 비우는데, 주민들이 그런 사내를 피하려면 주차장과 경비실을 한 바퀴 돌아야만 했다. 다행히 술주정을 부리지는 않아 사람들 대부분은 재빨리 그 옆을 지나갔다. 그는 허연 버캐 같은 게 입꼬리에 묻어 있는 사내의 꽁초에 불을 붙여주고 자리를 떴다. 때묻은 마스크를 턱에 걸치고 있는 사내에게서도 비린내가 풍겼다.

"우리 남편은 고등학교 선생님 하시다가 퇴임했어요."

거실의 허름한 가구들을 슬쩍 둘러본 집주인의 입에서 나온 말이었다. 그는 대꾸하지 않았다. 은행에서 이자를 갚지 않으면 집을 경매에 넘기겠다는 내용의 편지가 그의 집으로 날아와 집주인과 통화한 다음날이었다. 집주인은 은행이 너무 빡빡하게 군다고 화를 냈다. 여태껏 이자를 꼬박꼬박 갚았는데 겨우 몇 달 밀렸다고 이렇게 임차인들에게까지 겁을 준다며 목소리를 높였다. 집주인은 흰구름아파트에만 모두 열 채의 집을 소유하고 있었다. 집주인은 불안에 휩싸인 임차인들을 안심시키려 겨드랑이에 전세 계약서를 엮은 서류철을 꽂고 서울에서 일부러 찾아왔다는 듯한 표정을 지었다. 그로서는 태어나 처음 겪는 일이라 당장이라도 이사를 가고 싶었지만 계약서에는 아직 일 년하고도 반이나 계약 기간이 남아 있다고 분명하게 적혀 있었다.

"초저녁부터 뭔 술을 그렇게 많이 마셔요?"

"집주인이 나가떨어졌어요."

상가 지하의 단골 식당 여자 주인은 간략한 설명만 듣고도 다 안다는 듯 맞은편에 앉아 새 술병을 따서 그의 빈 잔을 채워주었다. 그는 술잔을 비우며 하늘색 마스크를 쓴 주인의 이야기를 들었다.

흰구름아파트에서는 잊을 만하면 일어나는 일이라고. 서울의 임대업자 놈들이 은행에서 대출을 받아 지방의 싼 아파트들을 대량으로 구입해놓고 전세 장사를 하다가 수틀리면 나가자빠진다고. 그건 불법이 아니라고. 그러면 결국 길바닥으로 나앉는 사람은 돈 없는 임차인들이라고. 임대업자 놈들은 이미 미꾸라지처럼 빠져나갈 구멍을 다 마련해놓았기 때문에 민사소송을 걸어도 소용이 없다고. 재판에서 이기더라도 한푼도 못 건지고 도리어 소송비만 까먹는다고. 애당초 대출이 끼어 있는 임대업자의 집에 들어간 게 잘못이라고. 물론 돈이 그것밖에 없으니 어쩔 수 없는 상황이었겠지만 이런 일이 생길지도 모른다는 걸 늘 염두에 뒀어야 한다고. 이왕 벌어진 일 차라리 경매에 참가해 낙찰을 받으라고. 자신도 똑같은 일이 벌어져 전세금을 반 넘게 뜯기고 그렇게 해서 지금 집을 낙찰받았다고. 하지만 그때의 스트레스로 병이 나 이렇게 되었다고. 주인은 짧게 깎은 머리를 손으로 쓰다듬었다.

"나중에 흥신소를 이용하는 방법은 없을까요?"

"깍두기들 동원하는 거?"

그는 벌겋게 달아오른 얼굴로 고개를 끄덕거렸다.

"그건 불법이야."

"……그럼 목장에서 제일 사나운 황소를 풀어놓을까요?"

"그러던가. 성질 사나운 타조도 괜찮고."

황소와 타조가 집주인의 집을 찾아가 대문 앞이나 거실에 죽치고 있으면 어떻게 될까. 전세금을 돌려받을 수 있을까. 그의 얼굴에 씁쓸한 미소가 피어나는 걸 확인하고서야 주인은 주방으로 들어갔다. 그는 긴 목과 단단한 부리를 가진 타조와 육중한 덩치에 두 개의 뿔을 지닌 황소를 떠올리다가 술잔을 쏟았다. 탁자에서 흘러내리는 술이 바지를 적셨지만 고개를 수그린 채 묵묵히 바라보기만 했다. 이 상황에서 자신이 할 수 있는 일이 없다는 것은 은행에서 처음 편지가 날아온 날 이미 알고 있었다. 그저 집주인이 나가떨어지지 않고 제때에 이자를 납부하기를 소원하는 수밖에는 없었다. 그동안 찾아갈 수 있는 곳은 모두 가보았지만 어이없게도 그게 전부였다. 그쪽 방면에서 그는 오랫동안 깎지 않은 털이 두 눈을 가려 코앞도 잘 보지 못하는 상태에서 올가미에 발이나 목이 걸려 바둥거리는 한 마리 아둔한 떠돌이 면양일 뿐이었다.

"가축들 코 묻은 돈 모아서 한 방에 뜯겼네요."

그는 남은 술병을 작업복 주머니에 넣고 마스크로 입을 가렸다. 알파카의 선한 표정을 닮은 주인이 출입문까지 따라나왔다.

"나라에선 왜 그런 것들을 싹 잡아 가두지 않는지 모르겠어."

"빠져나갈 구멍을 다 만들어놓았다면서요?"

"법을 새로 만들어 구멍을 막아야지!"

"위로 고마워요."

지상으로 올라오니 길고 뜨거웠던 여름 해는 사라지고 없었다. 그는 참았던 담배를 꺼내들고 두리번거리다가 알코올중독자 사내가 술을 마시던 자리를 찾아가 마스크를 턱에 걸친 채 담배에 불을 붙였다. 지나가는 사람만 없다면 의외로 아늑한 자리였다. 박스도 있어 아는 사람을 발견했을 땐 술병을 재빨리 처리하기에 용이했다. 그는 작업복 주머니에서 술병을 꺼내 사내처럼 병나발을 불었다. 구역질이 울컥 올라왔지만 잘 참아냈다. 담배를 안주로 세 차례에 걸쳐 술을 모두 마신 뒤 빈병을 박스에 담았다. 퇴근을 하고 집으로 돌아가는 듯한 자가용들이 몇 차례 지나갔지만 불빛이 그의 얼굴을 직접 비추지 않아 더욱이 혼자 있기 좋았다. 박스 더미 가까이에 하수구가 있어 악취가 나는 게 흠이었지만 그 때문에 다른 이들은 아예 머물 생각을 하지 않는다는 점에서 장점이라고 할 수도 있었다. 그는 마스크를 눈 바로 밑까지 올려 썼지만 한여름의 하수구에서 피어오르는 악취를 막을 수는 없었다. 그 자리를 벗어나는 방법 말고는.

전화를 받으셔야 하는 게 최소한의 도리 아닌가요?

집주인은 여전히 전화를 받지 않았다. 그는 아파트 놀이터 근처의 후미진 벤치에 앉아 휴대폰을 만지작거렸다. 그 자리는 마스크를 쓰지 않아도 되는 자리였다. 전화를 받지 않는 집주인에게

카카오톡도 보냈다. 카카오톡은 상대방이 메시지를 읽었는지 읽지 않았는지 확인이 가능하기 때문이었다. 마음 같아선 당장이라도 집주인이 사는 서울까지 찾아가 한바탕 욕이라도 퍼붓고 싶었다. 아니, 직접 찾아가 대문 앞에 죽치고 앉아 돈을 돌려줄 때까지 한 발자국도 움직이지 않고 시위를 해볼까 하는 생각도 불쑥 치솟았다. 하지만 첫번째 편지 이후 은행에서 이자를 독촉하는 두번째 편지가 도착하자 그가 목장의 소똥 냄새를 지우지도 못한 채 찾아간 법무사 사무실에서 안면이 있는 사무장은 조금도 망설이지 않고 입을 열었다. 아무 소용이 없다고. 집주인에게 그 방법이 통할 거라면 애초에 이런 일이 벌어지지도 않았다고. 집주인은 이미 손을 써놓았을 거라고. 집주인에게 인간적인 무엇을 기대하지 말라고. 그뿐만이 아니었다. 혹시나 하고 찾아간 주택 금융 공사와 법률 구조 공단도 상담을 받는 절차만 복잡했지 그에게 해줄 수 있는 건 아무것도 없었다. 모두가 같은 말만 반복했다.

"담배 하나만 얻을 수 있어요?"

마스크를 써서 지나치게 까만 두 눈동자만 보이는 여자가 벤치 옆에 선 채 그의 손가락 사이에서 타고 있는 담배를 바라보고 있었다. 짧은 반바지에 반팔 티를 입은 여자는 손에 라이터만 들고 있었다. 흰구름아파트에서 육 년째 살고 있었지만 담배를 청하는 여자는 처음이었다. 그는 담배를 건네며 슬리퍼를 신은 여자의 빨간 발톱들을 잠시 훔쳐보았다.

"지갑을 두고 내려왔어요."

벤치 끝에 앉아 담배를 피우려고 마스크를 내린 여자에게서 짙은 술냄새가 풍겼다. 벚나무 잎들 사이로 빠져나온 가로등 불빛이 바람을 맞아 그물처럼 출렁거리는 저녁이었다. 여자는 한숨과 담배 연기를 동시에 뱉어내더니 아파트 꼭대기를 바라보며 중얼거렸다.

"이 아파트에서 얼마나 살았어요?"

"……육 년."

"저랑 비슷하네요. 이 아파트 맘에 들어요?"

"……그다지."

다시 보니 여자의 양쪽 새끼발톱만 매니큐어가 발라져 있지 않았다. 그래서인지 몰라도 여자의 새끼발톱이 어린아이의 것처럼 보였다.

"담배 하나만 더 빌릴 수 있어요?"

여자의 손톱은 발톱과 달리 깊고 깊은 바다처럼 시퍼런 색의 매니큐어가 칠해져 있었다. 새끼손톱까지. 담배를 건네주고 그도 새 담배에 불을 붙였다. 여자는 벤치의 등받이에 파묻힐 듯 기댄 채 담배 연기를 허공으로 뱉어냈다.

"이름부터 맘에 들지 않았어요. 흰구름아파트가 뭐예요, 바람 불면 훅 날아갈 것 같았다니까요. 결국 그렇게 되었지만……"

여자의 눈에서 눈물이 흘러내렸다. 눈물의 색깔은 빨갛지도 시퍼렇지도 않았다. 그는 눈물이 그치기를 기다렸다가 남은 담배를 여자 가까이에 밀어주고 자리에서 일어났다. 생면부지인 여자가 담배를 청해준 게 고마웠다.

우편함과 엘리베이터를 지나 기역자로 꺾이는 복도로 접어들자 아직 초저녁임에도 불구하고 코고는 소리가 익숙하게 들려왔다. 중년의 아들과 노모가 단둘이 사는 옆집 문간방에서 흘러나오는 소리였다. 그가 목장에서 돌아와 집으로 들어가려면 어김없이 지나쳐야 하는 집인데 일주일에 서너 번은 늘 코고는 소리가 복도까지 새어나왔다. 가끔 노모가 복도 끝에 널어놓은 작업복을 보면 사내는 건축이나 토목 현장에서 막일을 하는 듯싶었다. 그와 문 앞에서 몇 번 마주친 적은 있었지만 인사하는 사이는 아니었다. 흰구름아파트의 주민들은, 특히 사내들은 대부분 그렇게 지냈다. 바로 옆집에 산다 하더라도. 그는 옆집 사내의 코고는 소리를 들으며 열쇠를 꺼내 문을 열었다. 한밤중도 아닌 초저녁에 아파트 복도에서 울리는 코고는 소리를 처음 들었을 땐 왠지 쓸쓸했는데, 익숙해지자 소리가 들리지 않던 어느 날 덜컥 겁이 나 복도와 연결된 문간방 창문을 한참 바라본 적도 있었다. 혹시 무슨 일이 벌어진 건 아닌가 하고.

그는 법원에서 날아온 문서를 옆에 놓고 반쯤 누워 천장만 바라보았다. 집주인은 여전히 전화를 받지 않았고 문자에 대해서도 아무런 답이 없었다. 그렇게 하기로 작정한 모양이었다. 이를 데 없는 무력감이 그의 눈꺼풀을 무겁게 만들었다. 내려간 눈꺼풀을 다시 밀어올렸지만 이내 무게를 이기지 못하고 스르르 내려왔다. 마치 겨울날 소나무 가지에 쌓이는 눈처럼. 털어내려고 애를 썼지만 함박눈처럼 쏟아지는 졸음을 쫓아내기엔 역부족이었다. 그는 후미진 벤치에서 담배를 청하던 여자의 손톱과 발톱을 마지막으로 떠올리곤 더이상 눈꺼풀을 밀어올리지 못했다. 이제부턴 그의 코고는 소리가 아파트의 침침한 복도로 사납게 흘러나갈 차례였다.

"이 마차는 왜 안전벨트가 없는 거죠?"

목장의 전망대 역에 도착한 관광 마차가 쉬고 있을 때 담배를 피우는 그에게 중년의 여자가 다가와 씩씩거리며 물었다. 여자는 한여름인데도 정장을 입고 있었다. 다른 탑승객들은 목초지 여기저기에 흩어져 사진을 찍느라 바빴다. 하늘엔 풍성한 뭉게구름이 떠 있었고 넓은 목초지는 온통 초록 물결이었다. 그는 일단 담배부터 껐다.

"……저희 마차는 천천히 운행하기 때문에 안전벨트가 필요 없습니다."

"이렇게 높은 산꼭대기까지 올라오는데 안전벨트가 없다는 게 말이 돼요? 그러다 사고 나면 어쩔 거예요?"

"저희 마차는 시속 삼십 킬로를 절대 넘지 않습니다. 안심하셔도 됩니다."

"사고는 예고 없이 나는 법이에요! 사고 나면 당신이 책임질 거예요?"

탑승객들이 하나둘 마차로 돌아오고 있었다. 그는 전망대에서 내려가면 사무실에 안전벨트 설치 건을 꼭 전하겠다며 여자를 달랬지만 그녀는 쉽게 화를 풀지 않았다. 심지어는 마차를 타지 않고 걸어서 내려가겠다고 고집을 부렸다. 걸어서 내려가는 건 무리라고 그와 안내원이 여러 번 말리고서야 겨우 마차에 태울 수 있었다.

"걸어가도 이보단 빠르겠네!"

"우마차야, 뭐야!"

그는 뭉게구름처럼 하나둘 불평을 토로하는 탑승객들의 모습을 운전석 위의 거울을 통해 훔쳐보았다. 맨 앞자리에 앉은 여자는 그럼에도 여전히 불안한지 두 팔을 뻗어 지지대를 꽉 움켜쥐고 있었다. 분명 어디서 본 듯한 얼굴 같은데 아무리 애를 써도 떠오르지 않아 머리만 벅벅 긁었다. 그런데…… 거울을 통해 바라본 마차 안 풍경이 평소와 달리 어딘가 어색했다. 하지만 무엇이 달라졌는지는 알 수가 없었다. 꼬리로 파리를 쫓는 갈색 말들을 지나치고, 소나무 그늘 아래서 더위를 피하는 젖소들을 뒤로하고, 털북숭이 면양들이 풀을 뜯고 있는 목책 옆에 도착할 때까지도 그의 머릿속엔 의문부호만 가득 들어차 있을 뿐이었다. 비로소 의문이 풀린 것은 목책 너머에서 긴 목을 치켜세운 채 뒤뚱뒤뚱 뛰어가는 타조를 본 탑승객들이 하나둘 함성을 지르면서부터였다. 그는 황급히 고개를 돌려 마차 안을 둘러보았다.

탑승객들 중 마스크를 쓴 사람이 아무도 없었다.

그는 너무 놀라 손바닥을 입으로 가져갔다. 마스크를 쓴 사람은 그가 유일했다. 날이 더운 건 알겠는데 그래도 이건 아니었다. 심지어 중간중간 목장에 대해 설명하는 안내원도 마스크를 쓰고 있지 않았다. 광장의 초지 옆에 마차를 세운 그는 마이크를 찾아 들고 떨리는 목소리로 말했다.

"아니, 왜 마스크를 쓰고 있지 않은 겁니까? 다들 마스크 쓰세요!"

그러나 탑승객들은 도리어 무슨 소리를 하는 거냐는 듯한 표정으로 그를 바라봤다. 아예 마스크가 뭔지 모른다는 표정들이었다. 안전벨트를 문제삼았던 정장 차림의 여자가 대꾸했다.

"한여름에 마스크를 왜 써요? 더워 죽겠으니 빨리 가기나 해요."

"지금 온 세상이 전염병으로 극성인데 덥다고 마스크를 안 쓴단 말이에요?"

태양이 작열하는 한낮이었다. 마차에 천막 지붕을 씌우긴 했지만 벽이 모두 뻥 뚫려 있어 무더위를 쫓아내기엔 역부족이었다. 당연히 에어컨도 없었다. 탑승객들은 그의 말에 귀를 기울이기는 커녕 빨리 휴게실로 달려가 시원한 요구르트와 아이스크림을 먹어야겠다고 아우성이었다. 도무지 이해할 수 없는 상황이었지만 그는 사람들의 아우성에 떼밀려 도착지로 마차를 몰았다. 마차에서 우르르 내린 탑승객들은 먹이를 발견한 양떼처럼 매점이 있는 휴게실을 향해 달려갔다. 그런데 정장 차림의 여자만 남아 마차 문에다 무슨 종이인가를 붙이고 있었다. 그는 운전석에서 내려 여자에게로 다가갔다. 여자는 땀을 줄줄 흘리며 종이의 네 귀퉁이에 차례차례 비닐 테이프를 붙였다.

남의 마차에 허락도 없이 대체 무엇을 붙이고 있단 말인가.

"이게 뭐죠?"

"내가 특별히 아저씰 위해 이러는 거야. 이 더위에 한 백 장은 붙이고 다녔어. 다른 사람한텐 이렇게까지 안 해."

그는 여자가 마차 문에 붙인 종이를 들여다보았다.

흰구름아파트 전세 있음. 매매도 가능. OK목장에서 십 분 거리. 맑은 공기와……

"곧 연락이 올 거야. 다른 세입자들한텐 절대 얘기하지 말고."

종이에 적혀 있는 동棟과 호戶는 다름 아닌 그가 살고 있는 집의 주소였다. 그녀는 집주인이었고. 마스크를 벗었는데도 집주인을 알아보지 못한 게 미안해서 그는 어쩔 줄을 몰라했다. 매점에 가서 시원한 음료수라도 마시자고 청했지만 집주인은 아직 일이 많이 남았다며 두툼한 가방을 툭툭 두드렸다. 주차장으로 걸어가는 뒷모습을 보며 그는 집주인을 끝까지 믿지 못한 자신이 부끄러워서 그만 눈물을 쏟고 말았다. 볼을 타고 흐르는 눈물이 마스크를 뜨겁게 적셨다. 그나마 문자에 험한 말을 써서 보내지 않은 게 다행이라면 다행이었다. 아무도 없는 곳이라면 소리 내서 펑펑 울고 싶을 정도였다.

"지금 우린 죽든 말든 상관없고 당신 혼자서만 살겠다는 거예요?"

돌아보니 손톱과 발톱에 시퍼렇고 빨간 매니큐어를 칠한 여자가 그를 노려보고 있었다. 그는 눈물을 훔치며 슬금슬금 뒷걸음질을 쳤고 여자는 성난 타조처럼 부리를 벌린 채 쫓아왔다.

베개는 축축하게 젖어 있었다. 베개만이 아니라 온몸이 흥건하게 젖어 있었다. 휴대폰을 확인했지만 아무런 연락도 없었다. 그는 찬물로 샤워를 하고 나와 냉장고를 열었다. 익숙하게 캔맥주로 손을 뻗다가 문득 멈췄다. 잠에서 깨어나기 직전 여자가 소리쳤던 말이 담이 되어 뭉쳤는지 뒤통수가 뻑뻑했다.

자정이 넘은 시간이었지만 무더위 때문에 잠들지 못한 사람들이 목이 좋은 벚나무 아래에 자리를 깔아놓고 앉아 술을 마시거나 누워서 이야기를 나누고 있었다. 코를 골며 자는 남자들도 있었다. 흰구름아파트는 좁은 공간에 네 동의 건물이 촘촘하게 들어서 있기에 사람이나 자동차가 다니는 길은 미로처럼 좁고 구불구불했다. 저녁에 운동을 하는 사람들은 그 길을 다람쥐처럼 반복해서 걷거나 뛰었다. 그도 이사온 초창기엔 저녁을 먹은 후 소화도 시킬 겸 단지 안을 팔자 코스로 걸었는데 언젠가부터 흥미를 잃었다. 왠지 코스가 점점 지겨워졌기 때문이었다. 코스를 바꿔 아파트 밖으로 나간 적도 있었지만 캄캄하고 황량해 이내 발길을 되돌려야 했다. 저녁에 운동을 하는 사람들이 왜 아파트 안에서만 뱅글뱅글 맴도는지 단박에 알 수 있었다. 그는 걸음을 멈추고 담배를 청한 여자가 앉았던 후미진 벤치를 물끄러미 바라보았다. 그곳엔 그녀 대신 중학생 정도로 보이는 여자아이가 혼자서 담배를 피우고 있었다. 가로등 불빛을 품에 안은 그 아이는 담배 한 모금을 빨아 연기를 내뱉고 곧이어 두 발 사이에 침을 뱉는 동작을 반복했다. 그는 혹시나 했던 기대를 접고 방향을 틀었다. 화가 나서 내뱉은 여자의 말이 떠오르자 다시 얼굴이 화끈거렸다. 속내를 들킨 것만 같아 찜찜함이 가시지 않았다. 경매가 시작되기 전에 집주인이 자신에게만은 전세금을 돌려줄 것이라는 희망이 대체 어떻게 생겨났는지 스스로도 의아했다.

그는 마스크를 눈 바로 아래까지 올려 쓰고 아파트 가장 뒤편의 구부러진 길을 돌아갔다. 흰 마스크를 쓴 젊은 부부가 손을 잡은 채 자그마한 덩치의 개를 끌고 지나갔다. 어린이 놀이터로 가까이 가자 어둠 속 여기저기에서 낯선 언어들이 툭툭 튀어나왔다. 아파트에 숙소가 있는 외국인 근로자들이었다. 서너 명은 한데 모여 담배를 피우며 얘기를 나누고 있었고, 또 서너 명은 조금 떨어진 곳에서 전화통화를 하고 있었다. 늦은 밤이면 가끔 볼 수 있는 풍경이었다. 아마 고향에 있는 가족과 전화를 하는 것 같은데 한번 전화를 걸면 통화 시간이 제법 길다는 것도 알고 있었다. 언젠가는 놀이터의 시소에 걸터앉아 울면서 통화하는 사내를 본 적도 있었다. 그날 밤 그 사내는 그가 술과 안주를 사러 편의점에 다녀오는 내내 그러고 있었다. 모래에 닿아 있는 시소의 한쪽 끝에서. 집으로 돌아온 그는 바다를 건너고 평야를 지나 설산을 넘어가는 어떤 슬픈 이야기를 상상하느라 밤을 꼬박 새울 수밖에 없었다. 물론 아주 가끔 저희들끼리 싸움이 붙어 심야에 경찰차가 사이렌을 울리며 출동한 적도 없지는 않았다.

그는 자정이면 문을 닫는 슈퍼 앞을 지나 아파트 입구까지 갔다가 팔자 코스의 반대편 길로 접어들었다. 그 집의 거실에 불이 켜져 있기를 바라며. 아파트의 일층이나 이층은 블라인드가 없으면 외부에서 그 안이 보였다. 블라인드가 있다고 하더라도 여름이면 가끔 올라가 있었는데 그 집 역시 어느 날 저녁 산책을 하다가 우연히 들여다보게 된 집들 중 하나였다. 다른 집과는 달리 거실의 한쪽 벽에 모두 책장이 세워져 있고 발코니와 연결되는 유리문 옆에 넓은 책상이 놓인 집이었다. 첫눈에 봐도 퇴임한 학자의 연구실 같은 그 집의 주인은 머리가 하얗게 센 남자 노인이었다. 따스한 스탠드 불빛이 비치는 책상 앞에 앉아 노트북 자판을 두드리는 노인의 모습은 늘 그의 걸음을 멈추게 했다. 어떤 때는 아예 건너편 벤치에 앉아 일하는 노인의 모습을 삼십 분이나 훔쳐본 적도 있었다. 혼자 사는 게 거의 확실했다. 그동안 다른 사람의 모습을 본 적은 한 번도 없었으니까. 그렇기에 간혹 불이 꺼져 있으면 혹무슨 일이 생긴 건 아닐까 더럭 걱정이 몰려오기도 했다. 그가 팔자 코스의 머리 부분을 돌아서자 자정이 넘었는데도 불구하고 그집의 거실에선 어김없이 불빛이 흘러나오고 있었다. 마치 험한 난바다에서 등대를 만난 것처럼 반가웠다. 그는 책상 앞에 앉아 고개를 수그린 채 노트북의 자판을 천천히 두드리고 있는 노인을 훔쳐보았다. 노인은 흰색 반팔 러닝셔츠에 헐렁한 파자마를 입고 있었는데, 실례를 무릅쓰고 찾아가 문을 똑똑 두드리고 싶은 심정이었다.

"아시다시피 요즘 물가가 너무 올랐어요. 아무래도 전세금을올려주셔야겠어요."

전세 만기일이 보름 정도 남았을 때 집주인이 연락도 없이 찾아와 요구한 사항이었다. 그에겐 난데없는 통보였다. 게다가 올려달라는 금액도 만만찮았다. 지은 지 오래되고 평수도 넓지 않지만목장들 가까이에 있는 유일한 아파트였기 때문에 집주인들의 위세가 대단했다. 들어가긴 쉬워도 나오는 건 어렵다는 전세에 관한속설도 흰구름아파트에서는 별 효력을 발휘하지 못했다. 들어오고 싶어하는 사람들이 줄을 서 있다는 게 집주인의 설명이었고 또실제로도 그랬다. 그렇다보니 집주인들은 계약이 만료될 즈음이면 어떻게 해서든 전세금을 올리려고 했다.

"여유를 두고 알려줘야 하는 거 아닙니까? 적은 돈도 아닌데."

"내가 서울에 살다보니 그렇게 됐어요. 한 일주일 시간 드릴 테니 생각해보고 전화 주세요. 다른 집들은 다 그러기로 했어요."

"이 집은 일층인데다 엘리베이터 옆이어서 소음도 심한데……"

"그래서 다른 집보다 특별히 오백이나 덜 올린 거예요. 사장님 이 집도 깨끗하게 쓰시고 그래서. 아 참, 언제 목장에 한번 놀러갈게요."

물론 집주인의 말의 어디까지가 사실인지 그가 확인할 수 있는 길은 없었다. 그보다는 목장에 근무하는 그에게 있어 흰구름아파트만한 집이 없다는 게 문제였다. 새집을 구할 시일도 촉박했지만 집을 구하러 다니는 게 여간 번거로운 일이 아니었다. 결국 집주인을 어느 정도 믿어보기로 했다.

그 당시 전세금을 올려달라고 할 때 제가 재계약을 하지 않겠다고 했으면 당신은 어떻게 할 생각이었습니까? 새로운 임차인을 구하고 전세금을 돌려주는 방법을 택했을까요, 아니면 원래의 전세금으로 계속 살라고 했을까요? 깊은 밤 문득 그게 궁금합니다. 지금 일이 이렇게 된 이상 솔직하게 얘기해주면 고맙겠네요.

그는 집주인에게 문자를 보내고 쿠션에 기대앉아 캔맥주를 비웠다. 휴대폰은 법원 문서 위에 올려놓았다. 법원 집행관실에 가서 이러저러한 신고를 하기 전에 집주인으로부터 꼭 듣고 싶은 답 중의 하나였다. 새벽 세시가 가까워지는 시간에 집주인이 답을 보내올 리는 없겠지만.

또 한 가지 궁금한 점이 있는데 당신은 그동안 임차인들로부터 올려 받은 전세금으로 은행 이자를 갚다가 더이상 그게 안 되니 손을 뗀 것은 아닌지요? 임차인들이 길바닥으로 나앉든 말든 전혀 개의치 않고. 거칠게 말하자면, 당신도 세상에서 흔히 말하는 복부인 중의 한 명인가요? 정말 궁금합니다. 그걸 알아야 제 마음이 조금이라도 정리될 것 같네요.

"……아니길 바랍니다."

검은 휴대폰 화면을 향해 그는 나지막하게 웅얼거렸다. 선풍기 바람이 이마를 훑고 지나갔지만 시원한 느낌은 들지 않았다. 쿠션에 기댄 등은 끈적거렸고 사타구니 주변은 가려웠다. 그는 러닝셔츠와 팬티를 벗은 후 선풍기를 두 다리 사이로 끌고 와 바람 세기를 강풍으로 조절했다. 아무래도 땀을 많이 흘려 사타구니와 허벅지 사이에 또 무좀이 생긴 것 같았다. 땀띠인 줄 알았는데 약국에 가니 무좀이라고 했다. 목장에서 일을 하면서부터 생긴, 여름만 되면 나타나는 증상이었다. 이젠 한여름에도 마스크를 쓰고 마차를 몰아야 하니 얼굴에도 곧 무좀이 생길지도 몰랐다. 그는 엉금엉금 기어서 약상자를 챙겨왔다. 그러고는 튜브의 하얀 고약을 검지 끝에 찍어서 사타구니와 허벅지 사이에 바르려고 허리를 잔뜩 숙였다. 손바닥으로 고환의 거웃을 젖히니 발갛게 충혈된 땀의 골짜기가 모습을 드러냈다. 그는 코팅하듯 무좀약을 발랐다. 두 골짜기 사이의 성기는 잔뜩 풀이 죽어 있었다. 그는 그 성기처럼 쿠

션 위로 스르르 허물어지며 눈을 감았다. 불도 끄지 못한 채.

"왜 때려!"

비명에 가까운 여자의 외침에 그는 짧은 잠에서 깨어났다. 이어 와장창하는 소리가 낙하물처럼 우르르 떨어졌다. 높은 층에 거주하는 누군가가 싸운다는 것쯤은 소리만 듣고도 알 수 있었다. 그는 눈을 감은 채 허공에서 떨어지는 짧고 둔탁한 소리들을 들었다. 부부싸움이었다. 여자는 맞고 있었고 남자는 때리거나 무엇인가를 부수고 있었다. 악과 고함과 대성통곡이 새벽의 흰구름아파트로 우박처럼 쏟아졌다. 싸움이 지속되자 이곳저곳에서 항의의 표시로 발코니 문을 여닫는 소리가 신경질적으로 들려왔지만 별소용이 없었다. 어느 층에서나 심심찮게 벌어지는 일이었다. 다만 여자의 비명이 가라앉지 않는 터라 경비실이나 경찰에 연락을 해야 하나 말아야 하나가 고민이었다. 그는 대충 옷을 걸친 뒤 비틀거리며 발코니로 나갔다. 문을 열고 얼굴을 치켜든 채 기역자로 꺾여 있는 아파트의 왼쪽과 오른쪽을 훑어보다가 저 위편 십이층쯤 되는 곳에 홀로 불이 켜져 있는 한 집을 찾아냈다. 그 집도 왠지 등대처럼 보였다. 그가 담배에 불을 붙이고 서너 모금 연기를 삼켰을 때 다시 여자의 절규가 투신하듯 바닥으로 떨어졌다.

"제발 돈 좀 벌어와!"

새벽의 흰구름아파트는 일순 정적에 휩싸였다. 그는 담배를 끄고 소리 나지 않게 발코니 문을 닫았다. 누워 있던 자리로 돌아와 주위의 동정에 귀를 기울였지만 폭설이 내리는 겨울밤처럼 더이상 아무 소리도 들려오지 않았다. 여자의 절규가 모든 소리를 잠재워버린 것만 같았다.

"돈……"

돈, 돈, 돈…… 머릿속에서 파리떼처럼 윙윙거리는 그 외마디 말을 쫓아내려고 그는 술을 들이켰다. 비린내가 진동하는 썩은 생선을 덜컥 맨손으로 받은 기분이었다. 생선을 쓰레기 봉지에 넣고 꼭꼭 싸매도 기어코 냄새가 새어나올 것만 같았다. 화장실에 들어간 그는 비누 거품을 잔뜩 내서 손과 얼굴을 꼼꼼하게 씻었지만 코끝에서 맴도는 비린내는 쉽게 사라지지 않았다. 결국 그는 초저녁의 알코올중독자 사내처럼 소주의 뚜껑을 땄지만 한 모금도 제대로 삼키지 못하고 기침과 함께 토해냈다. 그러고 보니 여태껏 돈의 앞면만 보았지 뒷면은 제대로 본 적이 없다는 자책이 지독한 비린내를 풍기며 목구멍으로 올라와 그는 다시 화장실의 변기 앞으로 달려가야만 했다.

"은행에서 또 계고장이 날아왔습니다."

"아니, 그것들은 왜 임차인들에게 자꾸 그걸 보내는지 몰라!"

전화를 걸어도 계속 통화중이던 집주인의 목소리를 마침내 듣게 되자 그는 울컥거리는 속내를 진정시키느라 애를 써야만 했다. 마음 같아선 내가 왜 이런 계고장을 계속 받아야 하느냐고 버럭 화를 내고 싶었지만 그 소리를 들은 집주인이 도리어 나자빠지겠다고 마음먹을까봐 참을 수밖에 없었다. 아니, 사실은 제발 불안하지 않게 해달라고 사정하고 싶었다. 집주인은 첫번째 계고장을 받았을 때보다 더 격앙돼 있었다.

"어, 임차인들에게 왜 그딴 걸 보내는 거냐고! 오후 내내 임차인들하고 통화하느라 아무 일도 못했어요. 내가 낸 이자 받아 처먹으면서 사는 것들이 말이야! 협박하는 거야, 뭐야! 은행이 아니라 순 깡패 새끼들이라니까."

그는 성이 난 집주인의 말을 고스란히 들어야만 했다. 마치 은행의 대출 담당 직원이라도 된 것처럼.

"……이런 편지 좀 안 받게 해주세요."

"요즘 집값도 많이 떨어졌는데 조금만 더 보태서 살 의향은 없어요?"

그는 휴대폰을 귀에 댄 채 고개를 저었다. 집주인과 통화는 했지만 불안이 사라지기는커녕 오히려 더 가중된 듯싶었다. 집주인의 어투는 왠지 배 째라 식으로 들렸다. 전세 만기일까진 아직 일년 이상 남았기에 그 안에 어떤 일이 벌어질지 몰랐다. 집주인의 말대로 흰구름아파트의 집값은 계속해서 떨어지고 있었다. 전에는 이사를 오가는 풍경을 매일같이 접했는데 근래 들어서는 통 볼수 없었다. 대신 전세나 월세를 놓는다는 내용의 종이를 발코니창에 써붙여놓은 집이 하나둘 늘어났다. 이웃 도시에서는 임대 아파트를 운영하는 회사가 망해 입주민들이 한꺼번에 길거리로 나

앉게 됐다는 흉흉한 소식까지 들려왔다. 잠을 청하면 자신이 살고 있는 아파트가 깊이를 알 수 없는 늪 속으로 천천히 가라앉는 꿈을 꾸기 시작한 것도 그즈음부터였다. 그가 할 수 있는 일은 그 침몰을 그저 멍하니 바라보는 게 전부였다. 또다른 꿈에서는 아파트가 갑자기 목장의 마차로 변해 절벽을 향해 슬금슬금 미끄러지고 있었는데 아무리 발을 뻗어도 브레이크가 닿지 않아 진땀이 나기도 했다. 한번은 용하다고 소문난 점집을 찾아갔는데 동자신童子神을 받았다는 점쟁이가 목장의 마차를 닮은 장난감을 만지작거리고 있어 깜짝 놀란 적도 있었다. 하지만 마차를 만지며 마스크를 쓴 채 아기 목소리를 내는 그 점쟁이도 아파트의 향방은 알지 못했기에 칭얼거리는 아기 같은 실망만 업고 나왔다.

하루 중 가장 어둡고 조용한 시간이었다. 그는 어디론가 사라져버린 잠을 찾으려고 눈을 감았다. 흰구름아파트에서 살았던 지난 육 년 중에서 가장 긴 밤을 건너가는 것 같았다. 밤의 캄캄한 밑바닥에 누워 더운 숨만 겨우 토해내는 기분이었다. 잠이 올 것 같지 않았다. 한참을 이리저리 뒤척이다가 그는 자리에서 벌떡 일어났다. 더이상 이렇게 무력하게 지낼 수는 없다고 다짐한 그는 발코니 문을 활짝 열고 한 마리 올빼미처럼 밤하늘로 날아올랐다.

중앙역에 정차돼 있는 마차의 운전석에 올라 시동을 걸었다. 기분좋은 엔진소리를 내며 마차가 부르르 떨었다. 탑승객들이 함성을 내질렀다. 쾌청한 날씨였다. 목장의 능선 위로 드문드문 떠 있는 뭉게구름과 초록의 풀들이 이루는 선명한 대비는 마치 히말라야의 트레킹 코스에서나 경험할 수 있는 풍경 같았다. 그는 그 풍경 속으로 들어가기 위해 마차의 가속페달을 밟은 오른발에 힘을 주었다.

활엽수들로 우거진 골짜기를 통과한 마차는 이어 광활한 목초지로 접어들었다. 초록이 절정을 이루고 있었다. 뭉게구름이 지상으로 내려온 것만 같은 양떼들이 그 위에 흩어져 풀을 뜯고 있었다. 사실 지상으로 내려온 양들의 털은 가까이서 보면 그다지 깨끗하지 않았다. 그렇다고 목장에서 정기적으로 목욕을 시켜줄 수도 없는 실정이었다. 태어난 지 얼마 되지 않은 아기 양들이나 구름처럼 하얄 뿐이었다. 아니나다를까. 털 좀 봐. 한 일 년 빨지 않은 마대 걸레 같네. 동조의 웃음소리가 마차에서 피어났다. 저 흉측한 불알은 또 어떻고, 소불알보다 더 크네. 그는 운전석 거울을 통해 양떼들을 품평하는 탑승객들을 훑어보았다. 단체로 왔는지 중년 여자들이 재미있다는 듯 깔깔거리며 손뼉을 쳤다. 적나라한 풍경은 그뿐만이 아니었다. 이웃 초지의 숫양 두 마리는 이마에 피를 줄줄 흘리며 서로 박치기질을 멈추지 않았다. 번식기가 된 모양이었다. 암양 한 마리는 아무렇지 않다는 듯 조금 떨어져서 결투를 지켜보고 있었다. 양쪽에서 달려와 이마를 부딪치는 소리가 천둥소리처럼 들렸다. 그는 서둘러 양 방목지를 벗어났다. 그런데……이게 대체 무슨 일이란 말인가. 다시 운전석의 거울을 통해 탑승객들을 바라보니 마스크만 착용하고 있을 뿐 그 외엔 아무것도 걸치고 있지 않았다. 모두들 알몸이었다. 그는 두 눈을 비비고 다시 거울을 보았지만 풍경은 달라지지 않았다. 너무 놀라 아무 말도 꺼낼 수가 없었다.

마차는 전망대를 향해 마지막 오르막길을 올라가고 있었는데 탑승객들은 음료수를 마시거나 옆 사람과 대화를 나누며 목장 풍경을 사진기에 담느라 바빴다. 젖가슴이 출렁거리고 무릎 사이의 성기가 덜렁거려도 전혀 개의치 않았다. 불룩 튀어나온 배나 삐져나온 옆구리 살을 아무렇지 않다는 듯 쓰다듬는 사람들도 있었다. 마치 사진에서나 본 외국의 누드 해변에 와 있는 것만 같았다. 그것과 다른 점이 있다면 모두 마스크를 쓰고 있다는 것뿐이었다. 그는 도무지 이해할 수 없는 상황이 벌어지고 있는 마차를 전망대역에 세웠다. 옷을 입고 있는 사람은 그 혼자였다. 초지로 나간 탑승객들은 자리를 깔고 드러눕거나 엎드려 일광욕을 즐겼고 또 어떤 이들은 온몸을 그대로 드러낸 채 바람을 맞았다. 개중 젊은 연인들은 왕릉처럼 크고 둥근 초지 너머로 바삐 달려갔다. 마차를 한 바퀴 돌려서 온 그는 운전석에서 내리지도 못한 채 그들의 행동을 지켜보았다. 이상한 점은 모두가 나체인 건 분명한데 마스크를 쓰고 있으니 누가 누구인지 전혀 구별할 수가 없다는 것이었다. 자그마한 마스크 하나가 사람의 정체를 가릴 수 있다는 게 그저 신기할 뿐이었다.

"날씨가 이렇게 좋은데 당신은 왜 안 벗어요?"

하늘색 마스크를 쓴 여자가 운전석에 앉아 있는 그에게 다가와 말을 걸었다. 그는 차마 여자를 제대로 바라보지 못했다.

"내가 누군지 모르겠어요?"

여자는 쓰고 있던 마스크를 내렸다.

"……여긴 어떻게?"

"한번 놀러온다고 했잖아요. 야, 여기 진짜 시원하고 좋네요!"

집주인은 다시 마스크를 올려 쓰고 두 팔을 벌린 채 한 바퀴 돌았다.

"다 내려놓으니 마음이 정말 편해요! 그동안 마음고생이 얼마나 심했는지 모를 거예요. 당신도 답답하게 거기 있지 말고 옷 벗고 내려와요."

하고 싶은 말들이 머릿속에 가득찼지만 헝클어진 철조망처럼 얽혀 있어 정작 한마디도 입 밖으로 꺼낼 수가 없었다. 그는 운전석에 앉은 채 전망대의 목초지를 향해 뛰어가는 집주인을 멍하니 바라보았다.

전망대의 둥근 목초지 곳곳에는 마스크로 얼굴의 반을 가린 남자와 여자들이 바람과 햇볕, 그리고 뭉게구름을 만끽하고 있었다. 마치 오래전부터 그렇게 살아온 것처럼 보였다. 그는 마차에서 내려와 옷을 벗은 뒤 한 손으로 사타구니를 가린 채 초지 쪽으로 걸어갔다. 그나마 마스크를 쓰고 있어 덜 창피한 것 같았다.

"누굴 찾는 중이에요?"

풀을 뚫고 튀어나온 넓적한 바위 위에 엉덩이를 걸치고 앉아 두 다리를 흔들던 여자가 어정쩡한 자세로 주위를 두리번거리며 걷는 그에게 물었다. 그가 두 눈을 찡그린 채 바라보자 여자가 하늘색 마스크를 살짝 내렸다가 다시 올렸다.

"……아파트가 경매로 넘어가는 건 막으셨어야죠."

그는 옆에 있는 바위 귀퉁이에 다리를 포개고 앉아 물었다. 여자가 고개를 돌렸다. 마스크를 쓴 표정에서 그가 읽을 수 있는 건 많지 않았다. 여자는 자세를 바로 한 채 저간의 일들을 처음부터 끝까지 브리핑하듯 담담하게 들려주었다. 경매만은 막으려 했지만 통장의 잔고는 바닥이 났고 돈 문제로 결국 남편과 자식들하고도 갈라섰다는 얘기까지.

"일일이 찾아가서 용서를 빌어야 했는데 그럴 용기가 나지 않았어요. 그리고 남은 돈은 제가 언젠가는 꼭 갚을게요."

"모두 열 집이나 되는데 그 많은 돈을 어떻게 마련할 건데요?"

"지금은 밝힐 수 없지만 다 계획이 있어요."

"……당신은 여전히 갑이네요."

그는 바위에서 엉덩이를 뗐다. 마차를 끌고 내려가야 할 시간이었다. 여자도 따라 일어났다. 그는 마차를 향해 터덜터덜 걸음을 옮겼다.

"저는 바람 좀 더 쐬고 내려갈게요."

마스크가 왠지 옷처럼 보이는 여자는 손가방에 입고 있던 속옷을 걸쳐놓은 채 운전석의 그에게 말했다. 탑승객들은 어느새 모두 옷을 입고 있었다. 목책 너머 전망대 초지의 이곳저곳에서는 벌거 벗은 사람들이 털 없는 가축들처럼 한가롭게 놀고 있는 게 보였다.

멈추지 않는 알람 소리에 그는 겨우 눈을 떴다. 아침이었다. 손을 뻗어 휴대폰을 확인했다.

미안합니다.

집주인의 짧은 문자가 도착해 있었다. 한참을 천장만 바라보다 가 그는 오른손을 움직여 천천히 자위를 했다. 변기 속으로 빨려들 어가는 휴지 뭉치가 마지막으로 거친 숨을 토해낸 뒤 잠잠해졌다. 목장에 전화를 걸어 사정을 얘기하고 월차를 내는데 구급차의 사 이렌소리가 아파트를 뒤흔들었다. 옷을 걸쳐 입고 복도로 나가보 니 사람들이 옆집 앞에서 웅성거리고 있었다. 노모가 산소호흡기 를 쓴 채 구급차용 들것에 실려 나가고 있었다. 쾨쾨한 냄새가 복 도를 가득 채웠다. 열려 있는 출입문 너머의 현관엔 빈 소주병들이 가득했고 그 옆엔 한눈에도 더러워 보이는 이불이 팽개쳐져 있었 다. 코고는 사내는 보이지 않았다. 그는 구경꾼들을 돌려보내려고 옆집의 문을 소리 나지 않게 닫아주었다.

말 머리를
돌리다

말이 움직였다.

　말잔등에 올라앉은 그는 말고삐를 잡고 취기가 도도하게 오른 눈으로 먼산과 하늘을 바라보았다. 가을하늘은 구름 한 점 없이 푸르렀다. 옛사람은 말했다. 시문詩文을 구상하기 좋은 세 곳이 있으니 첫번째는 침상枕上이고 두번째는 변소에서 똥을 누는 자리인 측상廁上이며, 세번째는 바로 마상馬上이라고. 말에 올라 단풍이 물든 운동장 주변을 천천히 둘러보고 있노라니 과연 그러했다. 지상에서 조금 높아졌을 뿐인데 평소 느낄 수 없었던 감정들이 새록새록 돋아나더니 이내 단풍처럼 물드는 것 같았다. 젊을 때 시인이 되지 못한 게 한스러울 정도였다. 〈마상청앵馬上聽鶯〉이란 김홍도의 그림도 있지 않은가. 말을 타고 가던 선비가 길옆 버드나무 가지에 앉아 노래하는 꾀꼬리 소리에 넋을 놓고 바라보는 장면을 그린 그림이다. 그는 그림을 떠올리며 말을 멈춘 채 운동장 구석 아름드리 은행나무 가지에서 뚝뚝 떨어지는 노란 잎들을 눈에 담았다. 은행나무 아래에는 은행잎들이 소복하게 쌓여 있었다. 오래전 그보다 먼저 말을 탄 선비의 마음을 백분 공감할 수 있었다. 아, 맞아! 〈애마부인〉이란 영화도 있구나…… 고등학생 시절 친구와 사복을 입고 어른인 척 영화관에 들어가 생애 처음으로 본 성인영화였다. 그 영화 생각에 잠겨 있는데, 언제 날아왔는지 갑자기 은행나무 꼭대기에서 까마귀가 울었다.

"훠이—!"

그의 고함에 까마귀는 운동장 옆 빈 밭을 가로질러 날아갔고, 그 소리를 출발하라는 뜻으로 이해한 말이 따가닥따가닥 말발굽 소리를 내며 달리기 시작했다. 말을 타고 운동장을 몇 바퀴 돌아보니 운동장은 생각했던 것보다 그리 넓지 않았다. 그는 말이 녹슨 교단 앞을 지나갈 때 친구들이 술판을 벌이고 있는 폐교 건물을 슬쩍 훔쳐보았다. 취한 채 떠들어대는 말과 웃음소리가 유리창 밖으로 흘러나왔다.

"이랴!"

그는 고삐를 잡은 손의 힘을 풀고 등자에 올려놓은 발로 말의 옆구리를 차면서 소리쳤다. 말은 즉각 반응해서 속도를 올리기 시작했다. 예상했던 것보다 말타기는 그리 어렵지 않았다. 말 목장 주인인 동창 Y의 뻔지르르한 말에 속은 것만 같아 그는 더 빨리 달릴 수 있도록 계속해서 말의 옆구리를 찼다. 말의 발굽소리가 달라진 게 느껴지자 곧추세웠던 허리를 굽혔다. 주변의 단풍 든 나무들이 빠르게 지나가고 바람에 날리는 말갈기가 바짝 엎드린 그의 얼굴을 때렸다. 도도했던 취기가 단번에 달아나는 것만 같았다. 말이 걸을 때와 달릴 때가 확연하게 다르다는 사실을 비로소 알 수 있었다. 다시 한 바퀴 돌려고 하는 찰나 문득 사극에서 본 끔찍한 낙마 장면이 떠올라 그는 황급히 말고삐를 잡아당겼다.

"혈통 좋은 종마 한 마리 가격이 얼만지 아나?"

자신의 목장으로 동창들을 대거 초청해 마련한 식사 자리에서 Y가 와인 잔을 빙글빙글 돌리며 말했다. 불판 위의 삼겹살이 지글지글 기름을 흘리고 그 기름을 흡수한 송이버섯이 노릇노릇하게 구워지고 있었다. 동창들은 Y가 무슨 말을 하든 연신 고개를 끄떡이며 술잔을 비우고 안주를 우적우적 씹어 삼켰다. 다들 말에 대해 별로 아는 바가 없는 터라 먹는 데에 집중하고 있었다. 놀러오면 먹여주고 재워주고 게다가 말까지 태워주겠다고 Y가 초청하자 그럼 이 기회에 말 목장에서 초등학교 동창회나 한번 하자는 걸로 의견이 모아졌던 것이다. 물론 그 뒤에는 소문으로만 접한 Y의 재력이 얼마나 되는지 눈으로 확인해보자는 속내도 있었다. 고등학교 때 고향을 떠난 Y는 동창들과 소식을 끊고 살았는데, 몇 년 전

벤처 사업으로 떼돈을 벌었다는 소문이 돌았다. 그러다 어느 해부터인가 가끔 동창회에 모습을 드러내더니 사업을 정리했다는 소문이 휩쓸고 간 뒤에는 느닷없이 고향에 말 목장을 차렸다는 것이었다. 그는 뒤편에 앉아 안주 없이 와인만 연거푸 마시며 Y의 이야기를 들었다.

"말은 말이야. 요즘 세상에서 말은…… 아무나 탈 수 있는 게 아냐. 옛날식으로 말하자면 마패가 있어야 탈 수 있는 거지. 좋은 말은…… 할리데이비슨도 못 따라와."

뻐기듯 말하는 Y의 얘기를 더이상 듣기 싫어 슬그머니 밖으로 나왔던 그는 목장 이곳저곳을 기웃거리다가 마방에 들어섰다. 윤기가 자르르 흐르는 갈색 말 한 마리가 눈에 들어왔다. 말 앞으로 가까이 다가가 눈을 들여다보았다. 고요했다. 말도 그의 눈을 들여다보았다. 그가 손을 내밀어 말의 볼을 긁어주자 말은 아무런 동요 없이 그의 손길에 볼을 맡겼다. 손을 좀더 내밀어 이번에는 굴레에 덮인 부분을 긁어주었다. 어린 시절 집에서 소를 키웠던 터라 어디를 가려워하는지 누구보다 잘 알고 있었다. 말은 시원한지 계속 긁어달라는 듯 아예 머리를 내밀었다. 그는 굴레를 조금 들어올린 뒤 찬찬히 긁어주었다. 말은 침까지 줄줄 흘리며 그의 손길에 만족스러워했다. 그다음은 간단했다. 그는 말의 등에 안장을 얹은 뒤 등자에 왼발을 올려놓으며 훌쩍 뛰어올랐다. 물론 굴레와 연결된 고삐를 잡은 채. 어린 시절 소는 몇 번 타봤지만 말은 처음 타보는 거였다. 타고 보니 높이는 소와 비슷한데 넓이는 소보다 다소 좁아서 중심을 잘 잡아야 할 것 같았다. 그나마 안장과 등자, 그리고 고삐가 있어 다행이었다. 그는 우선 말이 놀라지 않도록 목덜미를 슬슬 긁어주었다. 말은 기분이 좋은지 푸르르― 콧노래를 불렀다. 교감을 나누었다고 판단한 그는 말고삐를 오른쪽으로 당겨 말 머리를 운동장으로 나가는 문을 향해 돌렸다. 말은 그의 의도대로 순순히 몸을 틀었다.

"끌어주는 사람 없이 초보자가 무모하게 타는 건 대단히 위험해. 까딱 잘못하면 말에서 떨어질 수 있거든. 어떤 사람은 말에서 떨어져 전신이 마비된 경우도 있다니까. 타는 방법도 제대로 배워야 하지만 그보다는 잘 떨어지는 방법을 먼저 배워야 돼. 그래, 낙법! 뭐랄까…… 우리네 인생도 그런 거잖아."

"야, 너 거의 도사 다 됐다!"

동창 중 누군가가 한마디 거들었다.

"내가 폭풍 한번 세게 탔잖아. 다행히 잘 헤쳐나왔지만."

"말을 갈아탄 게 아니고?"

Y는 아주 잠깐 그를 쩨려보더니 이내 피식 웃음을 흘렸다. 고개를 끄덕이며.

말을 타고 반복해서 운동장을 돌다보니 점점 지루해졌다. 그렇다고 말에서 내려오고 싶지는 않았다. 그는 은행나무에 앉아 울던 까마귀가 날아간 곳으로, 그러니까 운동장 밖으로 시선을 돌렸다.

나가볼까…… 그의 생각을 읽기라도 한 듯 갑자기 말이 스스로 방향을 틀었다. 어? 어? 하는 사이 말은 정문 앞에 도착해 그의 최종 의향을 확인하듯 멈춰 섰다. 그는 Y가 동창들과 함께 술을 마시고 있는 폐교 건물을 돌아보았다. 그가 타고 있는 말은 Y의 말이었다. Y는 꽤 고가의 말이라고 자랑삼아 말했다. 그 말을 주인의 허락도 받지 않고 타고 나간다…… 그가 망설이는 기미를 보이자 말은 머리로 문을 슬그머니 밀었다. 문이 열리자 그 너머는 좁은 운동장과 달리 몽고의 초원처럼 드넓어 보였다. 이왕 이렇게 된 거 마을이나 한 바퀴 돌지 뭐. 그동안 말도 무척 갑갑했을 테니. 그는 심호흡을 한 번 크게 한 뒤 발로 말의 옆구리를 차며 소리쳤다.

"이랴!"

가을 오후, 시멘트로 포장된 길을 걷는 말발굽소리가 청명했다. 물론 그 소리의 근원지는 말발굽에 신긴, 쇠로 만든 편자였지만. 그는 실로폰 소리처럼 청명하게 울려퍼지는 말발굽소리에 절로 흥이 나 꼿꼿이 세운 상체를 좌우로 흔들며 콧노래를 흥얼거렸다. 말 위에서 바라보는 가을 들녘의 풍경은 예사롭지 않았다. 단지 지상에서 일 미터 정도 더 올라간 높이에서 바라보는 풍경일 뿐인데도 불구하고 그 운치는 남달랐다. 물론 남다른 운치가 말잔등의 높이에서만 비롯된 건 아닐 터였다. 말의 걸음걸이, 그 움직임에 따라 이리저리 흔들리는 몸, 말발굽소리, 오른쪽 왼쪽으로 고삐를 당기고 풀 때마다 방향을 전환하는 말…… 마치 말과 한몸이 되어 걷고 있는 것만 같았다. 그는 햇살과 바람에 반짝이며 일렁이는 갈대숲 옆에 말을 세우고 탄성을 내뱉었다. 술 한 병 챙겨오지 못한 게 못내 아쉬웠다. 말 위에 앉아 와인 한잔 마시며 갈대숲을 감상해야 하는데 말이야…… 그는 미루나무 쪽을 향해 말을 몰았다. 그 뒤편에 집들이 모여 있는 마을이 있었다.

"공무원 생활은 할 만해?"

"뭐, 그렇지……"

"난 니가 이 깡촌에서 공무원이 될 줄은 꿈에도 생각 못했어."

"……그럼 뭐가 될 거라 생각했는데?"

"넌 전교 일등을 놓친 적이 없었잖아. 당연히 판검사지!"

"……말이라도 고맙다야."

그는 높다란 미루나무 꼭대기를 올려다보며 "개새끼" 하고 욕설을 날렸다. 나뭇잎들이 바람에 파르르 떨며 햇살을 튕겨냈다. Y의 말을 듣고 있으면 묘하게 기분이 나빠졌다. 자신의 기분을 상하게 할 정교한 각본을 짜놓고 하나씩 실행하는 게 아닐까 하는 의심이 들 정도였다. 하지만 그 말의 묘한 색조 때문에 먼저 감정을 드러내는 건 애매했다. 한마디로 교활한 말투였다. 그는 다른 동창들에겐 호의를 보이는 Y가 왜 유독 자신에게는 모호하게 구는지를 알아내려고 애를 쓰며 말 위에서 흔들거렸다. Y와 그나마 가까웠던 적은 초등학교 시절이 전부였다. 중학교도 함께 다니긴 했지만 같은 반이었던 적은 한 번도 없었던 터라 오고가며 가끔 마주치는 게 전부였다. 고등학교는 서로 다른 도시의 학교로 진학을 한데다 Y는 아예 이사까지 가는 바람에 소식이 거의 끊어져버렸다. 그는 작은 개울을 따라 이어지는 길을 달리며 고개를 갸웃거렸다. 아무리 떠올려봐도 초등학교, 그러니까 당시엔 국민학교라고 부르던 시절 Y와 관련된 특별한 기억은 없었다. 친하지도 않은, 그저 같은 반 동급생이었을 뿐이었다. 코피를 흘리며 싸운 적도 없었고 반장 자리나 일등을 놓고 경쟁을 하지도 않았다. 같은 여학생을 좋아했었나? 머리가 복잡해진 그는 고삐를 당겨 잠시 말을 세웠다. 어느새 마을 입구였다. 까마귀가 마을의 성황당 나무에 앉아 울고 있었다. 아까 그 까마귀인지는 알 수 없지만. 말도 그도, 기다란 나뭇가지에 앉아 울고 있는 까마귀를 한동안 바라보기만 했다. '마상청앵'이 아니라 '마상청오馬上聽烏'였다. 까마귀가 시선을 눈치챘는지 돌연 울음을 멈추더니 건너편 비탈밭으로 날아갔다.

"말 타고 어디 가우?"

야트막한 돌담 옆 대추나무 아래에 앉아 수건으로 땀을 닦고 있던 노파가 그를 올려다보며 말을 건넸다. 그는 노파를 내려다보았다. 돌담에 기대어놓은 장대, 흙바닥에 널려 있는 대추나무 이파리, 소쿠리에 담겨 있는 대추로 보아 노파는 대추를 따다가 잠시 쉬는 중인 모양이었다. 그는 나무에 달린 대추들을 바라보며 입을 열었다.

"그냥 동네나 한 바퀴 돌아보려구요. 대추가 잘 익었네요."

그는 어렵지 않게 나무에서 통통한 대추 하나를 따고는 옷에 닦은 뒤 한입 깨물었다.

"……야, 엄청 다네요!"

"바쁘지 않음 대추 좀 털어줘요."

말린 대추처럼 얼굴에 주름이 쪼글쪼글 잡힌 노파가 힘겹게 일어났다. 다 일어났는데도 노파의 허리는 거의 구십 도로 굽어 있었다. 그는 나무에 달린 대추들을 바라보며 잠시 망설였다. 양이 만만치 않았다. 씹고 있는 입속의 대추를 뱉어내고 싶은 충동도 살짝 들었다.

"……일이 있어서 다는 못 따드리고 조금만 따드릴게요."

"고마워서 어쩌나!"

그는 말 위에 앉은 채 건네받은 장대로 나뭇가지를 툭툭 올려 쳤다. 알이 굵은 대추가 우박처럼 땅바닥으로 쏟아지기 시작했다. 아직 퍼런 대추 잎들은 허공에서 춤추듯 흩날렸고. 말 위에서 장대를 사용해 대추를 터는 건 일도 아니었다. 그가 말을 타고 이리저리 움직이며 대추를 털면 나무 아래의 노파는 대추를 주웠다. 이내 땅바닥엔 수북하게 대추가 쌓여갔다.

"야, 그땐 정말 정신이 없었어! 처음 시작할 때 네 명이던 직원을 서른 명으로 늘렸는데도 다들 너무 바빠서 밥 먹을 시간조차 없는 거야. 그뿐이 아니었어. 여기저기서 같이 협력하자는 전화가 빗발치듯 쏟아졌지. 어떤 날은 종일 전화만 받다가 하루가 다 갔다니까. 돈?"

동창 중 하나가 모두가 궁금해하는 돈 이야기를 마침내 꺼냈다.

"돈이야 거래 은행으로 입금되니까 나는 통장에 찍힌 동그라미만 셌지 뭐."

"그래서 얼마나 벌었는데?"

그가 참지 못하고 뒤편에서 말을 던졌다. Y는 꽤나 한심하다는 표정으로 그를 바라보았다. 그는 일부러 정말 궁금하다는 표정을 만들어 보였다.

"야, 요즘 누가 돈 자랑하고 다니냐. 있는 돈 감추기도 바쁜 세상인데. 그리고…… 돈이란 있다가도 없는 거야. 그게 돈에 관한 내 철학이야."

동창들은 더이상 묻지 않고 고개를 끄덕였다.

마을을 벗어나니 넓은 국도가 나타났다. 노파에게서 얻은 대추는 아삭하고 달았다. 노파가 따라준 막걸리를 세 잔이나 마신 터라 배가 불렀지만 그는 쉬지 않고 대추를 씹으며 어느 쪽으로 갈지 망설였다. 국도는 수시로 차량들이 지나다니고 있어 말이 놀라지 않을지 장담하기 힘들었다. 그렇다고 여기서 목장으로 되돌아가는 건 뭔가 좀 싱거운 느낌이었다. 그때 국도로 말쑥한 외제차 한 대가 경적을 울리며 다가오더니 그와 말 앞을 쌩하니 스쳐갔다. 바람이 일었다가 가라앉기 무섭게 말이 앞다리를 들어올리며 히힝— 울더니 달리기 시작했다. 그의 제지에도 불구하고. 그는 말 등에서 떨어지지 않으려고 허리를 바짝 구부렸다. 말은 걸을 때와는 전혀 다른 주법으로 외제차를 쫓았기에 그 흐름을 타지 못하면 말 등에서 공중으로 붕 치솟아오를 것만 같았다. 달리는 말이 되돌아와 다시 받아주는 일은 없을 테니 그는 그냥 땅바닥으로 내동댕이쳐질 것이었다.

"왜 이러는 거야?"

갑자기 지나친 차량에 놀란 것인지, 아니면 목장에만 갇혀 있다가 밖으로 나온 탓에 질주 본능이 발동한 것인지 알 수 없었다. 까닭이 무엇이건 간에 지금 그에게 가장 중요한 건 달리는 말 위에서 떨어지면 안 된다는 거였다.

"천천히 가! 천천히!"

말은 그의 말을 듣지 않고 오히려 점점 더 속도를 올렸다. 마치 저 앞에서 달려가는 외제차를 따라잡겠다는 듯이. 그는 안장의 손잡이와 고삐를 꽉 움켜잡은 채 저 앞에서 달려가는, 동그라미 네 개가 겹쳐 있는 게 브랜드 마크인 외제차의 꽁무니를 바라보다가 실소하지 않을 수 없었다. 그 차의 마력은 자그마치 칠백육십에 달했다. 말 한 마리가 말 칠백육십 마리의 힘을 지닌 차를 쫓아갈 순 없었다. 하지만 그가 아무리 소리치고 고삐를 잡아당겨도 말은 질주를 멈추지 않았다. 아스팔트를 내딛는 말발굽소리만 요란하게 울려퍼졌다. 워어! 워! 워워! 워, 워, 워! 워어어어…… 그의 목소리는 그저 마이동풍일 뿐이었다. 획획 지나가는 가로수들과 전신주들, 맞은편에서 달려와 뒤쪽으로 사라지는 자동차들, 빠르게 뒤로 밀려나는 검은 아스팔트…… 그는 말 꼬리에 붙은 쇠파리처럼 떨어지지 않으려 버둥거려야 했다.

"와우! 대단해요!"

그런데 의외의 변수로 승부가 뒤집혔다. 앞서 달리던 외제차가 구불구불한 국도를 천천히 달려가는 트랙터와 포클레인을 만난 것이었다. 트랙터와 포클레인은 이미 십여 대의 자가용들을 뒤에 달고 있었다. 반대편 차선으로 추월할 수도 없었다. 마주 오는 차량들과 과속 감시 카메라가 뚫어지게 도로를 노려보고 있었기 때문이었다. 말은 경운기처럼 느리게 움직이는 외제차를 추월했고 안에 타고 있던 사람들이 창문을 열고 박수를 치며 환호했다. 그런데…… 그 박수와 환호는 말이 아니라 말을 탄 사람에게 향하고 있었다. 그 사실을 눈치챈 그는 재빨리 고삐를 당겨 말의 속도를 늦췄다. 다행히 말은 그의 말을 들었다. 그는 숙였던 허리를 비로소 곧게 폈다. 다른 자가용들의 유리창도 하나둘 열리기 시작했다.

"말 잘 타네요!"

"그 말, 얼마나 합니까?"

"지금 영화 찍는 거 아니죠?"

"말 타고 유람하는 겁니까?"

그는 말 위에서 미소를 지었다. 말 아래 자동차의 좌석에 앉아 있는 사람들은 그런 그를 부러운 듯 올려다보았다. 문제의 동그라미 네 개가 붙어 있는, 지붕을 열어젖힌 외제차가 다가오자 그는 여유롭게 입을 열었다.

"조금 있다 경주 한번 더 할까요?"

"에이, 이런 시골길은 변수가 많아서 말한테 이길 가망이 없어요. 근데 아저씨 말 잘 타시네요. 선수였어요?"

"선수는 무슨 선수. 심심해서 한번 타본 겁니다."

"이 말 한창때 값이 장난 아녔을 것 같은데요?"

"……좀 나갔죠."

운전석의 젊은 남자와 조수석의 여자는 선글라스를 벗은 채 그가 탄 말을 이리저리 살폈다. 마치 말 전문가라도 되는 것처럼. 그는 칠백육십 마리의 말이 반짝거리는 차체로 변한 듯한 외제차의 내부를 흘깃거렸다. 여름이 지난 지 오래인데도 짧은 반바지를 입은 조수석 여자의 긴 허벅지는 눈처럼 희었다. 여자가 그의 시선을 알아챘는지 손수건으로 허벅지를 가렸고 지레 당황한 그는 가벼운 목례를 하고 등자에 올려놓은 신발로 말의 옆구리를 툭툭 두드렸다. 말은 기다렸다는 듯 몸을 뒤틀며 앞으로 나아갔다.

"잘나가던 사업을 왜 갑자기 정리한 거야?"

"나는 엔지니어지 사업가가 아냐. 그래서 미련 없이 넘기고 고향으로 내려온 거야. 난 여기서 말과 함께 사는 게 좋아. 우리가 말띠잖아. 야, 그러고 보니 우리가 벌써 오십이다! 세월 참 빨라."

Y는 와인 잔을 빙글빙글 돌리며 그의 물음에 답을 했다. 유리잔 속에서 붉은 와인이 파도처럼 일렁거렸다. 그는 혀로 입술에 침을 발라가며 Y의 표정 어딘가에 숨어 있는 위선을 찾아내려고 애를 썼다.

"근데 왜 하필 말이야? 단지 말띠여서 택한 건 아닐 테고."

Y가 그를 지그시 바라보았다.

"언젠가부터 말은 사람들로부터 멀어지기 시작했어. 운송 수단이 바뀐 게 아마 가장 큰 원인일 거야. 자동차가 말을 밀어냈다고 보면 맞겠지. 우리 어렸을 때도 실제로 말을 본 사람은 거의 없었을 거야. 소야 흔했지만. 근데 말이야, 왠지 소보다 말이 더 친근하게 느껴지더라고. 제주도에 갔다가 우연히 말을 보게 됐는데 기분이 묘한 거야. 처음엔 내가 말띠여서 그런가 하고 생각했지. 여행 마치고 서울로 돌아왔는데도 이상하게 머릿속에서 말이 떠나지 않는 거야. 내가 전생에 말이었나, 아니면 말 타고 전쟁터를 누비던 장수였나, 그런 생각까지 들더라니까."

"그래서 말 목장을 열었다?"

"그다음부터 틈틈이 말에 대해 공부하다가 결론을 내렸지. 고향에 내려가 말 목장을 만들자. 사람들에게서 멀어진 말을 다시 가까이 불러들이자. 특히 내 고향 아이들에게 승마 문화를 접할 수 있는 기회를 제공하자. 이게 목장을 시작한 근본 취지야."

Y는 손가락으로 벽에 걸린 어린이 승마 체험 플래카드를 가리

204

켰다.

"말 목장은 사업이 아닌가? 좋은 말은 마리당 가격이 비싼 외제 차랑 맞먹는다며? 그걸 시골 아이들이 아무때나 탈 수 있나?"

"아무때나 무료로 탈 수 있게 할 생각이야. 말했다시피 나는 사업가가 아냐. 사업가는, 너희 아버지가 사업가였지."

"그게 무슨 얘기야?"

그는 Y의 마지막 일격에 하마터면 들고 있던 유리잔을 놓칠 뻔했다.

자그마한 시내로 들어가기에 앞서 그는 잠시 말을 멈췄다. 아무리 생각해도 자신에 대한 Y의 태도를 이해하기 힘들었다. 뭔가 꼬인 듯한데 그게 무엇 때문인지 알 수 없었다. 갑자기 아버지 얘길 꺼낸 것도 그랬다. 그가 중학생이었을 때 돌아가신 아버지가 Y네 집과 어떤 일이 얽혀 있었단 말인가. 그럴 일은 거의 없었다. 농사를 짓던 Y네 집과 사업을 했던 아버지가 부딪쳤을 확률은 희박했다. 동창들이 모여 있는 자리에서 자칫 말이 험악해질 뻔했는데 다행히 그와 Y는 그쯤에서 멈췄다. 나이 오십이 되니 그 정도의 감정 조절은 가능해졌다. 그래, 나이 오십, 지천명이 되었다. 그는 말을 타고 시내로 들어가며 고개를 끄덕였다. 말도 그의 기분을 읽은 듯 고개를 끄덕거렸다. 아무래도 Y보다는 자신에게 훨씬 어울리는 것 같아 그는 흐뭇한 얼굴로 말을 몰았다.

지천명이라. 그는 말 위에 앉아 구름 한 점 없이 푸른 하늘을 올

려다보았다. Y의 말대로 전교 일등이었던 그는 판검사가 되지 못
했다. 전국의 초등학교가 모두 몇 개인가. 그 학교의 일등들이 모
두 판검사가 될 수는 없었다. 중학교 고등학교로 올라가면서 누구
보다도 먼저 일등들이 그 사실을 눈치챘다. 그 사실을 모를 리 없
는 Y가 판검사 운운한 것은 그러므로 그에 대한 명백한 빈정거림
이었다. 그는 하늘에 올려놓았던 시선을 땅으로 끌어내렸다. 눈에
익은 고만고만한 상가들이 건물 일층에 줄줄이 들어서 있었다. 지
나가던 사람들이 말을 타고 있는 그의 모습을 신기한 듯 바라보
았다. 한 아주머니는 식당 문을 열고 나와 탄성을 내뱉었다. 따각,
따각. 말발굽소리가 그 탄성에 답례를 했다. 중국집 배달원이 오
토바이를 타고 달리다가 경적을 울렸고, 커피 배달을 나가던 다방
직원은 깜짝 놀란 듯 우두커니 서서 입을 다물지 못했다. 그는 그
들을 지나쳐 오일장이 서는 장거리로 말 머리를 돌렸다. 물론 그
역시 판검사를 꿈꾸던 시기가 있었다. 어린 시절 아버지의 일을
지켜본 터라 위험성이 높은 사업 쪽은 피하고 싶었다. 아버지가
일찍 돌아가신 것도 결국 사업 실패 때문이었다. 하지만 판검사로
가는 길은 그를 받아들이지 않았고 한 칸 한 칸 뒷걸음질로 계단
을 내려온 뒤 고향에서 공무원이 되었다. 판검사는 아니지만 9급
에서 출발해 계장까지 올라왔으니 뿌듯함도 없지 않았다. 더군다
나 아내도 같은 공무원이어서 경제적으로도 꽤 안정적이었다. 정
년까지 잘 버티기만 하면 무난한 생활이 이어질 것이었다. 그동

안 모은 돈으로 땅도 몇 군데 사놓았으니 노후를 걱정할 일도 없었다. 지천명이라…… 그는 고개를 끄떡이며 다시 하늘을 올려다보았지만 장거리에 쳐놓은 차양 때문에 하늘은 보이지 않았다. 하늘만 보이지 않는 게 아니라 차양에 머리가 걸려 하마터면 말에서 떨어질 뻔했다.

"아가씨, 커피 두 잔 여기로 배달이요."

그는 다방으로 들어가는 여자에게 커피를 주문했다.

"말 위에서 마시게요?"

"말 위에서 마시면 향이 더 풍부할 거 같아서요."

"그럼 저도 거기서 마셔요?"

"어…… 나는 괜찮은데 말이 아가씨를 받아줄지 모르겠네요."

"말도 좋아할걸요?"

하지만 그녀는 말 위에서 커피를 마실 수 없었다. 그녀가 다가오자 말은 앞뒤로 움직이며 거부반응을 보였다. 더군다나 그냥 타는 것도 쉽지 않은데 뜨거운 커피가 담긴 찻잔까지 들고 있었으니 그녀가 말을 타기란 거의 불가능했다. 자칫 말 등에 커피를 쏟았다가 어떤 일이 벌어질지 몰랐다. 그 역시 커피잔을 잡은 손을 앞으로 내밀었다 당기기를 반복하면서 커피를 홀짝거리다가 아예 종이컵으로 교체했다. 그녀는 말 옆에 서서 말의 이곳저곳을 기웃거렸고. 하여튼…… 말 위에서 마시는 커피 맛은 대단히 훌륭했다.

"이 말, 암놈이에요, 수놈이에요?"

"······암놈인가, 수놈인가? 아가씨가 확인해봐요."

"아······ 암놈이네요. 그래서 얘가 날 싫어하는구나."

"아가씨, 내가 장거리 한 바퀴 돌고 나서 책임지고 태워줄 테니 걱정하지 마요. 대신 이 돈으로 저기 마트 가서 맥주 한 캔만 사다 줄 수 있어요? 내가 내리기가 여의치 않아서······"

그는 여자가 사다준 캔맥주를 홀짝홀짝 마시며 장거리를 쏘다 녔다. 장날이 아니라서 장거리는 한산한 편이었다. 빈 미용실을 지키고 있던 중년 여자는 그가 말을 타고 나타나자 뛰쳐나와 휴대 폰으로 사진을 찍었다. 그는 말 머리를 돌려 그 여자에게 다가갔 다. 그리고 휴대폰을 건네주며 사진을 찍어달라고 부탁했다. 이럴 줄 알았으면 말 목장에서 아예 승마복으로 갈아입고 나오는 건데 하는 아쉬움이 들었다. 면바지에 점퍼를 걸치고 말을 탔으니······ 그는 여자가 찍어준 사진을 확인하려고 휴대폰을 들여다보다가 그제야 Y에게서 걸려온 여러 통의 부재중 전화를 확인했다. 전화 를 할까 말까 망설이던 그는 일단 빈 캔을 가게 앞 휴지통에 던져 골인시켰다. 어차피 벌어진 일이었다. 장거리를 두리번거리다가 중국집을 발견한 그는 미소를 씩 흘리며 그곳으로 말을 몰았다. 열려 있는 출입문에 대고 소리쳐 종업원을 불러내 짜장면 곱빼기 와 고량주 한 병을 주문했다. 종업원이 안으로 들어가기도 전에 휴대폰에 Y의 이름이 떴다.

"어, 왜?"

"야, 너 내 말 타고 나갔냐?"

"그래."

"아 이 새끼, 그 말이 얼마짜리인지 알기나 해? 거기 어디야?"

"퇴역한 말이 비싸면 얼마나 비싸겠냐. 그리고 말은 확실히 하자. 내가 말을 타고 나온 게 아니라 이 말이 날 태우고 나온 거야."

"야 이 새끼야, 그게 말이 돼?"

"말이 되고 안 되고는 모르겠고 때 되면 들어갈 테니 걱정 마라. 설마 내가 니 말 타고 사라지겠냐."

"야, 말이 다칠까봐 그러지! 너 인마 말도 탈 줄 모르잖아."

"말 처음 타는 건 맞는데 이 말이 워낙 똑똑해서 전혀 문제없다. 그리고 너, 지금 말 다치는 건 문제고 말 탄 사람 다치는 건 안중에도 없냐?"

"인마, 그러게 왜 허락도 없이 말 타고 밖으로 나가? 내가 고발하면 넌 절도범이야, 절도범!"

"아 이 자식 말을 못 알아듣네. 말이 날 태우고 나왔다니까. 야, 짜장면 나온다. 이만 끊는다."

그는 종업원에게 물 한 세숫대야를 부탁한 뒤 말 앞에 놓아주고 말 등에 앉아 짜장면 면발을 우적우적 씹었다. 목이 막히면 고량주 한 모금을 들이켜면서. 그러곤 몸을 부르르 떨었다. 물을 모두 마신 말은 부족한지 혀로 세숫대야를 핥았다. 그는 말에게 먹일 물과 고량주 한 병을 더 주문했다. 종업원은 말의 이마를 긁어주며 말 타고 짜장면 배달하면 장사 잘될 것 같다고 너스레를 떨었다. 그는 고량주의 마개를 딴 뒤 말이 먹는 물에다 부어주었다.

"말이 술도 마셔요?"

"마실 거예요. 소도 마시니까."

"어, 정말이네!"

"덩치가 커서 간에 기별도 가지 않을 거예요."

"근데 아저씬 왜 말 위에서 음식을 먹어요?"

"……전생에 말이었나봐요. 여기가 편해요."

"음주운전 안 걸려요?"

"말이? 내가?"

말은 아무 상관 없다는 듯 세숫대야에 담긴 물과 술을 모두 비웠다. 그도 빈 짜장면 그릇과 술병을 종업원에게 건네줬다. 배도 부르고 술기운도 불콰하게 올랐다. 다시 길을 떠나야 할 시간이었다. 그는 계속해서 알림이 오는 휴대폰을 호주머니에서 꺼냈다. Y는 한 시간 안으로 돌아오지 않으면 경찰에 신고하겠다는 문자를 시작으로 각종 욕설들을 연 꼬리처럼 줄줄이 매달아놓았다. 혹시라도 말이 어디 다치기라도 하면 책임을 져야 한다는 엄포까지 놓으며. 걱정일랑 붙들어 매라는 답장을 보낸 뒤 그는 상체를 좌우로 흔들며 말의 옆구리를 등자로 툭툭 두드렸다. 말은 기분이 좋은지 콧방귀를 두어 번 뀌더니 장거리로 슬렁슬렁 걸음을 내디뎠다.

생각 같아선 다방 여자를 뒤에 태우고 단풍이 한창인 오대산 계곡을 달리고 싶었지만 공무원으로서의 양심과 남의 이목도 있는 터라 쉽게 결정하기 어려웠다. 또 어떻게 해서든 면장까지는 진급을 하고 그다음에 운이 닿는다면 선거에 나가 군수까지도 노려봐야 할 거였다. 어떻게 될지 모르는 게 인생이니까. 하지만 당장은 아쉬웠다. 말 등에 여자를 태우고 달려볼 수 있는 기회는 이번이 마지막일지도 모른다는 생각이 들자 그는 조금 흔들렸다. 그가 이런저런 갈등을 하는 사이 말은 저 홀로 장거리를 걸어가 어느새 커피를 마셨던 다방 앞에 도착해 방귀를 붕붕 뀌었다. 마치 그의 생각을 빤히 들여다보기라도 한 것처럼. 그리고 기다렸다는 듯 그 여자가 문을 열고 뛰쳐나왔다.

"와, 진짜 오셨네!"

"……약속은 지켜야지."

말 위에 앉은 그는 여자의 차림새를 살펴보며 고민에 잠겼다. 공무원이 말 위에 짧은 치마를 입은 다방 직원을 태우는 건 법을 위반하는 게 아닐까…… 하지만 그건 자동차에 다른 사람을 태우는 거나 마찬가지니 문제될 것은 없어 보였다. 문제는 티켓비를 내느냐 내지 않느냐고, 또하나는 도덕적인 부분이었다. 그는 어서 빨리 여자를 태우고 달리자며 발을 구르는 말 위에서 재빨리 주판알을 굴렸다.

"아가씨? 아가씨도 알겠지만 티켓비는 불법이기 때문에 줄 수가 없어요. 다만 아가씨가 이번 기회에 정말 말을 타고 싶음 한 삼십 분 정도는 태워줄 수 있어요. 그리고…… 같이 말을 타고 가다 혹시라도 나를 아는 사람들을 만나면 급한 일 때문에 아가씨가 내게 부탁했다고 말해줘야 해요. 어때, 가능하겠어요?"

"……대단히 쩨쩨한 조건인 거 같은데 내 돈으로 티켓비 내고 말 한번 타보겠어요."

"이해해줘서 고마워요. 그럼…… 앞에 탈 거예요, 뒤에 탈 거예요?"

그녀는 앞과 뒤를 바라보았다. 그는 미소를 머금은 채 그녀의 결정을 기다렸다.

"앞!"

"뒤가 좋지 않겠어요? 더 안전할 거 같은데."

"……앞이 가려서 답답할 거 같아요."

그와 그녀는 말을 타고 장거리를 빠져나갔다. 일인용 안장에 두 사람이 앉은 터라 거의 껴안은 자세였지만 다른 방법은 없었다. 앞에 앉은 그녀는 연방 탄성을 내질렀고 고삐를 잡은 그는 그녀의 어깨 너머로 전방을 주시하며 등자에 얹어놓은 발로 계속해서 말의 옆구리를 두드렸다. 사람들의 이목을 피하려면 빨리 시내를 빠져나가는 게 최선이었다. 혹시라도 아내를 잘 아는 사람이 본다면 말에서 내리기도 전에 집으로 연락이 갈지도 모르기 때문이었다. 그뿐만이 아니었다. 아내의 불같은 성격으로 볼 때 말에서 내리기도 전에 말 목장으로 차를 끌고 올 게 분명했다. 그는 그녀의 등에 얼굴을 바짝 붙이고 눈만 내놓은 채 말을 몰았다. 그녀의 머리카락이 그의 얼굴을 간질였다.

"와, 이거 뿅 가는 느낌이야!"

"어떻게?"

시내를 벗어나자마자 그녀가 소리쳤고 그는 그녀의 귀에 입을 대고 물었다. 그녀와 그는 마치 한몸인 것처럼 가까이 붙은 채 말 위에서 요동치고 있었다. 그녀는 목소리를 높이며 말했다.

"말로 설명 못해요!"

"나도 그래!"

그와 그녀는 더 가까워졌지만, 그러나, 짜릿함은 딱 거기까지였다. 갑자기 밀려온 요의에 그는 신음을 삼켜야 했다. 그녀의 엉덩이가 그의 방광을 압박한 탓도 있었지만 근본적인 원인은 장거리에서 마신 술에 있었다. 말을 멈춰 세우고 볼일을 봐야만 했다. 생각해보니 말 목장에서 나온 뒤 한 번도 소변을 보지 않았다. 그는 오른손에 쥐고 있는 말고삐를 당기며 소리쳤다.

"워, 워!"

말은 은행나무 아래에 소복하게 깔려 있는 은행들을 와자작, 와자작 밟으며 내달렸다. 그가 아무리 고삐를 잡아당겨도 허사였다. 말은 멈추라는 신호에도 멈추지 않고 따가닥, 따가닥, 따가닥, 경보를 하듯 경쾌하게 나아갔다. 그의 인상은 점점 일그러졌다. 결국 참지 못한 그는 버럭 고함을 내질렀다.

"왜 그래요?"

"이놈의 말이 서라고 해도 서질 않잖아!"

"왜 서요?"

"오줌보가 터질 것 같단 말이야!"

"참아봐요."

"……꽉 찼어요. 아, 대체 왜 안 서는 거야!"

"세울 줄 모르는 거 아녜요?"

말은 멈추지 않았다. 그의 어떤 지시도 따르지 않고 시골길을
그저 달려가기만 할 뿐이었다. 고량주를 먹여서 그런가. 그럼 술
취한 말을 타고 있다는 얘긴데 위험하지 않을까. 말이 겅중겅중
뛸 때마다 어김없이 방광에 압박이 가해졌고 그때마다 그는 찔끔
찔끔 오줌 방울을 팬티에 흘렸다. 마음 같아선 말 위에서 뛰어내
리고 싶었지만 막상 달리는 말의 옆을 내려다보면 생각이 싹 달아
났다. 오줌 한번 누려고 잘못 뛰어내렸다가 팔다리에 골절을 당
할 것만 같아서였다. 하지만 언제까지 참을 수는 없는 노릇이었
다. 말을 탄 채로 소변을 해결한다면…… 팬티와 바지를 적시며.
아…… 그는 온 힘을 다해, 말 머리가 뒤로 꺾일 정도로 고삐를
잡아당겼다. 하지만 말은 앞다리를 들며 잠시 속도를 늦췄을 뿐이
었다. 그 탓에 그녀의 몸이 뒤로 쏠렸고 그는 다시 오줌을 팬티에
흘려야만 했다.

"저기, 물어볼 게 있는데……"

그는 주눅이 든 목소리로 Y에게 전화를 걸었다. 경중경중 달리는 말 위에서.

"너 이 자식, 사고 냈지?"

"아냐 새끼야. 이 말…… 어떻게 세우냐?"

"세우다니? 말을 왜 세워?"

"달리는 말을 어떻게 멈추게 하냐고?"

그는 버럭 고함을 질렀다.

"……너, 멈추게 하는 방법도 모르면서 말 탄 거야? 그런 거야?"

취한 듯한 Y의 웃음소리가 휴대폰에서 터져나왔다. 다른 동창들의 웃음소리도 그 너머에서 피어났다.

"모르긴 뭘 몰라! 이 말이 지금 내 말을 안 들어서 하는 소리야."

"새끼야, 그게 그거지! 말에게 잘 사정해봐. 그럼 멈출 거야."

"끊어!"

"야야, 달리는 말은 달리게 놔두는 게 세상사 진리야. 억지로 멈추게 만들면 탈 나는 것도 세상사 진리고. 참, 너 승마복도 안 입고 말 탄 거 같은데 몸은 괜찮아?"

그는 조롱하는 Y의 말을 자르고 전화를 끊어버렸다. 등에서 식은땀이 흘렀다. 팬티는 조금씩 더 젖어갔다. 문제는 그것뿐만이 아니었다. 어떻게 해서든 방광에 자극을 주지 않으려고 엉덩이를 살짝 든 자세를 유지하다보니 양쪽 허벅지 안쪽이 안장에 쓸려 아파왔다. 말이 조금 더 달리자 파스를 붙인 듯 화끈거리기까지 했다. 그렇다고 허벅지까지 안장 위로 들 수는 없었다. 그러려면 양다리를 큰 항아리 모양으로 벌려야 하는데 가랑이를 찢지 않고서야 불가능한 자세였다. 화끈거림이 지나가고 나자 마치 마비라도 된 듯 허벅지에 아무 감각이 없어졌다. 꼬집어도 남의 허벅지를 만지는 기분이었다. 결국 참지 못한 그는 엉덩이를 안장에 내려놓았다. 뜨끈한 오줌이 팬티를 적셨다. 그러거나 말거나 말은 은행잎들이 곱게 물든 시골길을 정겹게 달려나갔다. 멀리서 보면 아무런 문제 없이 평화로워 보일 두 사람을 태우고.

"쌌어요?"

말이 도로변의 흙더미를 피해 크게 뛰어올랐다가 내려왔을 때 그는 더이상 참지 못하고 사타구니에 주고 있던 힘을 풀고 말았다. 가능한 한 그녀에게서 거리를 두려 했지만 안장이 좁은 탓에 그녀의 치마까지 적신 모양이었다.

"……응. 미안해요. 어쩔 수 없었어요."

대답을 하는 동안에도 오줌은 멈추지 않았다.

"아, 정말! 애도 아니고, 팬티까지 젖었단 말이에요!"

"오줌은 급하고 말은 멈추지 않는데 그럼 어떡해요."

"그래도 참았어야죠!"

민망하고 창피했지만 어쨌든 아랫도리는 시원했다.

어느덧 해는 서산 가까이 다가가 있었고 서늘한 바람이 길옆 산자락에서 불어왔다. 그 바람에 은행잎들이 우수수 떨어졌다. 그와 그녀는 석양을 받으며 말을 달렸다. 서쪽 하늘의 구름이 노을에 물들고 있었다. 말은 지치지도 않는지 그쪽을 향해 줄기차게 달려갔다. 풍경으로만 본다면 가히 나무랄 데가 없었다. 마치 조국의 광복을 위해 광활한 만주 벌판을 달려가는 형국이었다. 딸가닥, 딸가닥, 딸가닥……

"도대체 이 말은 언제 멈추는 거죠?"

"나도 몰라요."

"멀미 날 것 같아요."

"나도 속이 울렁거려요."

"내 등에다 토하면 죽을 줄 알아요!"

"아까처럼 갑자기 말이 뛰면 어쩔 수가 없어. 그래서 뒤에 타라고 했잖아요."

"누가 이럴 줄 알았어요! 아니 말도 잘 몰 줄 모르면서 왜 날 태웠어요?"

"그때까진 말을 잘 들었다니까요!"

"아이고, 엉덩이 아파!"

"나도 엉덩이 까졌다고!

허벅지와 엉덩이만 찰과상을 입은 게 아니었다. 오른손엔 큼직한 물집이 잡혀 고삐를 똑바로 움켜잡을 수조차 없었다. 고삐의

역할을 제대로 하지 못하는 고삐를 정신없이 당기느라 생긴 물집
이었다. 차라리 소처럼 말의 코에 코뚜레를 꿰어 거기에 고삐를
걸었더라면 모를까. 단순히 굴레와 연결한 고삐는 말 안 듣는 말
을 부릴 수 있는 어떤 힘도 발휘하지 못했다. 그는 옆구리의 통증
을 견디려고 허리를 곧추세웠지만 달리는 말 위에서 효과를 기대
하긴 어려웠다. 한시라도 빨리 말이 멈추기를 바랐지만 그것은 오
로지 말의 의지에 달렸으므로 언제가 될지 모르는 일이었다.

"아, 방귀 좀 그만 뀌어요!"

"자꾸 나오는 걸 어쩌란 말예요."

"뒤에 탄 사람 생각도 해야지."

"오줌 싸는 것보단 낫네요! 아, 나도 오줌 마려워."

"비상시국이니 그냥 싸요."

"그걸 말이라고 해요?"

"다른 방법이 없어."

땀과 오줌에 젖은 옷을 계속 입고 있자 점점 추위가 느껴졌다.
그녀의 옷차림은 그보다 훨씬 부실했다. 그는 입고 있던 점퍼를
힘들게 벗어 덜덜 떨고 있는 그녀에게 걸쳐주었다. 그야 그렇다
치더라도 그녀는 괜히 말 한번 타보려다가 난데없는 봉변을 당하
는 중이었다. 그녀가 고맙다고 하자 그는 그녀를 껴안았다. 추위
를 견디려면 어떻게 해서든 서로의 체온을 합쳐야 할 것 같았다.
그녀 역시 그의 포옹을 거부하지 않았다. 말이 달리며 일으키는

바람을 정면으로 맞고 있는 터라 그녀의 손과 허벅지가 퍼렇게 변해 있었다. 뒤에 탔더라면 조금은 나았을 테지만 달리는 말 위에서 자리를 바꿀 수도 없었다. 무수한 바늘에 온몸이 찔리는 듯이 뼈 마디마디가 따끔거리고 쑤셨는데 그나마 그녀를 껴안고 있어 고통이 조금은 누그러드는 것도 같았다.

"도저히 못 참겠어요."

"이해해요."

엉덩이와 허벅지로 오줌이 번졌다. 그와 그녀는 마치 석양의 패잔병처럼 말이 가는 대로, 이 마을에서 저 마을로, 이쪽 길에서 저쪽 길로 내달렸다. 말이 왜 그러는지 도무지 알 수 없었다. 그러는 사이 그에게 다시 말 못할 통증이 생겨났다. 통증의 부위는 안장과 바로 닿아 있는 고환이었다. 마치 어린 시절 바람을 넣어 차던 고무 축구공처럼 고환이 안장에 쏠려 퉁퉁 부어오른 것 같았다. 다른 부위의 통증과는 급이 달라도 한참 달랐다. 그는 다시 엉덩이를 치켜든 채 Y에게 전화를 걸었다.

"부탁이 있어."

"뭔데?"

"차 끌고 와서 이 말 좀 세워줘."

"야, 니가 타고 나간 말은 니가 세워야지 내가 어떻게 세우냐. 잘못하면 큰 사고 난다."

"……부탁이다."

"야, 니 초등학교 때 찝차 타고 학교 다닌 거 기억나냐? 눈보라 치는 한겨울에 나랑 다른 애들은 걸어 다니고."

"그 얘긴 왜 하는 거야. 우리 아버지 출근할 때 같이 타고 등교한 거야."

"그때 우리가 태워달라고 손 흔들면 니 마음에 드는 친구들만 골라서 태워준 거 기억나냐?"

"언제 적 얘길 지금 하는 거야. 그래서 올 거야, 말 거야?"

"니 장거리에서 말한테 고량주 먹였지?"

"……그걸 어떻게 알아?"

"여기 좁은 동네다. 그리고 니가 타고 나간 말은 술 깰 때까지 달려야만 비로소 멈추는 말이야. 그때까지 다방 아가씨랑 즐겁게 놀아."

경주마처럼 빠르게 달리진 않았지만 두 사람을 태운 말은 힝힝거리며 시골길을 내달렸다. 그녀는 소파에 누운 듯 아예 그의 품에 기댄 채 넋을 놓고 있었다. 이게 무슨 봉변이란 말인가. 그는 물집이 터져 피가 흐르는 손으로 말고삐를 잡은 채 노을을 바라보았다. 근래 들어 가장 아름다운 노을이었지만 한숨만 삐져나왔다. 애당초 말 목장에서 열리는 동창회에 참석한 게 화근이었다. 별로 가고 싶지 않았는데 Y가 도대체 얼마나 잘사는지 직접 확인해보고 싶은 마음이 몸을 움직이게 만들었다. Y 역시 세상의 흔한 졸부들 중 한 명일 거라고 이미 판단한 채. 그렇게 도착한 목장에서 동창들과 한 잔 두 잔 술을 마셨는데 Y와의 대화는 예상했던 대로 조금씩 껄끄러워지기 시작했다. Y가 생각하는 자신 역시 이미 Y가 자기 편한 방식으로 만들어놓은, 자신이 아닌 다른 그 누구였다. 아니…… 그 사람이 정말 내가 아니라고 할 수 있을까? 그는 산자락에서 내려온 그늘 속으로 달려가는 말 위에서 어떻게든 상황을 정리해보려고 했지만 쉽지 않았다. 이 말은 또 무엇인가. 필연인가, 우연인가? 바람을 쐬러 나왔다가 우연히 타게 된 말이었다. 말을 타고 운동장을 도는 데까진 문제될 게 없었다. 운동장을 벗어난 게 문제라면 문제였는데 그것은 그의 의지라기보다는 말의 의지에 가까웠다. 아…… 까마귀 한 마리가 울었던가. 그리고…… 그는 안장에 쏠리는 사타구니를 든 채 봉두난발이 된 머리카락을 벅벅 긁으며 생각을 이어나갔지만 명확하게 정리되는 것은 아무것도 없었다. 그냥 술에 취해 말을 타고 나왔다가 말을 듣지 않는 말 때문에 말에서 내리지 못하고 있다는 것밖에는……

"아저씨, 아직도 말 타고 있네요! 무슨 오종경기 같은 거 하세요?"

미등을 켜고 있는 차가 말 옆으로 다가와 속도를 맞췄다. 낮에 경주 비슷한 걸 했던 그 외제차였다. 그때 여자가 다급하게 소리쳤다.

"저기요, 그 차로 이 말 좀 세워봐요!"

"왜요?"

"말이 멈추지 않아요! 추월해서 앞을 막아봐요. 부탁해요!"

잠시 침묵하더니 이윽고 남자가 소리쳤다.

"위험해서 안 돼요!"

비싼 말과 비싼 차를 염두에 둔 판단이었다.

"죽을 것 같아요!"

남자가 조수석에 앉은 여자와 무슨 말인가를 주고받았다.

"……죄송합니다. 119에 전화해보세요."

그리고 외제차는 굉음과 함께 말을 추월해 저 앞으로 사라졌다. 멀어져가는 차를 멍하니 바라보는 여자에게 그가 말을 건넸다.

"119는 좀 그래요. 지금 이 모습을 동네방네 소문낼 필요는 없잖아요."

"아 씨발, 지금 체면이 문제예요? 일단은 내리는 게 우선이잖아요!"

"그래도 119는 좀……"

"아, 미치겠네! 나 지금 속도 안 좋단 말이에요!"

그건 그도 마찬가지였다. 설사를 할 것 같아 계속해서 배를 손으로 문지르던 참이었다. 하지만 119를 부르는 건 여러모로 문제가 많았다. 혼자 말을 타고 있는 거라면 또 몰라도. 어떻게 해서든 다른 이들의 눈에 띄지 않게 조용히 말에서 내려와야만 했다. 그런 생각에 골몰하고 있을 때 이번엔 뒤에서 오토바이가 요란스런 경적을 울리며 다가왔다. 그 소리에 놀란 말이 장애물을 넘듯이 풀쩍 뛰어올랐다가 내려왔다.

"와, 보기 좋아요! 석양의 무법자 같아요."

중국집의 배달 오토바이를 탄 그 종업원이었다. 다리 사이에 배달통이 하나, 뒤편 짐칸에 하나, 손에 하나, 가히 배달의 경지에 오른 듯했다. 왼손만으로 오토바이를 모는 종업원은 달리는 말에 속도를 맞추며 그와 그녀를 흘깃거렸다.

"근데…… 두 분 표정이 왜 그래요?"

"피곤해서 그래요. 참견하지 말고 배달이나 가요."

"……근데 무슨 냄새 안 나요?"

종업원이 코를 킁킁거렸다.

"야, 빨리 니 갈 길 가라고!"

"아, 정말……"

그녀가 울음을 토해냈다.

말은 어둑해진 마을길을 달렸다. 그는 입술을 앙다문 채 그저 따각따각 달려가는 말 위에 앉아 있을 뿐이었다. 한마디로 참담했다. 왜 이런 일이 벌어졌는지 도무지 알 수가 없었다. 내가 대체 뭘 잘못했단 말인가. 술에 취해서 일어난 우발적인 일로 돌리기엔 뭔가 석연치 않았다. 혼자라면 또 몰랐다. 그의 앞에 앉아 함께 고통을 겪는 그녀는 또 뭐란 말인가. 그는 주마등처럼 스쳐가는 민가의 불빛들을 바라보며 긴 한숨을 내뱉은 뒤 그녀에게 말을 걸었다.

"힘들지요?"

"……어쩌겠어요. 말이 멈추지 않는데."

"괜히 나 때문에 봉변을 겪네요."

"……누구 때문인지는 나도 모르겠어요. 이게 꿈은 아니겠죠?"

"꿈이라면 대박이지요. 꿈에서 깨어나면 당장 복권부터 사야겠어요."

"……우린 언제까지 말을 타게 될까요?"

언제까지 말을 타게 될까…… 날은 점점 더 어두워졌다. 어디가 어디인지 알 수 없었지만 말은 마치 자기 동네라도 되는 듯 따스한 불빛들이 흘러나오는 시골집들 앞길을 속도를 조금 늦춘 채 달려갔다. 그 불빛 속으로 들어가 몸을 녹이고 싶은 마음이 굴뚝 같았지만 그 소망 역시 꿈일 뿐이었다. 낮은 돌담이 있고 그 옆에 대추나무 한 그루가 서 있는 집 근처에 가서야 그는 여기가 어디인지를 알아차렸다.

"뭘 말을 그리 오래 타! 말 잡으려고 그러우?"

낮에 대추를 따달라던 노파였다.

말이 멈췄다.

마을에서
제일가는
사나이

열린 문으로 비에 젖은 커다란 수탉이 꿱꿱거리며 들이닥친 것은 순식간이었다.

"엄마야!"

커피잔에 뜨거운 물을 붓고 스푼으로 동그랗게 원을 그리며 젓던 봉태도 놀랐지만 건너편에 앉아 상체를 숙인 채 서류를 작성하고 있던 설계사는 펜을 던져버리곤 아예 소파 위로 팔짝 뛰어올랐다. 여태 그녀의 아슬아슬한 가슴골을 슬그머니 훔쳐보고 있던 봉태로선 아쉬울 수밖에 없는 상황이었다. 건물 주인이 뒤뜰에서 키우는 수탉이 또 탈출을 한 모양이었다. 하여튼 영감탱이가 툭하면 닭장의 알만 꺼내가고 문 닫는 걸 잊어버려서 비슷한 일이 가끔 벌어졌다. 지난번엔 봉태가 잠깐 옆문을 열어놓고 사무실을 비운 사이에 닭들이 떼거지로 들어와 난장판으로 만들어버린 적도 있었다. 벽에 걸어놓은 파리채를 손에 잡은 봉태는 붉은 볏이 꼿꼿한 수탉을 쫓아내려고 자리에서 일어났다. 어라? 그런데 입구에서 잠시 사무실을 둘러보던 수탉이 도망가지 않고 파리채를 든 봉태를 향해 날개를 퍼덕거리며 날아오는 게 아닌가. 마치 죽음을 불사하고 적진을 향해 돌진하는 것처럼 부리와 발톱을 앞세운 채 날아오는 수탉을 봉태는 그저 바라볼 수밖에 없었다.

"이 달구새끼가 미친 거 아냐!"

수탉의 부리에 허벅지를 쪼이고서 소파 뒤로 벌렁 나가떨어진 봉태는 허겁지겁 전열을 정비하려고 애를 썼다. 수탉은 설계사가 작성하던 서류를 지저분한 두 발로 밟고서 봉태를 노려봤다. 소파 구석에 쪼그려앉은 설계사는 몸을 잔뜩 웅크린 채 엄마만 부르며 떨고 있고. 하지만 아무리 주변을 둘러봐도 수탉과 싸울 만한 무기가 보이지 않았다. 손에 들고 있는 파리채로는 파리밖에 잡을 수 없었다. 수탉은 다시 날개를 천천히 퍼덕이며 봉태에게로 돌격할 준비를 했다. 수탉의 발 아래에서 서류가 구겨지고 찢어졌다. 소파 뒤에서 허리를 구부린 봉태는 파리채를 앞으로 내민 채 사무실을 살폈다. 수탉과 싸워 이길 수 없다면 밖으로 도망쳐야 하는데, 도망칠 수 있는 문은 창문 하나와 출입문 두 개밖에 없었다. 마침내 예열을 마친 수탉이 소파를 넘어 곧바로 봉태에게로 날아왔고 비명은 설계사가 내질렀다.

"엄마아—!"

파리채를 든 봉태와 단단한 부리를 가진 수탉의 결투는 쉽게 끝나지 않았다. 봉태가 다소 밀리는 상황이었지만 그래도 인간으로서의 자존심 때문에 쉽게 물러설 수 없었다. 한마디로 처절한 난투극이 펼쳐졌다. 책들이 날아가고, 커피잔이 깨어지고, 닭털이 날리고, 사탕 통에 꽂혀 있던 연필들이 성냥개비처럼 사방으로 흩어지고…… 이리저리 좌충우돌하다가 사무실 밖으로 도망치려하면 어느새 수탉이 문을 가로막은 채 부리로 봉태의 눈을 쪼려고 날아올랐다. 시간이 점점 흐를수록 뒤로 밀리던 봉태는 마침내 사무실 가장 안쪽으로 몰려 오도 가도 못하게 되었다.

"야, 대체 내가 뭘 잘못했다고 이러는 거야?"

온몸이 땀에 젖은 봉태는 의자 뒤에 숨어서 머리만 내민 채 수탉의 부리에 쪼이고 발톱에 긁힌 두 팔을 쳐다보며 소리쳤다. 캐비닛 위에 올라간 수탉은 매서운 눈으로 봉태와 설계사를 노려보기만 할 뿐이었다. 그때 수탉과 봉태 사이에 놓인 좌식 책상 위에서 전화기가 울렸다. 봉태는 유일한 구원자일 것만 같은 전화기를 향해 아주 천천히 손을 내밀었다.

"뭐하고 있어?"

"……잠깐 졸았어."

수화기를 든 채 사무실을 둘러보았다. 수탉은 보이지 않았다. 팔도 멀쩡했다. 사무실엔 봉태밖에 없었고 출입문 밖으로는 변함

없이 비가 내리고 있었다.

"비 온다고 또 사람들 불러서 노름하는 거 아니지?"

"아냐! 전화 왜 했는데?"

"아니, 애들이 치킨 먹고 싶다고 징징거려서. 집에 올 때 치킨 사오라고."

"야, 그런 건 그냥 시켜 먹어. 나 저녁때 약속 있어."

서둘러 전화를 끊은 봉태는 의자에서 일어나 몸 곳곳을 꼼꼼하게 쓰다듬어보았다. 소파와 좌식 책상의 상태를 살피고 벽에 걸려 있는 파리채까지 확인한 뒤 출입문으로 다가가 바깥을 내다보았다. 자그마한 시가지를 이틀째 적시는 비 탓인지 거리에는 오가는 사람들이 별로 없었다. 주머니에서 담배를 꺼내든 봉태는 문을 열고 밖으로 나가 불을 붙였다. 건물 뒤편으로 이어지는 좁은 골목은 흐린 날씨와 지붕 때문에 어두컴컴했다. 점심 먹을 때 소주 반병을 마셔서인지 낮잠이 들었고 그렇게 수탉을 만나고 만 거였다. 골목 끝에 있는 화장실에서 소변을 본 봉태는 뒷마당 저편 담장 옆에 있는 닭장을 물끄러미 바라보았다. 멀리서 보아도 닭들은 홰 위에 얌전하게 앉아 있었다. 다가가 수탉의 면상을 볼까 하다가 쏟아지는 비를 핑계로 돌아섰다.

"주인 없는 사무실에 허락도 없이 들어왔어요!"

가끔 방문하는 설계사였다.

"……무서운 수탉이 아니라 다행입니다."

230

"예?"

"아, 제가 좀전에 무서운 수탉한테 사정없이 쪼였거든요."

"수탉이 어디 있어요?"

봉태는 작은 냉장고에 붙어 있는 중국집 전단지의 전화번호를 눌러 탕수육과 술을 주문했다. 비가 내리는 날엔 각종 영업을 뛰는 사람들이 뻔질나게 중장비 사무실로 찾아왔다. 기사들이 현장에 나가지 못하고 사무실에서 죽치며 포커를 하거나 술을 마시는 경우가 많기 때문이었다. 대부분은 포클레인과 덤프트럭 기사들이었는데, 봉태 역시 오전에 이웃 사무실에서 다른 기사들과 놀다가 술 한잔 걸치고 돌아온 터였다. 포커판에 낄까도 고민했었지만 지난번에 좀 큰돈을 잃은 게 와이프에게 들통이 나 된통 당했기에 유혹을 떨쳐버릴 수밖에 없었다. 사실 일이 거의 없는 겨울철을 빼면 중장비 기사들이 쉴 수 있는 날은 비 오는 날뿐이었다. 겨울철이 워낙 길기 때문에 일이 몰려 있는 나머지 세 계절은 휴일도 없었다. 그렇기에 어찌 보면 비 오는 날은 하늘이 내려준 소풍날이나 다름없었다. 그런데 와이프들은 그런 날 사무실에서 술을 마시며 포커를 즐기는 것을 못마땅해했다. 봉태는 앞에 앉은 설계사에게 마치 중장비 기사들의 대변인인 것처럼 그런 애환을 쭉 늘어놓았다. 그러자 설계사가 말했다.

"아무래도 집안 살림만 하다보니까 바깥 사정을 잘 몰라 그런 걸 거예요."

"설마 비 오는 날 포커 치다가 집 날리겠어요?"

"사장님, 그러니까 이참에 사모님 앞으로 보험 하나 선물하세요. 그럼 대접이 달라져요."

"……그거 들면 와이프만 좋은 거잖아요?"

"부부니까 서로 좋은 거죠."

"어떨 땐 와이프가 사나운 수탉처럼 보인다니까요."

"사랑스런 암탉이지 어떻게 수탉이겠어요."

설계사는 본격적인 영업에 들어가려고 가방에서 홍보물을 꺼내 탁자에 올려놓았다. 봉태가 싱글싱글 웃으며 홍보물을 들여다보고 있을 때 우비를 입은 중국집 배달원이 철가방을 들고 사무실로 들어왔다.

"이상하게 놀면 배가 더 고파요."

"맞아요!"

소주를 한 컵 마신 뒤 봉태는 탕수육을 간장에 찍어 우적우적 씹으며 중얼거렸다. 설계사는 봉태가 따라준 소주로 이따금 입술만 축이며 탕수육을 먹었다. 비가 그치지 않는 출입문 밖을 간간이 살피며. 바깥은 쏟아지는 빗줄기 때문에 낮인데도 저녁처럼 어둑어둑했다.

"애인 기다려요?"

"예? 아뇨."

"그럼 왜 자꾸만 문밖을 봐요? 보험 판매할 생각은 안 하고."

"……비가 오면 가끔 멍해질 때가 있어요."

설계사의 얼굴이 술에 취한 것처럼 발갛게 달아오른 걸 보며 봉태는 웃음을 흘렸다. 비 내리는 날 마시는 낮술 맛이 괜찮았다. 설계사는 탁자 귀퉁이에 밀쳐놓은 홍보물을 가지런히 정리했다. 그 모습을 바라보던 봉태가 입을 열었다.

"혹시 닭에 관한 꿈을 꾼 적 있어요?"

"글쎄요. 치킨집에서 닭고기 먹는 꿈은 꾼 적이 있는 것 같은데…… 참, 아까 수탉한테 쫓겨다니는 꿈 꿨다 그랬잖아요. 왜 쫓겨다닌 거죠?"

"……그 까닭을 모르겠어요."

"닭한테 못된 짓 한 적 없어요? 그 닭이 한을 품고 있다가 꿈에 나타났을 수도 있잖아요."

"에이, 지금 〈전설의 고향〉 찍어요?"

봉태와 설계사가 닭과 관련된 기억들을 꺼내놓으며 노닥거리고 있을 때 사무실을 같이 쓰는 윤과 김이 빗물이 뚝뚝 떨어지는 우산을 손에 들고 들어왔다. 얼굴을 보니 포커판에서 어느 정도 술을 마신 듯했다. 돈도 잃은 듯했고. 소파에서 일어난 설계사는 전문 배우처럼 금세 표정을 바꾸더니 오랜만이라며 인사를 했다. 봉태도 두 손바닥으로 얼굴을 쓸어내렸다.

"에이, 나도 여기서 탕수육에 소주나 마실걸!"

"내 말이 그 말이다!"

덤프트럭을 운전하는 윤과 6W포클레인으로 작업을 하는 김이 식은 탕수육 앞에 앉으며 한참 뒤늦은 탄식을 내뱉었다. 봉태는 느긋한 얼굴로 종이컵에 소주를 따라 둘에게 건넸다. 윤과 김은 단숨에 종이컵을 비웠다.

"얼마나 잃었는데?"

"탈탈 털렸다."

윤과 김이 식은 탕수육을 씹으며 동시에 대답했다. 갑자기 주머니가 두둑해진 것 같은 기분이 든 봉태는 그들의 잔에 다시 술을 부어주었다. 보아하니 각자 이삼십만원은 잃은 게 분명했다.

"기분 푸시라고 제가 안주로 닭 한 마리 시켜드리고 갈게요."

"그거 얻어먹으면 보험 들어야 하잖아요."

윤이 툴툴거렸다.

"지금은 안 들어도 되니 걱정 마세요. 다음에 돈 많이 벌면 들어주세요."

설계사가 바라보자 봉태는 전화기를 들고 치킨집에 전화를 걸었다. 영업 수완이 보통이 아닌 설계사였다.

주문을 마친 봉태는 컴퓨터가 놓인 자리로 가서 인터넷을 켠 뒤 자판을 두드렸다. 그러자 화면에 닭과 관련된 음식점과 사진, 사이트가 줄줄이 떠올랐다. 마우스를 움직여 화면을 한 칸 한 칸 아래로 내리며 훑었다. 설계사와 두 동료는 목소리를 높여 동계올림픽이 지역 경제에 미칠 영향에 대해 열띤 토론을 이어나갔다. 빗

소리는 더 요란해졌다. 마치 장맛비가 내리는 것만 같았다. 봉태는 다시 컴퓨터 화면으로 돌아와 이곳저곳을 기웃거리다가 한 곳에서 멈췄다. 닭을 바라보는 꿈을 꾸었습니다. 닭에게 쪼이는 꿈을 꾸었습니다. 꿈에 닭을 죽였습니다. 홰에 앉아 있는 닭이 저를 무섭게 노려보는 꿈을 꾸었습니다. 꿈에 갑자기 닭이 울었습니다. 봉태는 꿈에 치킨을 먹었는데 무슨 의미인지 질문하는 글을 클릭했다. 치킨을 먹었다는 질문자들의 꿈 내용은 저마다 조금씩 달랐는데 해몽가들의 해몽도 역시 조금씩 달랐다. 봉태는 그중 하나를 찬찬히 읽은 뒤 설계사의 옆모습을 몰래 훔쳐보다가 깜짝 놀랐다. 꿈속에서 보았던 여자와 설계사가 직업도 같고 얼굴도 왠지 닮았다는 걸 비로소 알아챈 것이다.

"저 여자 괜찮지 않아?"

설계사가 나가자마자 윤이 기름기가 번들거리는 입술을 씰룩거리며 말문을 열었다. 김은 닭 날개를 쪽쪽 빨며 설계사가 나간 문에서 눈을 떼지 않았다. 심드렁한 표정의 봉태가 물었다.

"뭐가 괜찮은데?"

"돈 잘 벌지, 외모 되지, 성격 좋지, 돌싱이지. 연애 상대로 딱 맞잖아."

"……이 좁은 동네서 그게 가능하냐? 일주일도 못 가서 마누라한테 걸릴 게 뻔한데."

"그래, 그게 문제야."

"……하여튼 아주 매력적인 분이야."

혀로 닭기름이 묻은 입술을 깨끗하게 닦은 뒤 김이 진지하게 대화의 마무리를 지었다. 봉태와 윤은 놀란 눈빛으로 잠시 입을 다물고 김의 얼굴을 빤히 들여다봤다. 김의 성격으로 볼 때 함부로 꺼낸 말이 아니었기 때문이다. 김은 설계사가 주고 간 명함을 만지작거리다가 휴지로 잘 닦은 뒤 지갑에 넣었다. 평소 김은 누군가에게 명함을 받아도 따로 지갑에 보관하지 않는다는 걸 봉태는 익히 알고 있었다. 초가을 비가 줄기차게 쏟아지는 오후 노름판에서 돈을 잃고 들어온 김이 설계사에게 번개처럼 꽂혔다는 얘기였다.

"얘 얼굴 보니 조만간 보험 세 개는 들겠다."

"포커판에서 날리는 것보단 연애하다 날리는 게 백배 더 낫지."

김이 눅눅해진 종이컵에 담긴 소주를 비운 뒤 윤의 말을 받았다. 윤은 혀를 찼다.

"보험을 들든 연애를 하든 아무 상관 없는데 지난번 봉태처럼 날 끌어들이진 마라. 내가 봉태 집사람한테 시달린 거 생각하면 지금도 치가 떨린다."

"아무리 다급해도 난 그렇게는 안 해."

김이 정색을 했다.

"그 얘긴 이제 그만해. 다 지난 일이잖아."

동갑내기 셋이서 같은 사무실을 사용하다보니 예상하지 못했던 일들이 왕왕 벌어졌는데, 대부분이 술에서 비롯됐다. 그날도

비슷했다. 비 오는 날 오후부터 벌어진 술판이 저녁까지 이어졌는
데 윤과 김은 만취해 먼저 집으로 돌아갔고 봉태 혼자 단란주점에
남아 술을 더 마시다가 그만 도우미 여자와 눈이 맞아버렸다. 눈
이 맞았으니 그다음은 일사천리로 일이 전개되었다. 문제는 그러
고 나서였다. 가까운 모텔에 들어간 봉태가 욕실에서 먼저 씻는데
여자가 끊임없이 울려대는 휴대폰을 디밀었다. 전화를 받자 윤이
다급한 목소리로 말했다. 누군가가 낯선 여자와 함께 모텔로 들어
가는 봉태를 보고 봉태의 아내에게 알렸으니 빨리 그곳에서 도망
치라는 내용이었다. 통화를 마친 봉태는 부리나케 욕실에서 나와
비틀거리며 옷을 챙겨 입었다. 봉태는 여자에게 아내가 쳐들어올
지도 모른다고 얘기한 뒤 문을 열고 밖으로 뛰쳐나갔다. 엘리베이
터를 포기하고 계단을 택했다. 아내의 성격으로 볼 때 분명 모텔
로 찾아올 게 뻔했다. 다급하게 계단을 내려간 봉태는 벽 뒤에 몸
을 숨긴 채 출입구와 카운터 쪽을 훔쳐보았다. 맙소사! 아내가 아
이를 업은 채 카운터 앞에서 직원과 말싸움을 하고 있었다. 아내
는 울면서 직원에게 막무가내로 봉태가 들어간 방을 알려달라고
소리쳤다. 봉태는 뒷문으로 몰래 빠져나왔다. 집으로 달려가면서
윤과 김에게 셋이서 끝까지 함께 술을 마시고 헤어진 걸로 하자고
문자를 보냈다.

"⋯⋯십 년 감수했지."

다음날 늦게 사무실에 나타난 봉태는 풀이 죽은 얼굴로 간밤의

상황을 설명했다.

"아슬아슬했어. 간발의 차이로 그 자릴 벗어났거든."

"넌 내 전화 덕분에 살았으니 한턱 크게 내라."

"서로 돕고 사는 거야."

허탕을 치고 집으로 돌아온 아내는 잠자는 봉태를 깨워 캐물었지만 성과는 거의 없었다. 도리어 오밤중에 아이를 업고 어디를 돌아다니다가 온 거냐는 봉태의 질문에 답변을 해야만 했다. 분을 삭이지 못한 아내는 아침이 밝자마자 윤과 김에게 전화를 걸어 간밤의 행적을 따졌다. 아내는 마치 취조하듯 전날 술을 마신 장소는 어디인지, 누구와 마셨는지, 헤어진 시간은 언제인지 조목조목 묻고 또 물었다. 그때마다 봉태는 옆에서 버럭버럭 소리를 지르는 것으로 윤과 김에게 메시지를 보냈다. 다행히 윤과 김은 아내의 유도신문에 말리지 않고 술에 취해 잘 기억나지 않는다고 대답하며 두루뭉술하게 넘어갔다. 결국 단란주점에서 비싼 양주를 마신 뒤 사무실에서 입가심으로 한잔 더 하고 헤어진 걸로 간밤의 일이 대략 정리되고 있었다. 그제야 봉태는 안심을 하고 사태 수습에 나섰다. 정말이지 단란주점까진 가지 않으려 했는데 윤과 김이 하도 고집을 부려 어쩔 수 없이 끌려간 거라고. 아내는 그 얘기를 듣자마자 다시 윤과 김에게 전화를 걸어 한참을 다그쳤다.

"하여튼 미안해. 다음에 무슨 일 생기면 날 팔아. 신세 졌으니 갚아야지."

"이미 여러 번 팔아먹었다!"

말을 마친 윤이 헛웃음을 흘렸다.

비는 여전히 그치지 않고 계속 내렸다. 닭튀김은 닭 뼈만 남기고 어느새 모두 사라졌다. 봉태는 탁자를 치우는 김의 등에 대고 넌지시 말을 건넸다.

"그 설계사, 애인이 있다는 것 같던데……"

"니가 그걸 어떻게 알아?"

"어, 아까 둘이 있을 때 얼핏 비슷한 얘길 하더라구."

김의 얼굴에 실망이 샘물처럼 고이는 걸 봉태는 모르는 척했다. 텔레비전을 보던 윤은 싱글싱글 웃기만 했다. 점퍼를 걸치고 나갈 채비를 마친 봉태는 김의 등을 톡톡 두드렸다.

"내 꼴 나지 말고 일찌감치 포기해. 니 와이프가 알면 좋아하겠냐."

"……봉태야, 사랑은 포기가 안 되는 거다."

김의 표정엔 결기가 담겨 있었다.

"어디 가는데?"

소파에 반쯤 누운 윤이 텔레비전 리모컨을 누르며 물었다.

"목욕탕. 온몸이 찌뿌드드해."

"한증막 자주 가는 것도 중독이다."

거리로 나가자 우산을 때리는 빗방울 소리가 요란했다. 얼마 걷지도 않았는데 바지 자락이 금세 젖어버렸다. 콸콸거리며 배수구로 빨려들어가는 빗물, 지나가는 차들의 바퀴에 깔렸다가 터져버리는 빗물, 조금씩 운동화 속으로 스며드는 빗물…… 빗물이 고여 있는 웅덩이를 요리조리 피해가며 걸었지만 목욕탕 입구에 도착했을 때는 젖지 않은 부분이 거의 없었다. 봉태는 영업을 뛰느라 비에 젖었을 설계사를 생각하며 목욕탕으로 들어갔다.

"보험 들어준다는 핑계로 찝쩍거리는 남자들 많죠?"

"많죠."

"그럴 땐 어떻게 해요?"

"간단해요. 더 세게 나가는 거죠."

"그럼 영업에 지장 있지 않아요?"

"뭐, 어쩔 수 없는 거죠."

남탕엔 봉태 빼곤 손님이 없었다. 구석의 자그마한 한증막으로 들어가자 숨이 턱 막힐 정도로 뜨거웠다. 봉태는 분홍색 모래가 들어 있는 모래시계를 뒤집어놓은 뒤 나무 바닥과 목침에 젖은 수건을 깔았다. 목침을 베고 누우니 열기가 조금 덜했다. 몸이 찌뿌드드할 때엔 한증막에 드러누워 땀을 빼는 게 최고였다. 유리창 턱에 올려놓은 모래시계에서 솔솔 떨어지는 모래를 바라보며 땀이 날 때까지 열기를 견디는 것도 재미가 쏠쏠했다. 아무리 뜨거운 한증막이라 하더라도 땀은 처음부터 그리 쉽게 나오지 않는 법이었다. 모래시계의 모래가 모두 떨어질 정도의 시간을 견뎌야만 비로소 땀구멍이 열렸다. 한증막에 들어오는 대부분의 사람들

은 모래가 모두 떨어지는 동안 엄습하는 열기를 견디지 못하고 밖
으로 뛰쳐나갔다. 봉태가 이 한증막에서 자주 만났던 스님, 깍두
기, 머리가 긴 도인도 결국 신음을 토해내며 항복을 선언했다. 오
직 봉태만이 온몸에서 땀을 뚝뚝 떨어뜨리며 한증막의 열기를 견
뎌냈다. 살이 타버릴 것 같은 한증막의 열기 속에 알몸으로 앉아
있다보면 어느 순간 임계점 앞에 서게 된다. 그 순간을 넘어서야
지만 땀을 흘릴 수 있는데 대부분의 사람들은 그 순간을 견디지
못하는 것이다. 그 순간을 넘기면 열기가 더이상 뜨겁지 않고 도
리어 시원하게 느껴진다. 마침내 땀범벅이 되어 시원한 물로 샤워
를 할 때 온탕의 스님과 깍두기, 도인이 보내던 부러워하는 시선
을 봉태는 결코 잊을 수 없었다. 경쟁 상대가 없는 한증막은 심심
했다. 봉태는 잠이 오지 않는 노인처럼 이리저리 뒤척거렸다. 설
계사와 나눴던 대화를 떠올리자 입가에 절로 미소가 번졌다.

"비도 오는데 저녁에 빈대떡에 막걸리나 한잔하실래요?"

"지금 찝쩍거리는 거죠?"

"아뇨. 난 보험 들겠단 얘기도 안 꺼냈잖아요."

"오늘 저녁엔 중요한 약속이 있어요."

"애인?"

"……글쎄요."

누군가 한증막 문을 똑똑 두드리는 소리에 봉태는 눈을 떴다.
그러나 유리창 너머로 사람의 모습은 보이지 않았다. 왜 문을 두

드리는 거지? 그냥 들어오면 되는 거 아닌가. 봉태는 땀이 나기 시작한 얼굴을 두 손으로 문지른 뒤 출입문을 바라보았다. 모래시계의 모래는 거의 바닥을 치는 중인데 다시 문 두드리는 소리가 분명하게 피어났다. 똑, 똑, 똑. 봉태는 잠시 망설이다가 출입문으로 다가가 문을 열었다.

수탉 한 마리가 마른 타일 바닥에 서 있었다. 눈을 부라린 채.

봉태는 거의 반사적으로 문을 닫았지만 민첩한 수탉은 이미 안으로 폴짝 뛰어들어온 뒤였다. 순간 정적이 감돌았다. 벌거벗은 봉태와 수탉은 서로 대치한 채 상대의 움직임을 살폈다. 어떻게 수탉이 목욕탕으로 들어와 한증막의 문을 두드린 것인지 이해할 수 없었다. 설마 저 부리로? 봉태는 한 걸음 뒤로 물러났다. 작정을 하고 한증막으로 찾아온 것이라면 모든 면에서 봉태가 불리했다. 더군다나 봉태는 발가벗고 있었다. 그러고 보니 수탉이 계속 자신의 쪼그라든 성기만 바라보고 있는 것도 같아 봉태는 다급하게 왼손으로 사타구니를 가렸다. 나이든 성년이 아무것도 걸치지 않은 채 수탉과 싸우는 것은 누가 봐도 웃기는 일일 것이다. 더군다나 그 싸움에서 진다면, 온몸이 수탉의 부리에 쪼여 피멍이 든다면 그것보다 창피한 일도 없을 것이다. 봉태는 바닥에 있는 수건을 잡으려고 자세를 조금씩 낮췄다. 수탉의 눈동자도 천천히 아래로 이동했다. 목침도 집어드는 게 좋았지만 그동안 겪어본 수탉의 날렵함으로 볼 때 거기에 얻어맞을 가능성은 희박해 보였다.

어쨌든 수건만은 확보해야 했다. 수건 하나가 어떤 무기가 될지, 얼마만큼 몸을 가려줄 것인지는 미지수지만. 수탉과 기 싸움을 하던 봉태가 심호흡을 마친 뒤 마침내 수건을 향해 오른손을 뻗쳤을 때 수탉도 동시에 날개를 퍼덕이며 달려왔다.

"도대체 나한테 왜 이러는 거야?"

"꿱! 꿱!"

"말을 해야 알 거 아냐!"

"꽉! 꽉!"

"뭐? 뭐라고?"

역시나 수탉의 일방적인 공격에 봉태는 수건을 휘두르며 한증막에서 간신히 탈출한 뒤 목욕탕 이곳저곳으로 도망치느라 바빴다. 날카로운 부리에 눈알이 뽑힐지도 모른다는 두려움에 휩싸인 채. 수탉이 한 번 날면 허공에서 닭털이 낙엽처럼 난분분히 흩날렸다. 봉태가 허벅지를 부리에 쪼여 목욕탕 바닥으로 쓰러지자 그때서야 허공의 깃털들도 천천히 내려앉았다. 봉태의 몸 곳곳엔 수탉에게 쪼인 자국이 붉고 푸르게 번지고 있었다. 여름의 끝자락이고 비가 내리고 있다지만 왜 아무도 목욕을 하러 오지 않는 건지 의아해하며 봉태는 낮은 포복으로 냉탕을 향해 이동했다. 목욕탕에서 빠져나가지 못하는 이상 숨을 곳은 그곳밖에 없었다. 수탉은 아예 봉태의 엉덩이에 올라탄 채 쪼아대고 있었다. 조금 전 수탉이 분명 무슨 말인가를 한 것 같은데 아무리 생각해도 기억나지 않아 답답한 마음을 냉탕에 풍덩 던져 넣었다. 이제부턴 수전水戰이었다. 다행히 봉태에겐 세숫대야라는 방패가 하나 생겼다. 세숫대야를 머리에 뒤집어쓴 봉태는 가까이 다가오려는 수탉에게 물폭탄을 날리며 저항을 계속했다.

"너, 아까 뭐라 그랬어?"

"꽥! 꽥!"

물에 젖은 수탉이 마치 거위처럼 짖었다. 수탉은 의외로 물에 약한 것 같았다. 봉태는 뜨거운 물이 흘러나오는 온탕으로 전장을 옮겨 공격하고 싶은 충동을 지그시 눌렀다. 온탕까지의 거리가 만만찮았기에. 털에 묻은 물기를 한차례 털어낸 수탉은 날개를 펼치고 다시 공격할 기회를 노리고 있었다. 부리를 타일에 가는 것으로 보아 총공세를 하겠다는 의지가 역력했다. 봉태도 투구처럼 머리를 가리고 있던 세숫대야에 물을 가득 담아 수탉의 비행을 저지시킬 준비를 한 뒤 다시 물었다.

"제발, 내게 이러는 이유나 알자니까?"

"꽈오……"

"설마 와이프가 사주한 건 아니지?"

수탉은 봉태의 눈을 똑바로 바라보며 날아왔다. 숨이 막혀 죽더라도 냉탕의 바닥까지 잠수하는 것 말고는 다른 방법이 없었다.

사실 어린 시절 산골짜기 마을에서 자란 터라 봉태는 가축들이 낯설지 않았지만 봉태는 닭은 그다지 관심 대상이 아니었다. 소와 돼지, 개, 닭 들이 울타리 안에서 같이 살아가고 있었는데 아무래도 닭은 마릿수만 많았지 존재감은 미미했다. 닭은 그저 알을 낳고 가끔 중요한 날이면 잡아먹는 그런 가축일 뿐이었다. 아침이 밝아오면 우는 수탉. 알을 낳고 유세를 떠는 암탉. 가끔 정지나 방으로 들어와 똥을 싸거나 반찬이 담긴 그릇을 엎지르는 닭. 소가 있는 외양간의 홰에서 잠을 자는 닭. 봄날 암탉이 품었던 알에서 깨어나는 자그마한 병아리들. 다른 암탉들이 낳은 알을 가리지 않고 품었다가 병아리가 태어나면 모두 자기 자식으로 여기는 어미닭의 습성은 좀 특이했다. 하루는 늦가을 오후 매에게 공격당한 뒤 너무 놀란 닭이 저녁이 되어도 집에 들어오지 않은 적이 있었다. 밭으로 나가보자 닭은 어두워졌는데도 낟가리에 머리만 처박은 채 꼼짝도 하지 않고 있었다. 아무리 두 다리를 잡아당겨도 나오지 않으니 웃을 수밖에 없었다. 그러니까 닭은 자신의 눈에만 보이지 않으면 무섭지 않다고 생각했던 것이다. 그때 봉태는 닭을 닭대가리라고 비웃었다. 그러나 그런 일은 자주 일어나지 않았다. 봉태와 닭의 관계는 그저 소 닭 보듯, 닭 소 보듯 하는 정도였다. 아, 초등학교 저학년 때 과자를 사 먹으려고 닭장 앞에 앉아 기다렸다가 암탉이 알을 낳기 무섭게 따끈따끈한 달걀을 손에 들고 마을의 구멍가게로 달려갔던 적은 꽤 여러 번 있었지만 그래봤자 달걀 몇 개였다. 아무리 닭과 관련된 기억을 탈탈 털어봐도 그게 전부였다. 닭을 직접 잡은 적도 없었다. 그런데 왜 수탉이 나타나 덤

벼드는지 도무지 납득이 가지 않았다. 전생에 수탉의 구애를 야멸차게 뿌리쳤던 암탉이었던가……

땀을 줄줄 흘리며 한증막에서 나온 봉태는 마지막 전투가 벌어졌던 냉탕에 들어가 머리만 물 밖으로 내민 채 건너편 한증막의 유리창 턱에 놓인, 수탉의 볏처럼 생긴 모래시계를 바라보며 헛웃음을 피식피식 흘렸다.

"당신은 날 그렇게 못 믿어?"

"……친구가 당신이 어떤 여자랑 모텔로 들어가는 걸 봤다는데 어떻게 가만히 있어."

"친구를 믿어? 날 믿어?"

"……그 친구 드물게 괜찮은 친구야. 당신도 봤잖아."

"그래서 결과가 어떻게 나왔는데?"

"……미안해. 그때 나도 뭔가에 홀렸나봐."

봉태는 잔에 담긴 맥주를 단번에 비운 뒤 긴 한숨을 내뱉었다. 그리고 다시 잔을 채운 뒤 거품이 상 위에 흘러넘치는 걸 묵묵히 바라보다가 입을 열었다.

"당신도 알겠지만…… 나 포클레인 운전하면서 지금까지 살아왔어. 그사이 당신을 만났고 아이들도 태어나 잘 크고 있어. 이 집도 그렇게 일해서 마련한 집이야. 나, 헛짓거리 안 해. 나, 당신 사랑해! 당신도 잘 알겠지만 요즘 남자들 헛짓거리해봤자 자기만 거덜나잖아. 그 모든 걸 떠나서 나, 당신 좋아해. 왜 엉뚱한 의심을 해?"

"……미안해."

봉태는 잔에 담긴 맥주를 꾸역꾸역 마셨다.

"사무실 동료들한테 전날 술을 어디어디서 마셨고 몇시까지 마셨는지 형사처럼 추궁하면 도대체 내 입장이 뭐가 되겠어?"

"……잘못했어."

"나는 당신을 사랑해."

벌거벗은 봉태는 냉탕에서 불쑥 일어났다. 목욕탕엔 여전히 봉태 외엔 단 한 명의 손님도 없었다. 타일 바닥에 물을 뚝뚝 흘리며 봉태는 시계 반대 방향으로 원을 그리며 걷고 또 걸었다. 아무리 봐도 수탉의 볏같이 생긴 모래시계를 흘낏흘낏 바라보며.

여름의 끝자락을 건너가는 비가 만만찮게 내리고 있었다. 날도 점점 어둑어둑해졌다. 우산을 때리는 빗소리를 들으며 걸음을 옮길 때마다 봉태는 하룻낮이 허망하게 지나가고 있다는 생각이 들었다. 일을 하지 않는 날은 어떤 이상한 모래시계 속에 갇혀 누군가가 뒤집을 때마다 속절없이 아래 칸으로 솔솔 떨어지는 듯한 느낌마저 들었다. 봉태는 그런 시간들이 익숙하지 않았다. 그런 시간들을 어떻게 보내야 할지 늘 난감했다. 집에 있는 것도 심심했고 사무실에 죽치고 앉아 시간을 때우는 것도 지루했다. 비가 내리는 날 가족들과 함께 당일치기로 어디에 가는 것 역시 보통 성가신 일이 아니었다. 차라리 포클레인을 몰고 비가 내리지 않는

지역으로 가서 일당의 반을 받더라도 일을 하는 게 더 속 편했다. 하지만 그건 현실적으로 여러 제약이 많았다. 봉태는 우산을 쓴 채 불빛이 흘러나오는 사무실을 길 건너편에서 한참이나 바라보았다. 수탉은 보이지 않았다.

"퇴근 안 해?"

봉태가 사무실로 들어가자 윤은 무슨 즐거운 일이라도 있었는지 싱글거렸고 소파에 모로 누운 김은 시무룩한 얼굴로 텔레비전의 채널만 계속해서 바꿔대고 있었다. 봉태는 일부러 아무것도 묻지 않고 자리로 가서 짐을 챙겼다. 윤이 결국 참지 못하고 한마디 날렸다.

"봉태야, 단칼에 날아갔다!"

"……뭐가?"

"아까 그분한테 데이트 신청했다가 단칼에 잘렸다고!"

"……그분?"

"설계사!"

"야, 원래 처음엔 망설이는 거야!"

김이 소파에서 벌떡 일어났다. 그러곤 휴대폰을 꺼내 손가락으로 뭔가를 톡톡 누르더니 큰 소리로 읽었다.

"제가 선약이 있어요. 다음에 기회가 되면 꼭 맛있는 밥 같이 먹어요. 봉태야, 이게 단칼에 잘린 거냐?"

가방을 챙겨들고 일어난 봉태는 김의 어깨를 툭툭 두드렸다.

"……우리가 지금까지 포클레인이랑 덤프트럭으로 산을 몇 개나 옮겼을까?"

"뭔 소리야?"

책상을 정리하던 윤이 먼저 물었다.

"……우공이산? 우공이산, 우공이산……"

퇴근할 생각이 없는지 다시 소파에 반쯤 드러누운 김이 리모컨을 던져버리곤 우공이산이라고 계속 중얼거렸다. 출입문 앞에 선 봉태는 우산을 챙겼다. 사무실을 나가려는 봉태에게 김이 그제야 씩 웃으며 한마디 던졌다.

"봉태야, 니가 내 마음을 아는구나."

봉태는 방금 도착한 휴대폰의 문자를 확인한 뒤 문을 열었다.

가끔 그런 생각이 들었다. 군 생활을 마치고 곧장 포클레인을 몰기 시작해 지금까지 왔는데 그 이십여 년 동안 과연 몇 개의 산을 옮겼는지 궁금해졌다. 얼마나 되는 길을 닦았고 물길을 열었으며 산에서 가져온 흙을 밭에 뿌렸는지…… 그러느라 봉태는 가파른 산비탈에서 포클레인과 함께 굴러내릴 뻔한 일도 몇 차례나 겪었고 모래 더미가 무너져 깊은 물웅덩이 속으로 가라앉았다가 간신히 살아난 적도 있었다. 그렇게 살아난 덕분에 결혼도 했고 넉넉한 평수의 집도 마련했다. 일의 전망도 나쁘지 않았다. 사양 직업이 될 확률은 거의 없었다. 삽이나 괭이로 했던 모든 일들의 끝에 포클레인이 자리하고 있으니까. 포클레인의 버킷은 사람이 직접 삽이나 괭이로 푸고 끌어내는 흙보다 훨씬 많은 양을 힘을 들이지 않고 담을 수 있었다. 소 한 마리가 장정 다섯 명의 일을 할 수 있다고 하는데 포클레인 한 대에는 수십 마리의 힘센 소가 들어가 살고 있는 거나 마찬가지였다. 봉태는 운전석에 앉아 그 소들을 움직이는 일을 하는 게 좋았다. 물론 재수까지 했는데 대학에 떨어지고 빈둥거리며 놀다가 우연찮게 호구지책으로 중장비 학원을 다니면서 면허를 취득한 게 일을 시작한 계기가 되었지만, 예상했던 것과 달리 일은 의외로 봉태의 성격과 잘 맞았다. 거기에다가 이 일에 어떤 철학적 깊이가 있다는 것을 깨달으면서 나름 즐겁기조차 했다. 우공이산愚公移山, 그래, 우공이 산을 옮기는 일을 자신이 직접 하고 있다는 자부심마저 들었다. 우공이 삽과 곡괭이를 사용해 집 앞의 산을 옮기려 했다면 봉태는 포클레인의 운전석에 앉아 묵묵히 산을 옮기는 거였다. 그런 깨달음에 도달하게 되면서 비로소 대학에 간 친구들이 부럽지 않았고 넥타이를 매고 회사에 다니는 사람들 앞에서도 떳떳하게 행동할 수 있었다. 언젠가부터 봉태는 처음 만나는 사람들이 무슨 일을 하냐고 물으면 산을 옮기는 일을 한다고 말한 뒤 수줍은 미소를 지었다. 그런데…… 최근 들어 왜 자꾸만 수탉이 나타나는지는 도무지 알 수 없었다.

　천변의 공용주차장 입구에 도착한 봉태는 먼저 주변을 둘러보며 수탉이 있는지 없는지를 확인했다. 다행히 비가 많이 내려서인지 오가는 사람이 거의 없었다. 수탉도 보이지 않았다. 재빠른 걸

음으로 주차장에 들어간 봉태는 구석에 주차돼 있는 흰색 승용차
의 조수석 문을 열었다.

"내가 운전할까?"

차가 시내를 빠져나왔을 때 봉태가 입을 열었다.

"술 마셨잖아."

"목욕탕 가서 다 깨고 나왔어."

"불면 나와. 사고 나면 몽땅 뒤집어쓰는 거고."

"비 오는데 종일 돌아다니느라 힘들었잖아?"

"힘은 들었지만 그래도 오늘 실적이 쏠쏠해서 기분좋아."

"오!"

봉태는 운전을 하는 그녀의 허벅지를 손으로 쓰다듬었다. 손바
닥으로 전해지는 스타킹의 감촉이 묘했다. 봉태의 손은 더 깊은
곳으로 천천히 이동했다.

"오늘은 어디로 갈까?"

"또 고갤 넘어야지 뭐. 촌 동네 어디 맘 편하게 갈 데가 있어야
지."

"……그렇긴 하지."

부르르 떨리는 휴대폰의 문자를 확인한 그녀가 봉태의 손을 밀
어내며 한숨을 쉬었다.

"웬 한숨?"

"아무것도 아냐……"

차는 본격적으로 고갯길에 접어들었다. 드문드문 켜져 있는 가로등 불빛 속으로 진눈깨비 같은 빗발이 쏟아졌다. 비에 젖은 흰 자작나무들이 불 꺼진 초들처럼 휙휙 스쳐지나갔다. 자작나무 숲이 사라지자 뒤이어 검은 전나무들이 고갯마루로 이어지는 길 양편에 도열해 있었는데 그곳에서부터 짙은 안개가 피어났다. 운전대를 잡은 그녀는 속도를 늦췄다. 졸음이 솔솔 밀려왔지만 봉태는 그녀가 안개가 낀 날 운전하는 걸 싫어한다는 것을 알고 있었기에 눈을 부릅떴다. 비가 내리는 날 이 고갯마루의 안개는 꽤나 유명했다. 미처 그 생각을 하지 않고 낮부터 술을 마신 게 후회스러웠다. 아흔아홉 굽이의 고개를 넘는 동안만이라도 대신 운전대를 잡고 싶었지만 그녀의 고집 역시 만만찮았기에 말을 꺼내기가 어려웠다.

"……저게 뭐지?"

그녀가 룸미러를 보며 중얼거렸다. 봉태는 그녀의 허벅지 사이로 다시 손을 움직이다가 동작을 멈췄다.

"……뭔가가 따라오는 것 같아."

"따라온다고?"

룸미러와 백미러를 들여다보았지만 가로등 불빛 속에는 아무것도 보이지 않았다.

"짐승 같은데……"

"짐승?"

"……오리 같기도 하고."

"오리?"

거울로 보는 걸 포기하고 아예 몸을 뒤로 돌려봤지만 시야에 들어온 것은 여전히 짙은 안개뿐이었다. 설마 수탉이? 그 생각을 하자마자 봉태의 가슴이 쿵덕거리기 시작했다. 수탉이 꿈 밖으로까지 뛰쳐나왔단 말인가? 봉태는 창문을 열고 머리를 내밀어 뒤를 살폈다. 하지만 안개에 빗발이 섞여 흩날릴 뿐 아무것도 보이지 않았다. 서둘러 창문을 닫고 만약의 경우를 대비해 잠금장치 버튼까지 눌렀다.

"아직도 따라와?"

"……보였다가 안 보였다가 하는데."

"……혹시 수탉 같지 않아?"

"잘 모르겠어. 차 세울까?"

"아냐. 계속 가."

안개는 점점 짙어졌다. 이십여 미터 앞도 잘 보이지 않을 정도였다. 더이상 속도를 올리지 못하는 그녀의 옆모습이 다소 불안해 보였다. 지금의 속도라면 송아지도 간단하게 차를 따라잡을 수 있을 것이었다. 봉태는 가득 차오르는 조바심을 입안의 침을 삼키듯 애써 내리눌렀다.

"아직도 따라와?"

"……안개 때문에 잘 안 보여."

"아마 지나가던 산짐승이었을 거야."

"또 나타났어! 어머, 날아오는 것 같아!"

"날아온다고?"

"아닌 것도 같고……"

봉태는 의자를 뒤로 완전히 젖히고 뒷좌석으로 기어가 유리창에 얼굴을 붙였다. 하지만 봉태의 눈엔 아무것도 보이지 않았다. 가로등 불빛 속에 안개만 가득할 뿐이었다. 다시 앞자리로 기어오는데 호주머니의 휴대폰이 울렸다.

"어디 가냐?"

취한 목소리의 김이었다. 봉태는 잠깐 그녀의 표정을 살폈다. 운전대를 꽉 움켜잡은 채 전방과 룸미러, 백미러를 번갈아 살피느라 잔뜩 긴장한 얼굴이었다. 가만, 김은 내가 어디로 가고 있는지를 어떻게 알지? 아마도 술에 취해 한번 떠보는 것이겠지…… 봉태는 김의 질문에 대답하지 않은 채 전화를 건 용건을 물었다.

"니 와이프가 조금 전 애 업고 사무실에 찾아왔는데 표정이 심상찮더라. 니가 차를 타고 어딘가로 가는 걸 본 사람이 니 와이프한테 알려준 모양이야."

그렇게 주의를 했는데 대체 또 누가 본 것일까. 전화를 끊은 봉태는 급격히 우울해졌다. 좁은 동네에서는 아무리 조심해도 운신이 자유롭지가 않았다. 안개 자욱한 고갯길 위에서 봉태는 생각을 정리해야만 했다. 고개를 넘을 것인지, 아니면 되돌아갈 것인지를. 아직까지는 떳떳하지만 고개를 넘은 뒤부터는 다소 복잡해질 수 있었다. 이러저러한 경우의 수를 따져보면서 재빨리 주판알을 튕기고 있을 때 다시 휴대폰이 울렸다. 와이프인 줄 알았는데 화면을 들여다보니 윤이었다.

"니 와이프가 나한테 전화했는데, 같이 술 마시고 있냐고 묻더라. 아니라고 대답했어. 내가 지금 뭔 얘기 하는지 알지? 나, 이런 전화 다시 받기 싫다. 끊는다."

차는 안개가 점령한 고갯길을 거북이처럼 넘어가고 있었다. 와이프는 정작 봉태에게는 전화를 하지 않고 있었다. 고도의 전략이었다. 봉태는 휴대폰을 손에 쥔 채 그녀에게 물었다.

"지금도 쫓아와?"

"……잘 모르겠어. 안개가 심해서 잘못 본 건지도 몰라. 누구 전화야?"

"어, 사무실 동료들."

"아, 맞다! 아까 그 아저씨 나한테 문자 보냈는데."

"……뭐라 보냈는데?"

그녀가 입을 열려고 하는데 이번에는 그녀의 휴대폰에서 노래가 흘러나왔다. 봉태의 가슴이 덜컥 내려앉았다.

"이 아저씨 양반은 못 되네."

안개는 고갯길뿐만 아니라 산 전체를 삼켜버린 듯했다. 자동차의 와이퍼와 불빛이 안간힘을 다해 비와 안개를 밀어내고 있었지만 힘겨워 보였다. 봉태는 그녀가 통화를 하는 사이에 휴대폰의 수신 설정을 진동으로 바꾼 채 만지작거렸다. 와이프가 전화를 걸어오면 어떻게 할까 궁리하며. 고개 아래로 침대 하나를 빌리러 가는 길이 멀고 또 멀었다. 그녀는 김의 마음이 상하지 않게 하려고 말을 이리저리 돌리느라 진땀을 빼는 중이었다. 그사이 봉태는 자주 고개를 돌려 자동차 뒤편을 살폈다.

비와 안개의 고갯길에 멈춰 선 자동차의 붉은 비상등이 깜박거렸다.

"닭이 저렇게 커?"

"수탉이야."

"왜 길을 막고 있는 거야?"

"……잘 모르겠어."

"어떻게 해야 돼?"

"…… 포클레인이 길 막고 있는 건 봤지만 수탉은 처음이야."

"내려서 쫓아버리면 안 돼?"

"……저 정도면 성난 멧돼지와 같은 급이야."

그녀가 수탉을 피해 반대편 차선으로 차를 이동시켜봤지만 허사였다. 고갯길을 내려가려면 수탉을 차로 치고 가는 수밖에 없었다. 경적을 몇 차례나 울려도 소용없었다. 위협만 할 목적으로 수탉을 향해 가까이 다가갔지만 수탉은 자동차의 상향등에 눈이 부시지도 않은지 눈 한 번 깜짝하지 않고 봉태와 그녀를 노려봤다.

고속도로를 타지 않은 걸 비로소 후회할 때 쥐고 있던 휴대폰이 부르르 떨렸다. 발신자를 확인한 봉태는 휴대폰을 바지 주머니에 넣었다.

"받아."

어두운 표정의 그녀가 말했다. 주머니의 휴대폰은 떨림을 멈추지 않았다.

"안 받아도 돼."

"받으라니까!"

"안 받아도 된다니까!"

봉태도 소리쳤다. 그녀는 봉태에게 달려들어 바지 주머니에서 휴대폰을 꺼내려고 했다. 곧이어 좁은 자동차 안에서 두 사람의 몸싸움이 본격적으로 벌어졌다. 다행히 휴대폰을 오른쪽 바지 주머니에 넣었기 때문에 그녀가 꺼내기는 쉽지 않았다. 봉태는 휴대폰의 진동을 허벅지로 느끼며 그녀의 손을 계속해서 막아냈다. 차가 들썩거렸다. 비상등 불빛이 안개 속에서 흔들렸다. 상향등의 빛기둥 속으로 짙은 안개가 꿈틀꿈틀 밀려들었다. 그녀가 울음을 터뜨렸다. 고함을 지르는 봉태의 목소리도 왠지 조금씩 흔들리고 있었다.

흐릿한 거울 속 같은 고갯길에서 수탉만 고요하게 두 사람을 바라보는 밤이었다.

겨울잠

"자나?"

"……잔다."

"자는데 어떻게 말을 하나?"

"……하도 오래 자서 이젠 자면서도 말할 수 있다."

"배 안 고프나?"

"말 걸지 마라. 말 걸면 더 배고프다."

"그만 자고 일어나 밥해라."

"강냉이쌀 떨어진 지 오래다."

"그럼 감자라도 삶아라."

"일어날 힘도 없다. 니가 삶아라."

두툼한 솜이불 속에서 사내가 툴툴거리며 빠져나왔다. 머리는 떡이 져 있고 깎지 않은 수염이 더부룩했다. 여자 쪽을 돌아보았지만 머리까지 솜이불 속에 들어가 있어 얼굴을 볼 수 없었다. 천장이 낮은 움막이라 사내는 엉금엉금 기어서 여자를 타넘고 정지와 연결된 거적을 들췄다. 찬 공기가 쏴아 밀려들었다.

"눈 참 지랄맞게 온다."

산골짜기는 온통 눈에 파묻혀 있었다. 언제부터 내렸는지 기억나지도 않았다. 사내는 쌓인 눈 위에 노란 오줌 구멍을 만들다가 몸을 부르르 떨었다. 날이 흐린 탓에 시간이 어떻게 되었는지 알 수 없었다. 오전 같기도 하고, 오후 같기도 하고. 하긴 시간이 몇 시인지는 중요하지 않았다. 끼니를 때우는 게 우선이었다. 강냉이쌀이 떨어졌으니 무릎까지 쌓여 있는 눈을 헤치고 오 리를 걸어 마을에 다녀와야 할 일이 걱정이었다. 이번엔 또 무엇을 강냉이쌀과 바꿔야 하나…… 지난번엔 손목시계를 강냉이쌀 한 말과 교환했다. 하여튼 게을러빠진 게 먹어도 너무 먹었다. 사내는 눈 덮인 움막을 향해 인상을 한 번 찡그리곤 양동이에 깨끗한 눈을 꾹꾹 눌러 담았다.

아궁이에서 연기가 쿨럭쿨럭 빠져나왔다. 사내는 눈물을 글썽이며 아궁이에 입바람을 불어넣었다. 아무래도 마파람이 부는 모양이었다. 마파람이 부는 날은 연기가 굴뚝으로 가지 않고 아궁이로 나왔다. 자그마한 양은솥에선 하얀 이밥 같은 눈이 조금씩 녹고 있었다. 사내는 그 위에다 감자를 얹어놓고 솥뚜껑을 닫았다.

다행히 아궁이의 불은 조금씩 불땀이 좋아졌다. 사내는 아궁이 앞에서 가랑이를 잔뜩 벌린 채 주저앉아 담배에 불을 붙였다. 한 모금 힘껏 들이켰다가 꿀꺽 삼키자 코로 연기가 술술 피어났다.

등이 시릴 정도로 추웠던 정지가 서서히 따스해지고 있었다. 양은솥에서도 설설 물 끓는 소리가 흘러나왔다. 사내는 아무 기척 없는 방을 향해 소리쳤다.

"이봐, 똥이라도 누고 자!"

"······똥 누면 배가 더 고파!"

"감자 삶고 있어."

"삶아가지고 방으로 들어와."

"손모가지도 꼼짝 안 하고 날로 처먹으려 하네."

"내가 누구 땜에 이 산골짜기에 들어와 사는데!"

여자가 빽 소리쳤다. 사내는 불이 붙은 부지깽이를 치켜들었다가 도로 내려놨다. 욕설이 튀어나오려 했지만 억지로 입을 다물었다. 방과 정지를 가르는 거적을 걷고 매운 연기를 들여보낼까도 생각했지만 애써 참았다. 여자의 말이 틀리지 않았고 이 산골짜기까지 따라와준 것이 고마웠기 때문이었다. 다른 여자 같았으면 벌써 도망쳤을 게 뻔했다. 사내는 양은솥의 뚜껑을 열었다. 꺼멓게 그슬린 낮은 천장으로 김이 무럭무럭 올라갔다. 놋젓가락으로 감자를 찔러보니 거의 익어 있었다.

"세수 좀 해라. 머리도 빗고."

"봐줄 사람도 없다."

"나는 짐승이냐?"

"거울 한번 봐라. 니가 사람인가."

삶은 감자를 고추장에 찍어 먹으며 사내와 여자는 싫지 않은 실랑이를 이어나갔다. 움막 안이 점점 어두워졌다. 오전이 아니라 오후인 모양이었다. 등잔불의 석유도 떨어진 지 오래였다. 산골짜기의 겨울밤은 캄캄한데다가 길고 깊었다. 등잔불마저 없는 밤엔 달리 할 일이 없었다. 겨울잠을 자는 짐승들처럼 잠자는 일이 전부였다. 술이라도 있으면 겨울밤을 건너가는 게 좀 수월하겠지만 술을 살 돈도 없을뿐더러 산으로 들어오면서 여자에게 술과 노름을 끊겠다고 다짐을 한 터였다. 사내는 여자의 코에 묻은 고추장을 손가락으로 찍어 입으로 가져가 빨았다. 손에 든 감자를 베어 먹던 여자는 사내를 물끄러미 바라보더니 입을 열었다.

"왜 남의 걸 뺏어 먹어?"

"넌 음식을 입으로 안 먹고 코로 먹냐?"

"나중에 먹으려고 붙여둔 거다."

"나 참, 애도 아니고……"

"……애들은 잘 있을까?"

여자는 감자를 입에 문 채 갑자기 굵은 눈물을 뚝뚝 흘리며 울음을 터뜨렸다. 그 바람에 삶은 감자 부스러기가 입 밖으로 튀어나왔다. 감자로 저녁을 때우는 자리가 울음판으로 변해버린 것에 대해 사내는 어쩔 줄 몰라했다. 사내가 할 수 있는 일은 그저 여자에게 다가가 안아주는 일이 전부였다. 여자는 그런 사내를 밀쳐내기를 거듭하며 울음을 그치지 않았다. 사내는 계속해서 여자를 껴안았고. 그렇게 한참을 정신없이 울고 나서야 여자는 울음을 그치고 입을 열었다.

"아이들은 잘 있겠지?"

"애들 할머니가 잘 데리고 있을 거야."

"집만 날리지 않았어도 다 같이 살 수 있었잖아!"

여자가 사내의 등을 주먹으로 퍽퍽 내리쳤다. 화가 풀리지 않았는지 이번엔 양손 손톱으로 사내의 등을 할퀴었다. 사내는 입을 꽉 다문 채 가만히 있었다. 노름으로 가족이 함께 살던 집을 날렸으니 입이 열 개라도 할말이 없었다.

"아…… 여기선 언제까지 살 거야?"

여자는 그동안 수십 번도 더 물었던 질문을 또 꺼냈다.

"이번 겨울은 나야지……"

"이러다 굶어죽는 거 아냐?"

"내일 나가서 먹을 걸 구해올게."

"다신 노름 안 할 거지?"

수백 번도 더 물었던 질문을 여자는 반복했고 마침내 사내는 안하겠다고 다짐한 뒤 정지로 나갔다. 그리고 아궁이에 군불을 더넣었다. 산골짜기라 그나마 땔거리는 풍족했다. 지난여름 강릉을 떠나 여자와 함께 대관령 산골짜기에 들어와 엉성한 움막을 짓고 살기 시작했을 땐 겨울을 넘기리라고는 예상하지 않았다. 여름과 가을엔 마을로 내려가 농사일에 품을 팔면서 버텼다. 겨울이 오기 전에 얼마간의 돈을 모아 다시 강릉으로 돌아갈 수 있으리라 여겼는데 그게 여의치 않았다. 대관령의 겨울은 혹독했다. 춥고, 폭설이 내리고, 일거리마저 끊겼다. 품을 팔아서 모은 얼마 되지 않은 돈은 겨울의 반도 지나기 전에 모두 동이 나버렸다. 마을 사람들의 말로는 대관령의 겨울은 다섯 달이나 된다고 했다. 대관령은 남쪽 땅에서 겨울이 가장 긴 곳이라고. 강릉에서 거의 야반도주 비슷한 것을 할 때 미처 그 점은 염두에 두지 못하고 장소를 정한 게 화근이었다.

눈은 밤새 퍼부을 모양이었다. 사내는 넉가래로 움막 지붕에 쌓여 있는 눈을 퍼냈다. 하루에 거의 스무 시간을 잠만 자는데 지붕이 눈의 무게를 이기지 못하고 내려앉는다면 죽는 줄도 모르고 죽을 수 있기 때문이었다. 넉가래 위에 담긴 눈은 무거웠다. 마치 그동안 노름판에서 날려버린 시간과 돈처럼. 어쩌다가 노름판에 발을 들여놓게 되었던가. 어려서부터 화투를 잘 쳤던 게 가장 큰 요인이겠지만 사실 사내는 화투를 손에 쥐고 있을 때 온몸으로 전해지는 그 짜릿함이 더 좋았다. 일곱 장의 화투를 손에 들고 손가락으로 하나하나 살펴보며 상대방의 패를 예상하는 것. 그때의 흥분은 오래 마음에 담았던 여자를 껴안는 것보다 훨씬 더 강렬한 쾌

감을 불러왔다. 그리고 그 예감이 적중했을 때의 희열이란 이루
말할 수 없었다. 사내는 눈 치우기를 중단하고 넉가래 위에 앉아
담배에 불을 붙였다. 어둠 속을 헤쳐온 눈송이들이 발갛게 피어오
른 담뱃불 속으로 날아왔다가 사라졌다. 애벌레 같은 눈송이들은
얼굴에 닿자마자 녹아내렸다. 손가락의 지문이 닳도록 문질렀던
화투짝에 걸었던 희망이 스르르 얼굴을 감추는 것처럼. 그랬다.
담배 냄새에 절어 있는 그 방에는 사내보다 더 오래, 더 예리하게,
더 교묘하게 화투패를 읽는 자들이 수두룩했다. 그 사실을 알았을
때는 집문서가 날아가버린 뒤였다. 사내는 담배꽁초를 눈 위로 튕
겨버리고 다시 넉가래를 손에 잡았다. 넉가래에 담긴 눈이 점점
무거워지는 것 같았다. 여자에게 약속한 대로 다시 세상에 나간다
면 더이상 노름에 손을 댈 일은 없을 것이다. 그런데…… 노름으
로 인해 잃어버린 것들을 다시 찾을 수 있을까. 사내는 손에 쥐고
있는 넉가래와 함께 흙마루 아래의 눈더미 속으로 머리부터 곤두
박질했다.

"배고파."

캄캄한 움막 안에 여자의 목소리가 가느다랗게 피어났다.

"……감자 먹었잖아."

"금방 소화됐나봐."

"……자. 자면 배가 덜 고플 거야."

"잠이 안 와. 근데…… 고기 먹어본 게 언제인지 기억이 안 나."

"……내일 산토끼 잡아줄게."

"맛있겠다! 산토끼 잡을 줄 알아?"

"……눈이 많이 내렸으니 잡을 수 있을 거야."

"……개구리도 잡아줘. 구워먹으면 맛있을 거야!"

"……그래."

배가 고픈 건 사내도 마찬가지였다. 날이 밝으면 할 일이 많았다. 돈은 없지만 마을에 내려가 강냉이쌀도 구해와야 했다. 어쩌면 눈 속에 빠져 오도 가도 못하는 산토끼를 잡을 수 있을지도 모른다. 아니면 눈에 덮인 개울을 파헤쳐 얼음을 깨면 돌 아래에서 잠자고 있는 개구리도 잡을 수 있을지도 모른다. 사내는 산토끼와 개구리를 여자에게 먹이는 장면을 상상하며 잠 속으로 조금씩 빠져들었다. 눈이 덮인 깊은 계곡 속으로 몸이 가라앉는 것처럼 잠은 지독한 허기를 천천히 잠재웠다. 사내는 그 눈을 한입씩 베어먹었다.

"안에 아무도 없소?"

개 짖는 소리에 사내는 잠에서 깨어났다. 이 산골짜기로 누가 개를 끌고 왔단 말인가. 사내는 아직 자고 있는 여자를 타넘고 나가 문을 열었다.

"있었구만."

"……어쩐 일로?"

마을에서 몇 번 보았던 남자였다. 엽총을 든 남자는 사나운 셰퍼드 한 마리와 함께 퍼붓는 눈 속에 서 있었다. 사냥을 가는 걸까, 사냥에서 돌아오는 길인 걸까? 아니, 움막에는 왜 찾아온 걸까?

"밥은 먹고 사시오?"

"뭐 그럭저럭⋯⋯"

"아, 지난번에 알려준 그 기술 신기합디다! 내 고마워서 찾아왔소."

남자는 메고 있던 주루목*에서 큼직한 산토끼 두 마리를 꺼내 건네주었다. 언젠가 일을 하러 마을에 내려갔다가 노름판에서 적잖은 돈을 잃은 남자에게 술 몇 잔을 얻어 마시고 답례로 몇 가지 화투 기술을 일러준 적이 있었다. 그 기술로 재미를 본 모양이었다. 남자는 다음 사냥에서 산돼지를 잡으면 다리 하나를 갖다주겠다는 약속을 하고선 셰퍼드와 함께 움막을 떠났다. 사내는 흙마루에 토끼를 내려놓고 허겁지겁 방으로 뛰어들어갔다. 산토끼 두 마리면 며칠은 배부르게 지낼 수 있을 터였다.

"산토끼가 어디 있어?"

푹 자고 있는 여자를 겨우 깨워 방금 전의 상황을 설명하고 밖으로 데리고 나왔는데 산토끼가 감쪽같이 사라져 있었다. 아기 주먹만한 함박눈만 펄펄 날리고 있었다. 흙마루 아래에는 사람은 물

---

* 강원 지방 심마니들의 은어로, 산삼을 넣는 망태기.

론 개의 발자국도 보이지 않았다. 사내는 눈 덮인 돌 위에 털썩 주저앉았다. 산토끼를 방에 들고 들어가지 않은 걸 비로소 후회하며……

"왜 일어났어?"

우두커니 앉아 있는 사내에게 여자가 물었다.

"……꿈을 꿨어."

"……무슨 꿈?"

"산토끼를 두 마리나 얻는 꿈."

"……어떻게 했어?"

"먹기도 전에 꿈에서 깨어났어. 난 정말 앞으로 절대 노름 안 할 거야."

"……노름할 돈도 없잖아."

"……당신은 왜 일어났어?"

"똥 마려워서."

"나가서 싸."

"무서워. 같이 가."

넉가래를 들고 움막 옆으로 걸어간 사내는 여자가 볼일을 볼 수 있게 눈을 치웠다. 지붕도 없는 뒷간이었다. 여자는 가위로 오린 손바닥만한 신문지 쪼가리를 손에 들고 보름달 같은 엉덩이를 높이 치켜든 채 볼일을 봤다. 여자의 머리 위로 함박눈이 소리 없이 내려앉았다. 사내는 뒤돌아서서 담배를 피우며 밤하늘을 쳐다보았다. 꿈속에서 사라진 산토끼 두 마리가 허공으로 날아가고 있었다.

여자가 치마를 올리며 일어나 눈구덩이에서 빠져나가자 사내는 넉가래로 눈을 떠 김이 솟아나는 똥과 구겨진 신문지 쪼가리를 파묻었다.

"……밤이 기네."

방안으로 들어와 둘은 자리에 누웠다.

"몇 잠 더 자면 날이 밝을 거야."

"괜히 똥쌌어. 배가 고파."

"감자 남은 거 가지고 올까?"

"……아냐. 내일 먹을 거잖아."

"……미안해."

"뭐가?"

"모두."

"근데…… 나는 지금이 좋기도 해."

여자가 솜이불 속에서 손을 더듬거리더니 사내의 손을 잡았다.

"……왜?"

"매일 같이 있으니까."

"자자."

사내와 여자는 따스한 구들장에 등을 지지며 잠을 청했다. 눈을 떠도 캄캄했고 눈을 감아도 캄캄했다. 차라리 꿈속이 더 환했다.

결정적 순간에 깨어나버리는 게 흠이었지만. 그나마 움직이지 않고 잠을 자야 배가 덜 고팠다. 왜 산짐승들이 겨울잠을 자는지 알 것 같았다. 모든 것이 얼어붙은, 먹을 것이 부족한 겨울에 굶어죽지 않고 산속에서 살아남으려면 꼼짝 안 하고 잠을 자는 게 최선이었다. 사내는 폭설이 내리는 산골짜기 움막 속에서 곰 두 마리로 변해가는 자신과 여자의 모습을 상상하며 잠을 청하려고 애를 썼다. 뱃가죽이 등에 달라붙을 것처럼 몰려오는 허기를 잊으려고.

"자?"

여자의 가느다란 목소리가 실오라기처럼 어둠 속으로 미끄러졌다.

"……"

"당신이 결혼 선물로 사준 금반지 줄 테니 내일 쌀로 바꿔와. 굶어죽더라도 이밥이나 실컷 먹어보고 죽자."

"……"

"잘 자……"

꿈에서도 눈이 내렸다. 그런데 자세히 보니 눈이 아니라 하얀 이밥이었다. 사내와 여자는 움막의 마당에 서서 하늘을 향해 입을 벌린 채 이밥을 받아먹었다. 세상이 온통 이밥 천지였다. 골짜기에 들어온 이래 이렇게 배가 부른 적은 처음이었다. 배가 터질 것만 같은데도 사내와 여자는 먹는 행위를 포기하지 않았다. 그러다 결국 무릎까지 쌓인 이밥 위에 드러누워 골짜기가 떠나가도록 웃었다.

"안에 아무도 없소?"

누군가 밖에서 부르는 소리에 사내와 여자는 잠에서 깨어났다. 개 짖는 소리도 들렸다. 사내와 여자는 좁고 컴컴한 동굴을 기어서 빠져나가듯 밖으로 나왔다. 눈은 그치고 온 골짜기에 햇살이 반짝거리고 있었다. 마당에는 언젠가 사내가 몇 가지 화투 기술을 가르쳐준 마을의 사냥꾼이 셰퍼드 한 마리와 함께 서 있었다. 밧줄을 연결한 작은 썰매에 산돼지 한 마리를 묶어놓은 채. 사냥꾼은 두 사람을 보더니 껄껄 웃으며 입을 열었다.

"죽은 줄 알았는데 살아 있었구만!"

사냥꾼은 사내에게 도끼를 달라고 한 뒤 단 세 번의 도끼질 만에 산돼지의 뒷다리 하나를 잘라냈다. 사냥꾼은 피가 뚝뚝 흐르는 뒷다리를 사내의 품에 던져주곤 개와 썰매를 끌고 눈 덮인 골짜기를 떠났다. 시간 날 때 자기 집으로 놀러오라는 말을 남기고.

"이게 대체 얼마 만에 보는 고기야!"

사내는 뒷다리를 불에 그슬려 털을 모두 태운 뒤 남아 있는 잔털들을 면도를 하듯 칼로 밀어냈다. 당장은 여자의 얼굴에 웃음꽃이 활짝 핀 게 기분이 좋았다. 마치 자신이 사냥을 해서 산돼지를 잡은 것처럼 칼질을 하는 어깨에 힘이 들어갔다. 털을 태운 노린내가 정지에 가득했지만 두 사람은 아랑곳 않고 코를 벌름거렸다.

손질을 모두 끝낸 뒷다리 토막들을 눈 녹은 물이 펄펄 끓고 있는 양은솥에 하나씩 넣었다. 군침을 꿀꺽 삼키며. 여자가 물었다.

"얼마쯤 뒤면 먹을 수 있어?"

"산돼지 고기니 한 한 시간은 삶아야 되지 않을까?"

"그럼 그때까지 뭐해?"

"푹 삶아질 때까지 또 자자."

"잠이 올까?"

"겨울 되면서 우리가 여기서 한 일이라곤 잠자는 거뿐이었잖아."

땀냄새가 풀풀 피어나는 더러운 솜이불 속에서 사내와 여자는 오랜만에 두 손을 잡고 잠을 청했다. 하지만 평소와 달리 쉽게 잠이 들지 않았다. 고기 삶는 냄새가 묘하게 후각을 자극했다. 아니, 심장을 벌렁벌렁 뛰게 만들었고 겨울에도 얼지 않는 샘물처럼 꼬르륵거리는 소리가 두 사람의 아랫배에서 번갈아 솟아났다. 고기 삶는 냄새에 중독이라도 된 것처럼. 남자는 여자의 배를 주물러주었다. 여자도 남자의 배를 주물렀다. 하지만 소리가 잦아드는 건 잠시뿐이었다. 사내가 근지러운 사타구니를 긁으려고 잠시 배에서 손을 떼거나 여자가 서캐가 달라붙은 머리카락을 빗 대신 손가락으로 쓸어내릴 때에도 소리는 어김없이 피어났다. 그렇게 사내와 여자가 잠들지 못하고 뒤척거리고 있을 때 지붕 위로 무엇인가가 툭툭 떨어지는 소리가 들렸다. 마치 눈 쌓인 지붕에 감이 떨어지는 듯했다.

"이게 뭔 소리지?"

사내가 이불 속에서 빠져나왔다.

"눈덩이 떨어지는 소리 아냐?"

여자는 이불 속에서 얼굴만 빠끔 내밀었다. 이번엔 벽 쪽으로 무엇인가가 연달아 퍽퍽 부딪치는 소리가 났다. 사내는 서둘러 정지로 기어나갔다.

"야, 간첩이다!"

사내가 부지깽이를 움켜쥔 채 밖으로 나가자 눈 덮인 개울 건너편에 모여 눈뭉치를 던지던 아이들 중 하나가 소리쳤다. 사내는 멍하니 아이들을 바라보았다. 나무 스키에 신발을 걸치고 있는 아이들은 눈뭉치를 손에 쥔 채 금방이라도 도망칠 준비를 하고 있었다. 여자가 뒤이어 정지에서 나오자 다른 아이가 말했다.

"생긴 건 곰 같은데."

"간첩이라니까!"

"간첩이 위장을 한 거야."

기가 찬 사내가 부지깽이를 휘두르며 흙마루에서 뛰쳐나갔다.

"이놈의 새끼들이 뭐라고 지껄이는 거야!"

"도망치자!"

놀란 아이들은 손에 쥐고 있던 눈뭉치를 차례로 던진 뒤 나무 스키를 타고 다람쥐처럼 하나둘 달아났다. 씩씩거리며 개울을 건너가는 사내에게 여자가 소리쳤다.

"내버려둬!"

"잡아서 주둥일 꿰매버려야지!"

그러나 사내는 말을 마치자마자 미끄러지는 바람에 개울에 쌓인 눈 더미에 거꾸로 처박혔다. 그 모습을 지켜보던 여자가 깔깔거리며 웃었다. 온통 눈투성이가 된 사내는 아이들이 눈뭉치를 던지던 자리에 서서 고함을 내질렀다.

"이놈의 새끼들, 다음에 걸리기만 하면 다리몽둥일 부러뜨릴 테다!"

구수한 고기 냄새가 진동하는 정지에서 장작을 깔고 앉은 사내와 여자는 양은솥을 바라보며 군침을 삼켰다. 사내는 몰래 여자를 힐긋 살펴보았다. 쑥대머리, 가무잡잡한 얼굴, 겨울에 들어서면서 한 번도 빨지 않은 옷, 바닥이 반들반들한 양말…… 사내는 이번엔 자신의 몰골을 훑었는데 여자의 모습과 과히 다르지 않았다. 고기로 배를 채운 뒤 가장 먼저 해야 할 일이 무엇인지를 아이들 덕분에 알게 된 것 같아서 좀 머쓱해졌다. 사내는 여간해선 잘 빗어지지 않는 여자의 헝클어진 머리를 손가락으로 천천히 빗어주었다. 한 번 머리를 빗으면 통통하게 살이 찐 이가 서너 마리씩 손바닥에 올라앉았다. 그때마다 사내는 아궁이 앞 알불에다 꼬물거리는 이를 던졌고 알불 위에 떨어진 이들은 톡톡 터지며 죽었다. 여자는 사내의 어깨에 스르르 몸을 기댔다.

"아직 안 익었어?"

"익었을 거야."

사내는 박수를 치듯 손바닥을 짝짝 두드려 혹시라도 붙어 있을지도 모를 이를 털어낸 뒤 놋젓가락으로 돼지고기를 찔러보았다. 정지는 이내 양은솥에서 피어난 김으로 뿌옇게 모습을 바꿨다. 마치 천지 사방에 따스한 눈송이가 내리는 것만 같았다.

"다 익었네!"

여자의 얼굴도 따스한 눈송이들 속에서 환하게 변했다. 목장갑을 낀 사내는 김이 무럭무럭 나는 고기를 도마에 올려놓고 칼로 자르기 시작했다. 산돼지 고기라 비계는 거의 없었다. 고추장과 마늘, 삶은 감자와 고기를 앞에 놓고 사내와 여자는 정신없이 배를 채웠다. 고기는 달았다. 입에서 살살 녹았다. 정지 바닥이 지저분한데도 고대광실이나 다르지 않게 여겨졌다. 사내는 너무 급하게 먹다가 목이 막힌 여자의 등을 손바닥으로 두드려주었다. 여자는 숨을 돌리기 무섭게 다시 고깃점을 입에 넣고 몇 번 씹지도 않고 곧바로 꿀꺽 삼켰다. 오른손엔 벌써 고깃점이 들려 있었다. 정말이지 긴 겨울로 접어들고 나서 처음으로 포식을 하는 거였다. 그것도 고기를.

"아, 배부르다!"

다리를 쭉 뻗은 채 나무 기둥에 등을 기댄 여자가 길게 트림을 했다. 생마늘 냄새가 풀풀 풍겼다.

"한 일주일은 아무것도 안 먹어도 되겠다."

사내는 장작에서 뜯어낸 가느다란 나무 가시로 이를 쑤셨다. 배가 부르니 세상만사 걱정할 게 없는 것 같았다. 사냥꾼이 고맙기 그지없었다.

"또 뭘 해먹으려고?"

여자는 방에서 정지로 머리만 내민 채 사내가 양은솥에 눈을 가득 채우는 걸 보고서 물었다. 사내는 빙긋 웃었다.

"우리 목욕물 데우려고."

"목욕물?"

사내는 아궁이 가득 장작을 채워넣으며 고개를 끄덕였다.

"이 산골짜기에서 목욕을 왜 해?"

"……배도 부르겠다, 그냥 한번 개운하게 하는 거지 뭐. 내가 당신 등 밀어줄게."

"오랜만에 고기 먹더니 돈 거 아냐? 쓸데없는 짓 하지 말고 빨리 들어와. 나 지금 그거 하고 싶단 말이야."

"……그게 뭔데?"

볼이 발그레해진 여자가 남자에게 목침을 던졌고 남자는 몸을 틀어 피했다. 여자는 방과 정지를 가르는 거적을 홱 내치곤 얼굴을 감췄다.

짧은 겨울 해가 앞산을 넘어가고 있었다. 산그림자가 자그마한 움막을 서서히 지워갔다. 사내는 사람 하나가 겨우 들어앉을 고무구박*에 앉은 여자의 몸에 따스한 물을 끼얹었다. 그때마다 여자는 뜨겁다며 손사래를 쳤다. 사내는 아이들 지우개만큼 작아진 빨랫비누를 여자의 머리카락에 문질러 거품을 내려고 애를 썼다. 감은 지 너무 오래된 머리카락은 기름기에 절어 있어 거품을 내는 게 쉽지 않았다. 사내는 여자의 머리카락을 비벼 만든 거품으로 볼록한 젖가슴을 문지르고, 등을 문지르고, 엉덩이를 문지르고, 사타구니를 문질렀다. 여자는 얌전하게 앉아 사내의 손길에 몸을 맡겼다. 오랜만에 하는 목욕이 싫지 않은 모양이었다. 비누칠을 마친 뒤 수세미로 등을 밀자 누에 같은 때가 죽죽 벗겨졌다. 사내는 여자가 창피하지 않게 때가 밀릴 때마다 바가지의 물을 등에 부어주었다. 여자가 먼저 배시시 웃으며 선수를 쳤다.

"때 많지?"

"없어."

"그럼 이건 뭐야?"

여자는 물위에 둥둥 떠다니는 때를 손바닥으로 건져올리며 물었다.

"올챙이국수."

"이게 진짜 올챙이국수면 당신이 한번 먹어봐."

---

* '고무통'의 방언.

"모아뒀다가 나중에 배고플 때 먹을게."

"아이고!"

등을 모두 민 사내는 여자의 앞으로 자리를 옮긴 뒤 잘 익은 오디 같은 젖꼭지 주변에서부터 시작해 아래로 아래로 내려가며 때를 밀었다. 수세미 대신 손가락으로 배꼽의 때를 끄집어낸 뒤 샅으로 내려가려 할 때 여자가 사내의 손목을 잡았다.

"이제부턴 내가 씻을게."

"아냐. 내가 다 씻겨주고 싶어. 당신도 날 씻겨주면 되잖아."

사내는 여자의 손을 제자리에 갖다놓았다.

"아이들한테 간첩이니 곰 같다는 소릴 안 들으려면 사람답게 꾸미고 살아야 하는데, 그동안 내가 너무 게을렀어. 맨날 잠이나 퍼질러 잤으니. 미안해."

"아냐. 다 내 탓이야."

사내는 여자의 눈물을 닦아주었다. 여자의 모습은 눈부실 정도로 아름다웠다.

골짜기에 들어와 움막을 짓고 살면서 간첩이 아니냔 소리를 들은 건 한두 번이 아니었다. 신고를 받은 경찰이 총을 든 예비군들과 함께 불시에 쳐들어와 지서까지 잡혀간 적도 있었다. 여자가 목욕을 한 고무 구박에 들어가 앉은 사내는 눈을 감은 채 여자의 손길에 몸을 맡겼다. 간첩은 아니었지만 사내와 여자의 행색은 아이들이 말한 대로 산짐승이나 다를 게 없었다. 겨울 내내 이발은

커녕 머리를 감은 적도 없었다. 그러니 아이들이 던진 눈뭉치에
맞는 게 하나도 이상하지 않았다. 아이들은 곰이나 산돼지에게 눈
뭉치를 던진 거였다.

"면경 좀 가져와."

"뭐하려고?"

"면도하려고."

"어디 처박혀 있나 모르겠네."

"가위도 가져와. 생각난 김에 이발도 하게."

때가 둥둥 떠다니는 고무 구박에 올방구*를 틀고 앉은 사내는
여자가 들고 있는 손바닥만한 면경을 들여다보며 턱과 볼, 그리고
코밑의 무성한 털에 비누칠을 했다. 그 모습이 마치 눈을 뒤집어
쓴 소나무숲처럼 보였다. 사내는 마당의 눈을 치우듯 녹이 슨 면
도칼로 수염을 밀어나갔다. 면도날이 지나간 턱은 새길이 난 듯
환했다.

"안 보인다. 똑대기 비춰."

"보이나?"

여자가 면경의 방향을 조금 틀었다.

"더 안 보인다. 면경 하나 제대로 못 비추나?"

"이제 보이나?"

---

* '가부좌'의 방언.

"잘 보인다."

면경 속의 얼굴이 낯선 사람처럼 보였다. 여자도 신기한 듯 면경 속 얼굴과 면경 바깥의 얼굴을 번갈아가며 들여다보았다. 면도를 모두 마친 사내는 따스한 물로 얼굴을 씻고 손바닥으로 턱밑과 볼을 쓰다듬었다. 오랜만에 마음마저 말끔해진 기분이었다. 좁고 지저분한 정지 안이 천국으로 변한 것만 같았다.

"다음은 이발!"

"아, 떨리네. 잘 깎을 수 있으려나."

"떨지 않아도 돼. 설마 지금보다 나빠지겠어."

여자는 면경을 양동이에 기대놓고 가위질을 했다. 여자가 움직일 때마다 여자의 부드러운 젖가슴이 사내의 등을 간질였다. 가위에 잘려나간 머리카락이 부스스 떨어졌다. 잘 들지 않는 가윗날에 가끔 머리카락이 찡길 때면 사내는 가볍게 눈을 찡그리며 신음을 내뱉었고 여자는 미안하다며 머리를 쓰다듬어주었다. 그럴 때면 여자의 따스한 젖가슴이 사내의 등에 와락 안겼다. 사내는 괜찮다며 여자의 허벅지를 쓰다듬어주었다. 허벅지 사이의 도톰한 불두덩도 함께 슬쩍 어루만졌다. 그러면 여자는 잠시 가위질을 멈추고 숨을 가다듬었다. 여자가 자리를 옮겨 앞머리를 자르기 시작하자 얼어버린 눈 위에 싸락눈이 내려앉는 소리가 피어났다. 눈을 감은 채 그 모습을 상상하니 온몸이 간질거렸다. 온몸에서 싹이 돋아나는 듯했다. 여자가 머리카락에 뜨뜻한 물을 붓자 마침내 꽃이 피어나는 것만 같아 사내는 두 팔을 내밀어 여자를 껴안았다. 눈을 감아도 여자의 젖가슴은 포근했다. 사내는 여자의 젖가슴에 얼굴을 묻은 채 물었다.

"아직 멀었어?"

"거의 다 됐어. 이제 눈뜨고 한번 봐봐."

눈을 뜨기 싫었지만 사내는 천천히 눈을 떴다. 여자가 면경을 가져와 얼굴을 비춰주었다. 거울 속에는 오래전에 보았던 한 사내가 벌거벗은 채 구박 안에 앉아 있는 사내를 묵묵히 바라보고 있었다. 사내는 그 사내가 거울 밖으로 걸어나오길 기다렸다.

"맘에 드나?"

"……눈물난다."

"왜?"

"……너무 착한 마누라를 둬서."

"다신 착한 마누라 속썩이지 마라."

눈이 다시 퍼부었다. 사내는 빈 지게를 지고 움막을 나섰다. 사냥꾼이 던져준 산돼지의 뒷다리는 동이 나버렸고 남은 것은 감자뿐이었다. 빚을 내서라도 곡식을 구해야만 했다. 무엇을 담보로 빚을 낸단 말인가. 봄날의 농사일을 미리 예약하는 수밖에 없었다. 여자는 금반지를 팔라고 했지만 그럴 수는 없었다. 굶어죽는 한이 있더라도 그걸로 쌀을 바꿀 수는 없었다. 사내는 지게작대기로 눈의 깊이를 재며 골짜기를 내려갔다. 뱃속의 일이라는 게 참 야속하기 이를 데 없었다. 얼마 전에 산돼지 고기를 먹은 기억으로 빈 뱃속을 달래는 건 쉽지 않았다. 오히려 더 지독한 허기를 불러왔다. 매일매일의 끼니를 해결하는 일이 이렇게 고역이란 걸 태어나서 처음 알았으니…… 사내는 골짜기 저 아래 눈 덮인 마을을 내려다보며 다짐했다. 구걸을 해서라도 여자에게 먹일 곡식을 구하겠다고.

"이야, 우리 도사님이 산에서 내려오셨구만!"

사내는 지고 있던 지게를 셰퍼드가 짖어대는 사냥꾼의 집 처마 밑에 기대놓았다. 마을을 한 바퀴 돌았지만 지게에는 무엇도 채울 수가 없었다. 사람들은 도시에서 살다가 들어온 사내가 농사일을 잘한다고 여기지 않았다. 소로 밭을 갈지도 못했고 지게질이나 낫질에도 신통치 않다는 걸 이미 지난가을에 다 파악했다는 표정들이었다. 그런 사내에게 당장 농사철도 아닌데 미리 앞당겨 새경을 주고 싶지 않은 듯했다. 괜히 그렇게 했다가 도망이라도 가면 말짱 도루묵이기도 했다. 사내는 눈 내리는 마당에 서서 마을 사람들의 이야기를 듣고 돌아서기를 거듭했다. 머리와 어깨에 쌓이는 눈도 털지 못한 채. 마을 사람들의 말은 사실 틀린 데가 없었다. 차라리 강냉이쌀 한 됫박씩을 구걸하는 게 더 나을지도 몰랐다. 사내는 사냥꾼 집의 정지에서 막걸리 몇 대접을 얻어 마시며 이야기 저 얘기를 주절주절 풀어놓았다. 그러거나 말거나, 열어놓은 정지문 밖으로 함박눈이 탐스럽게 내렸다.

"……딱하네."

"제가 생각해도 한심합니다."

"……방법이 아주 없는 건 아닌데 말이야. 당신 말대로 착한 마누라 굶겨 죽이지 않으려면 뭔 일을 못하겠나. 안 그렇소?"

"그렇지요."

"그럼 간단해. 내가 밑천 대줄 테니 화투판에 한번 가시겠소? 오늘 하룻밤만 고생하면 겨울 내내 식량 걱정은 안 할 거요."

"……거긴 다신 가지 않겠다고 마누라랑 약속했는데요."

"툭 까놓고 말해서 여기서 이번 겨울을 나려면 당신이 거길 가는 방법밖에 없소. 힘이 좋으면 산에 가서 나무라도 해서 내다팔 텐데 그것도 안 되잖소."

사내는 사발에 담긴 막걸리를 마저 비우고 함박눈이 쌓이는 마당을 멍하니 내다보았다. 헛간 처마밑에 기대놓은, 바소구리*조차 없는 지게의 야윈 두 팔 위에는 여전히 아무것도 실려 있지 않았다. 움막에서 허기진 배를 잠으로 달래고 있을 여자를 생각하니 마음이 점점 무거워졌다. 사냥꾼의 말대로 정녕 그 길밖에 없는가. 나무꾼이 될 힘마저도 없으니……

"판이 큽니까?"

---

* '발채'의 방언.

거의 장딴지를 덮을 만큼 쌓였는데도 눈은 그치지 않고 퍼부었다. 캄캄한 어둠 속을 가로질러와 얼굴에 부딪치는 눈송이의 감촉이 싫지 않았다. 온 세상이 하얗게 변한 터라 움막으로 가는 길을 잃어버릴 염려도 없었다. 사내는 지고 있는 지게에서 어깨로 전해지는 묵직한 느낌이 좋다는 걸 처음 깨달았다. 지게 위에는 사냥꾼이 준 정부미 한 포대가 실려 있었다. 까끌까끌한 모래 같은 강냉이쌀이 아니라 정부미였다. 정부미의 무게 때문에 평소보다 더 깊이 눈 속으로 발이 빠졌지만 전혀 힘들지 않았다. 눈이 쌓이고 쌓여 움막의 지붕까지 덮어버려 꼼짝없이 갇힌다 해도 쌀 한 포대가 있는 한 문제될 게 없었다. 정부미 한 포대면 여자와 둘이서 한 달은 너끈하게 버틸 수 있기 때문이었다. 사내는 지게작대기를 내밀어 혹시라도 눈 속에 숨어 있을 구덩이를 살피며 눈길을 걸었다. 물론 도박을 한 사실은 여자에게 철저하게 숨겨야 했다. 사냥꾼에게도 입단속을 단단히 해두었다. 여자가 알면 그 즉시 움막을 떠나버릴 게 뻔했다. 같이 굶어죽는 한이 있더라도 여자는 더이상 노름을 하지 말라고 했다. 하지만 사내는 여자를 굶겨 죽일 수 없었다. 그런데…… 한겨울의 산골짜기에서 여자를 굶겨 죽이지 않을 방법은 노름밖에 없으니. 사내는 산길 옆 풍채 좋은 소나무 아래에 반쯤 주저앉아 지게를 벗었다. 온몸이 땀으로 흥건하게 젖어 있었다. 사내는 담배에 불을 붙였다. 그때, 건너편 산에서 갑자기

꽝! 하는 소리가 골짜기를 울렸다. 사내는 벌떡 일어났다. 눈의 무게를 이기지 못한 소나무가 줄기째 부러지는 소리였다.

"니는 왜 나랑 결혼했나?"

"좋으니 했지, 왜 했겠나."

"뭐가 좋았는데?"

"다 좋았다."

"지금도 좋나?"

"노름만 안 하면 좋다."

"이젠 노름 안 한다."

캄캄한 움막 안에서 눈송이처럼 대화가 피어났다가 가라앉길 반복하며 끊어지지 않았다.

"배 안 고프나?"

"참을 만하다."

"미안하다."

"됐다."

"이러다 우리 진짜 굶어죽는 거 아닐까?"

"절대로 안 죽는다."

"어째서?"

"애들 키워야지."

"……자자."

"……그래, 자자."

하늘이 벗겨지고 있었다. 사내는 한달음에 골짜기 끝까지 올라가 상황을 파악한 뒤 움막을 향해 달려갔다. 아름드리 소나무의 큰 가지 하나가 폭설에 부러져 움막을 반이나 덮고 있었다. 움막은 반쯤 무너진 상태였다. 사내의 심장이 쿵덕거렸다. 살아 있어라. 제발 살아 있어라. 강냉이밥이 아닌 정부미로 지은 밥을 먹어야지.

그러니, 살아 있어야 된다, 꼭. 애들을 위해서라도.

작가의 말

　강원도 산골에서 살던 어린 시절 이웃집을 방문했을 때 가장 흥미로웠던 건 그 집 가족들의 사진이 담긴 앨범을 펼쳐보는 것이었다. 벽에 걸어놓은 사진 액자도 마찬가지였다. 나는 그 사진들 속의 낯선 사람들과 풍경들을 보며 혼자만의 여행을 떠나곤 했다. 바다에도 갔고 기차도 탔다. 심지어는 모래바람이 사나운 중동에도 갔고 총을 들고 월남의 전쟁터도 누볐다. 마치 내가 사진 속의 사람이 된 것처럼 가슴이 두근거렸다.

　이번 소설집에 수록된 아홉 편의 소설을 다시 들여다보니 등장인물들은, 아니 나는 덩치만 커졌지 아직도 빵틀을 찾아 찢어진 우산을 쓴 채 마을의 집들을 방문하는 소설 속 소년에게서 벗어나지 못했다는 생각이 들었다. 그러니까 이 소설들은 소년이 미처

예상하지 못한, 어른이 되어서도 빵틀을 찾아 떠도는 사람들의 이
야기다. 그 표정과 풍경은 지난하기 이를 데 없다. 그런데…… 대
체 빵틀은 어디에 있는 것일까.

　다섯번째 소설집이다.
　세월이 많이 흘렀다.
　『벽암록碧巖錄』의 어느 고칙古則을 빌려 관棺을 두드리듯 이렇게
묻는다.
　찾았는가, 찾지 못했는가?
　토끼와 말은 뿔이 있고 소와 양은 뿔이 없다.
　먼뎃말만 들려올 뿐이다.

2022년 12월
김도연

| 수록 작품 발표 지면 |

빵틀을 찾아서 ······ 『새들의 안부』(순천문화재단, 2020)

전재와 문재 ······ 『강원작가』 2019년호

탁구장 근처 ······ 미발표작

말벌 ······ 『문학무크 소설』 2018년 하반기호

셰퍼드 ······ 문장 웹진 2020년 11월호

OK목장의 여름 ······ 『실천문학』 2022년 봄호

말 머리를 돌리다 ······ 『월간 태백』 2017년 1월호

마을에서 제일가는 사나이 ······ 『강원작가』 2020년호

겨울잠 ······ 『시인동네』 2017년 9월호에 발표한 「겨울잠」을 개작하여 수록

문학동네 소설집
빵틀을 찾아서
ⓒ김도연 2022

초판인쇄 2022년 12월 8일
초판발행 2022년 12월 20일

지은이 김도연
책임편집 김내리 | 편집 서유선 한인선
디자인 이보람 유현아
마케팅 정민호 이숙재 박치우 한민아 이민경 안남영 왕지경 김수현 정경주
브랜딩 함유지 함근아 김희숙 고보미 박민재 박진희 정승민
제작 강신은 김동욱 임현식 | 제작처 천광인쇄사

펴낸곳 (주)문학동네 | 펴낸이 김소영
출판등록 1993년 10월 22일 제2003-000045호
주소 10881 경기도 파주시 회동길 210
전자우편 editor@munhak.com | 대표전화 031) 955-8888 | 팩스 031) 955-8855
문의전화 031) 955-3578(마케팅) 031) 955-8864(편집)
문학동네카페 http://cafe.naver.com/mhdn | 트위터 @munhakdongne
북클럽문학동네 http://bookclubmunhak.com

ISBN 978-89-546-9070-6 03810
• 이 책의 판권은 지은이와 문학동네에 있습니다.
  이 책 내용의 전부 또는 일부를 재사용하려면 반드시 양측의 서면 동의를 받아야 합니다.
• 이 책은 한국문화예술위원회 '2019년 아르코문학창작기금 지원사업'에 선정되어 발간되
  었습니다.

잘못된 책은 구입하신 서점에서 교환해드립니다.
기타 교환 문의: 031) 955-2661, 3580

www.munhak.com